华章
传奇派

品味无限不循环的人生

捕心师²
拯救迷路 人
向林 著

重慶出版集團 重慶出版社

图书在版编目（CIP）数据

捕心师.2,拯救迷路人 / 向林著. —重庆: 重庆出版社, 2020.9
ISBN 978-7-229-15150-8

Ⅰ.①捕… Ⅱ.①向… Ⅲ.①长篇小说—中国—当代 Ⅳ.①I247.5

中国版本图书馆CIP数据核字（2020）第118985号

捕心师.2，拯救迷路人

向林 著

策　　划：	华章同人
出版监制：	徐宪江
责任编辑：	王昌凤
特约编辑：	张铁成
责任印制：	杨　宁
营销编辑：	史青苗　刘晓艳
封面设计：	typo_d

重庆出版集团
重庆出版社 出版

（重庆市南岸区南滨路162号1幢）

投稿邮箱：bjhztr@vip.163.com
北京温林源印刷有限公司　印刷
重庆出版集团图书发行有限公司　发行
邮购电话：010-85869375/76/77转810
重庆出版社天猫旗舰店
cqcbs.tmall.com

全国新华书店经销

开本：880mm×1230mm　1/32　印张：9.5　字数：236千
2020年10月第1版　2020年10月第1次印刷
定价：45.00元

如有印装质量问题，请致电023-61520678

版权所有，侵权必究

目 录

第 一 章　幻术 /1

第 二 章　心理画像 /17

第 三 章　毫无头绪 /39

第 四 章　瓜州之行 /54

第 五 章　一桩旧案 /77

第 六 章　对手的反击 /91

第 七 章　寻访沙田往事 /109

第 八 章　越狱案背后的人 /122

第 九 章　洪老幺寄来两副手镯 /146

第 十 章　被催眠 /166

第十一章　盗墓父子不知行踪 /187

第十二章　再访沙田 /202

第十三章　双重人格 /221

第十四章　反催眠 /237

第十五章　南下 /253

第十六章　对嫌犯的最后心理干预 /274

第一章
幻术

接连几天的大雨过后,气温有所下降,然而紧接着却是持续的高温。在俞莫寒的记忆中,南方的天气好像年年都是如此,就如同女性分娩前的阵痛,是夏日为了迎接金色秋天到来的固定程序。

小冯那边的结果出来了。经过电脑分析,那个被打翻的塑料盆原来的位置处于窗户附近的可能性不到百分之十,而最可能的情况是从客厅靠近厨房位置离地约一米五的高度抛出去的。此外,根据电脑的计算,当时盆里面的水量大约有两升,约为塑料盆容量的三分之一。

这是一个逆向的模拟计算过程,虽然并不是特别准确,但完全可以模拟出那只塑料盆当时大致的运动轨迹。当这样的结果出来后,靳向南也为之动容,即刻向上级报告了此事。不过为了不打草惊蛇,警方还是决定暂时由俞莫寒和小冯将此案继续调查下去。

然而俞莫寒的调查工作却因为天气的原因陷入了停顿——每天上午要准时在病房处理病人的事情,而门诊和夜班也会占据他不少的时间。见缝插针般的调查工作总是被忽如而至的暴雨打断，他只能看着窗外那些在风雨中剧烈摇曳着的树枝暗暗叹息、苦笑。

俞莫寒已经基本上搞清楚了刘亚伟人格分裂的缘由，其中也包括他亚人格名字所代表的真实含义。"鲤"当然指的是他那位曾经的同学孙鲤。"赵"姓在百家姓中的排名可是第一位，而"孙"姓的排名却是第三。所以，他给自己取这个名字的意图也就不言自明了：我的地位比你孙鲤还要高，我现在过的日子比你孙鲤过得还要好！这是一种发自内心深处的期望，同时更是潜意识中对自己过去所经历过的屈辱阿Q式的报复——你叫孙鲤，老子还赵鲤呢。

鲁迅的伟大就在于他能够深刻地提炼出这个国家的一部分国民自尊自大又自轻自贱、争强好胜又忍辱屈从、不满现状却又安于现状等极其鲜明的内心特征。即使时代变迁，一部分国民内心深处的这种病态特征依旧在延续。

是的，这个患者的内心深处所承受着的不仅仅是来自于现实中的巨大压力，还有让他一直以来都挥之不去的自卑与屈辱。

无论是对于刘亚伟还是赵鲤，要他们认同医生的诊断并相信自己的病情是一件非常困难而且痛苦的事情。当他们看完了录像、经历了极度的震惊之后，主人格刘亚伟还一度躁狂症发作，因为他实在无法接受这样的现实。

趁着最近几天一直下雨的天气，俞莫寒在经过反复考虑之后最终决定对这个患者进行职业疗法。这样的治疗方法虽然需要花费的时间比较长，但实施起来比较简单，而且从国外所报道过的病例来看疗效也不错。

所谓的职业疗法就是让刘亚伟和赵鲤都有规律地去从事同一件简单的日常活动，以此达到让他们慢慢沟通并最终融合的目的。于是，无论是刘亚伟还是赵鲤都会被带到孙鲤的照片面前，让他们直视着那张照片说:"孙鲤,我们好好谈谈。虽然你有一个好父亲,但是你今后的发展不一定就比我好……"

这不仅仅是为了倾诉,同时也是一种自我心理暗示。所以,无论出现的是刘亚伟还是赵鲤,从这一天开始,这一项常规的事情就被当成医嘱执行了下去。

雨终于停了。天气预报说接下来将是连续数天的晴朗天气,而且气温有可能会达到历年来的最高。没关系,只要不下雨就行,俞莫寒在心里对自己如此说。将白大褂脱下挂在医生办公室的门后,正在想着一会儿找个什么样的理由去向科室主任请假,没想到这时候就接到了顾维舟的电话:"俞医生,麻烦你到我办公室来一趟。"

俞莫寒心里一沉,他这又是准备搞什么名堂?不过嘴里还是应承着:"顾院长,我马上就来。"想了想,穿上白大褂就去了。

进入顾维舟的办公室后,俞莫寒第一眼就看到了靳向南和小冯,这让他感到有些惊讶。而俞莫寒脸上所表现出来的惊讶却让顾维舟的心情变得好了许多——他原以为靳向南这次的到来是俞莫寒和他们计划好的。顾维舟的脸上露出了以前一贯的和蔼笑容,对俞莫寒说道:"小俞,靳支队长他们有事情找你。"

俞莫寒疑惑地看向靳向南。靳向南朝他点了点头,说道:"俞医生,又要麻烦你了,有一起案子需要你配合我们调查。"

俞莫寒苦笑:"为什么又是我?"

这句话曾经不止一次地在俞莫寒的心里出现,却是第一次在顾维舟的面前询问出来,让顾维舟听后心里不禁怔了一下:他这句话是什么意思?正这样想着,却听到靳向南解释道:"这起案子很特别,甚至可以说是诡异,一名罪犯在众目睽睽之下的监狱里忽然消失了。当然,我们是不会相信鬼神之说的。俞医生,通过魏小娥的案子我们可是目睹了你在此类案件方面的调查能力,所以无论如何

3

都要请你去帮我们这个忙。"

"幻术？！"俞莫寒情不自禁地大声说道，随即将目光看向了顾维舟。

在此之前靳向南并不曾向顾维舟具体谈到这起案件的情况，此时一听俞莫寒惊讶地说到"幻术"这个词也不禁神色一动，问道："俞医生，难道你也相信这个世界上真的存在所谓的幻术？"

俞莫寒正准备回答，却听靳向南忽然说道："顾院长、俞医生，这个地方并不适合我们讨论案情。顾院长，这次请你一定要把俞医生借给我们一段时间。目前罪犯依然逃逸在外，案情紧急，至于俞医生在你们医院的工作问题，最好能够暂停一下。"

顾维舟沉吟了片刻，说道："那好吧。"他将目光转向俞莫寒，"小俞，医院里面的工作你就暂时不要管了，帮助警方把这起案子破获后再回来上班就是。"

此时，俞莫寒也明白了顾维舟心里的想法——毕竟这起案子与高格非无关，而且也正好可以分散自己的注意力，所以他才会答应得这么痛快。

上了警车后靳向南就问俞莫寒："俞医生，你在调查高格非的过程中，是不是有人在你面前提到过沈青青这个人？"

俞莫寒愣了一下："沈青青？"

这时候小冯在旁边说道："就是医科大学的前校办主任华勉提到过的那位红颜薄命的女人，她叫沈青青，离异，经我们初步调查，她离婚后没有再谈过恋爱。沈青青是高格非的同学，当年与高格非一起留的校，后来任职医科大学团委书记，不久被下派到某县挂职副县长，一年后正式调任另外某县级市任副市长，一年前因受贿罪被双规，随后被判处有期徒刑十二年。"

俞莫寒顿时就明白了先前靳向南忽然打断顾维舟那句话的原因

了，不过还是觉得有些诧异，问道："靳支队，刚才你说的那个在众目睽睽之下消失的罪犯就是这个沈青青？"

靳向南点头："是的。"

俞莫寒觉得有些不可思议，问道："你们认为这起案子与高格非或者滕奇龙也存在着某种关系？"

靳向南摇头道："我可没有这样说，虽然沈青青并不具备太大的社会危害性，但这起越狱事件实在是太过匪夷所思，一旦传扬出去就很可能会像高格非案一样引起人们很多的联想，从而造成极其糟糕的社会影响。所以，现在我们首要的就是要尽快将沈青青捉拿归案。俞医生，刚才你说到的幻术究竟是怎么回事？"

俞莫寒并没有即刻回答他的这个问题，问道："事情发生在什么时候？"

靳向南回答道："昨天下午，在暴雨来临之前，当炸雷忽然响起的那一刻，沈青青就在她同监舍的犯人面前忽然消失了。"

俞莫寒微微一笑，说道："关于幻术，我们国家的史书上有过不少的记载。比如，晋代有个叫郭璞的人就很擅长幻术。《晋书·郭璞传》记载，郭璞喜欢上了某家的丫鬟，可是这家人的主人却不同意这件事情，于是郭璞就取小豆三斗，绕着这家人的房子撒了一圈，主人早上起来的时候骇然发现有数千赤衣人围其家……还有《后汉书》里面所记载的，永宁元年，西南夷掸国王献幻人，能吐火，还将自己肢解了换上牛头、马头，而且还是在大庭广众之下表演，皇帝及群臣看得目瞪口呆。如此等等。"

小冯问道："所谓的幻术是不是就是魔术？"

俞莫寒摇头道："准确地讲，魔术只不过是幻术中的一种，日本的忍术也应该被包括在其中。而心理学认为，幻术指的是一种精神攻击的方法，施术者通过自身强大的精神意念，和一些看似不经意但隐秘的动作、声音、图片、药物等，使对方陷入精神恍惚的状态从而在意识中产生各种各样的幻觉。因此，无论是催眠术、魔术还是忍术，以及致幻类药物所产生的幻觉都是属于幻术。除此之外，宗教崇拜下的显灵、气功大师发功后出现的集体幻觉等，也都是幻术，只不过制造这种幻术的人所利用的是人们的群体意识罢了。"

听了他的这番讲解，靳向南大致明白了是怎么回事，心想自己确实是找对了人，问道："那么在你看来，沈青青的忽然消失又是怎么回事呢？"

俞莫寒沉吟着说道："就幻术而言，总之是万变不离其宗，至于沈青青的情况得去看了现场后再说。"

沈青青服刑的女子监狱就位于精神病医院所在的这座山另外那一面的半山腰，山下是繁华城市的一隅。下山的道路隐蔽于浓密的植被之中，虽然蜿蜒但并不狭窄。当警车终于抵达监狱大门外面的时候，俞莫寒却让小冯停了下来。靳向南问道："你是不是有些晕车？"

俞莫寒朝他摆手，笑着说道："不，我有些醉氧。"

靳向南禁不住笑了起来，他觉得俞莫寒刚才的那句话确实很幽默。下车后俞莫寒就朝山的边缘走了过去，站在悬崖边，俞莫寒的手扶着水泥栏杆，看着山下那看不到尽头的城市，赞叹道："真是一个不错的地方，当初选择在这里建监狱的那个人很可能就是一位心理学家。"

靳向南诧异地问道："你为什么这样讲？"

俞莫寒指了指山下那一片林立的高楼："对于那一片的繁华，被囚禁在这里的那些人只能望洋兴叹。尽快改造好自己然后离开这个地方去追求自由，就会成为囚犯们心中无尽的动力，于是监狱的作用也就事半功倍了。"

靳向南愣了一下，不禁赞道："你讲得太有道理啦！"

俞莫寒深呼吸了几次，转身道："走吧，我们进去。"

监狱就是监狱，眼前的这座监狱并没有任何的特别，一样的高墙电网，一样的警备森严。沈青青曾经所在的监舍位于最外面的角落处，铁门内十来个平方，里面四张上下床，在军事化管理下，她们的床上用品整整齐齐，也嗅闻不到任何的异味。与沈青青同监舍的女犯人都在，靳向南、俞莫寒、小冯和监狱长进去后她们都站直了身体。监狱长指了指进门处的上铺，说道："这就是沈青青的床位。"

俞莫寒的目光看向他正前面的一个女犯人，问道："你叫什么名字？"

那个女犯人大声道："报告政府！我叫李倩……"

俞莫寒被她洪亮的声音吓了一跳，急忙道："你不用这么紧张，小点儿声。李倩，请你告诉我当时沈青青忽然消失的情况。"

李倩依然大声道："报告……"这时候她才忽然想起俞莫寒刚才的话来，慌乱地指了指门口处，"她就站在那个地方，说，我要走了。这时候天上忽然响起了炸雷，她就突然消失不见了，我们当时都吓得惊叫了起来。"

俞莫寒将目光看向其他人："你们看到的也是这样的吗？"

"报告政府，就是这样的。"其他人几乎异口同声地回答道。

俞莫寒和蔼地朝她们点了点头，随即低声对监狱长说道："就这样吧，一会儿一个一个地叫出来，我要分别向她们了解一些情况。"

最先被叫来的女犯人是沈青青的下铺，俞莫寒首先让她描述了沈青青消失时候的情景，她描述的情况与前面李倩所说的完全一致。俞莫寒问道："当时沈青青忽然消失的时候有没有像电影电视里面那样冒了一股青烟？"

女犯人摇头："好像没有，她就那样忽然不见了。"

俞莫寒提醒道："你再仔细回忆一下，也许当时出现的青烟很淡很淡，几乎看不到呢？"

女犯人想了想，道："好像……也许吧。当时的情况发生得太突然了，打雷的声音也非常吓人，我没有注意到那样的细节。"

俞莫寒问道："沈青青和你们的关系怎么样？"

女犯人回答道："她很少和我们交流，很显然，她瞧不起我们。"

俞莫寒又问道："监狱里面经常发生新来的犯人被欺负的事情吗？"

女犯人道："不一定，大多数刚刚进来的人都会害怕，很规矩。大家都是在里面服刑的，有事无事去欺负人家干什么？监狱里面到处都是摄像头，惹了事会受到惩罚的。"

俞莫寒点头："所以，沈青青进来后几乎不与你们交流，你们也并没有因此去欺负她，是吧？"

女犯人回答道："谁敢去欺负她呀？她那么年轻漂亮，听说还是一个不大不小的官，像她那样的人肯定是有后台的。"

俞莫寒笑了笑，说道："有道理，还有最后一个问题，沈青青突然消失之前对你们说'我要走了'，像这样的话她以前对你们讲过吗？"

女犯人摇头道："从来没有。刚才我已经说了，她几乎不与我们交流的。"

俞莫寒继续道："你再好好回忆一下，比如她独自喃喃自语，或者半夜的时候说梦话什么的。"

女犯人想了想，说道："她有时候会说梦话，不过我记不得她都说过些什么了。"

俞莫寒神色一动，问道："在你的印象中，她是从什么时候开始说梦话的？"

女犯人回忆了一小会儿，回答道："两个月前吧，我记得好像就是那个时候。有天晚上半夜我忽然醒了，就听到她叽里咕噜地在说着什么，不过当时我很困，也没有很注意去听。后来我又听见过她说梦话，不过还是听不清楚她究竟在说些什么。"

俞莫寒朝她和蔼地笑了笑，说道："谢谢你告诉了我这么多。对了，一会儿你回去后问问其他的人，问问她们沈青青消失的时候是不是看到了青烟。"

第二个女犯人进来后，俞莫寒依然让她描述沈青青消失那一瞬间的情景，女犯人回答道："那天下暴雨前一直在打雷，沈青青说，我要走了。这时候突然就来了一个炸雷，我就看到她忽然不见了。"

俞莫寒问道："她消失的那一瞬间有青烟出现吗？"

女犯人回答道："好像有。"

俞莫寒看着她："好像？"

女犯人有些紧张，急忙道："应该是有，很淡很淡的青烟。"

俞莫寒点头。女犯人在回答后面几个问题的时候并没有提供新的线索，俞莫寒依然让她回去问问其他女犯人是否看到了青烟。接下来其他的几个女犯人都一一接受了俞莫寒的询问，她们当中有人听到过沈青青半夜说梦话，不过都听不清她说的是什么。而接下来她们在描述沈青青突然消失的场景时开始慢慢有些不同，越到后面接受询问的女犯人就越是肯定自己当时看到了青烟。

李倩是最后一个被询问的，估计是监狱长考虑到她前面已经回答过俞莫寒的问题。不过这时候她在描述沈青青消失的场景时已经变得非常夸张了。她告诉俞莫寒说："当时她就站在监舍的门口处，笑着对我们说，我要走了。这时候她的周围忽然冒出了一团青烟将她包裹住了，当炸雷响起的那一瞬间她就突然不见了。"

俞莫寒看着她："可是，先前的时候你告诉我的不是这样。你没说她当时是笑着对你们说的，而且也没有提到过什么青烟。"

李倩急忙道："当时我很紧张，所以没有说得那么详细。"

俞莫寒问道："你能肯定你刚才所说的都是事实吗？"

李倩不住点头："我完全可以肯定。"

俞莫寒又问道："你听见过她说梦话吗？"

李倩点头道："偶尔听到过，在半夜醒来的时候，不过我太困了，第二天醒来的时候就记不得她都说了些什么了。"

她没有撒谎，所有的人都没有撒谎，俞莫寒已经大致明白是怎么回事了。

"监狱长，你和沈青青熟悉吗？"询问完了几个女犯人，俞莫寒忽然问监狱长道。

监狱长怔了一下，回答道："我对监狱里面的每一个犯人的情况都熟悉，这是我工作的一部分。"

俞莫寒又问道："我想要问的是你和她的私人关系。或者是，你是否受他人所托在监狱里面关照她。对不起，我必须要问你这个问题。"

监狱长微微一笑："我明白你的意思，不过我和沈青青之间确实不存在任何私人关系，也从来没有人对我打招呼让我关照她。"

俞莫寒歉意地道："对不起，接下来我想和当值的警官交谈一下。"

眼前的这位女狱警姓刘，个子不是很高，微胖，警服被她穿得鼓鼓囊囊的。俞莫寒保持着一贯的和蔼，对她说道："刘警官，有几个问题希望你能够如实回答，拜托了。"

刘姓女狱警挺直了身体，道："是！"

此时俞莫寒基本上已经习惯了这里面的人回答问题时的习惯，也就没有再多说什么，直接问道："沈青青失踪那天是你当值吗？"

"是的。"

"沈青青所在监舍的铁门是你亲自锁上的，是吗？"

"是的。"

"在沈青青失踪前你去打开过监舍的铁门吗？"

"没有，绝对没有！"

"在一般情况下，监舍的铁门在什么时候关闭和打开？"

"第一次打开铁门的时间是每天早上七点，犯人起床后，她们要洗漱，然后早餐，早餐后开始劳动，一直到午餐后她们回到监舍，这时候铁门会被锁上；第二次是在下午两点打开监舍，下午参加劳动，一直到下午六点半晚餐，晚餐后是集中学习或者分监舍学习，晚上九点半犯人必须回到监舍，然后被锁上，十点半统一关灯休息。"

"也就是说，监舍铁门被锁上的时间也就只有犯人晚上睡觉和午睡的时候，是吧？"

"不，她们离开监舍的时候都会被锁上。"

"会不会出现偶尔忘了锁门的情况？"

"应该不会，我在这里工作已经近十年了，这一套程序几乎成了一种条件反射。"

"应该不会？几乎成了？也就是说，还是有可能会在偶然的情况下出现差错？"

"不，不会。"

"为什么这么肯定？"

"因为到目前为止我们这个地方还从来没有出现过这样的情况。"

"只是没有被发现过而已，我可以这样理解吗？"

"……我不明白你这句话的意思。"

"没别的什么意思，在沈青青进来之前你和她见过面吗？"

"不，在那之前我从未见过她。"

"有人让你关照她吗？"

"没有。"

"沈青青到这里后和你单独交谈过吗？"

"没有，她和同监舍的女犯人都很少交流。"

"像这样的情况你们一般是如何处理的？不管她，还是有人去做她的思想工作？"

"她进来还不到一年的时间，只要她的情绪波动不是特别大，我们都只是对其进行观察。"

"她进来后有人来看过她吗？"

"她的父亲来过一次，在她刚刚进来的时候。她父亲一看就是那种老实巴交的人，两个人几乎没有交谈。"

"她父亲给她带了什么东西来吗？"

"就带了几件衣服。"

"外面带进来的东西你们都会进行仔细检查。是吗？"

"是的，这是规定。"

"你在这一年当中参加过几次社会上的宴请？"

"这个……我有些记不清楚了，朋友或者同事孩子的婚礼，生日宴，老人去世等，一年下来至少也有十次以上吧。"

"那么，在这些宴请当中有没有人在你面前提起过沈青青？"

"没有。"

"其实你也参加过犯人家属的宴请，是吧？哦，这个问题已经不重要了。刘警官，谢谢你。"

刘姓女警官疑惑地看着他："你的意思是，我可以走了是吧？"

俞莫寒朝她微笑着："是的，谢谢你。对了，你们这里的狱警一共有多少人？"

女狱警回答道："……大概有近百人吧，包括行政人员，此外还有一个排的武警。"

俞莫寒又问道："武警一般不会进入监狱里面吧？"

女狱警点头："是的，除非发生特别情况，比如犯人暴动，但像这样的情况我们这里从来没有发生过。"

俞莫寒点头，客气地道："我没问题了，再次谢谢你。"

女子监狱外，俞莫寒站立在悬崖边的水泥栏杆内侧，山风猎猎。

靳向南问俞莫寒道："找到答案了？"

俞莫寒点头："至少我基本上搞清楚了沈青青越狱的方法。有一点是肯定的，沈青青不是神仙，也不是鬼怪，并不懂得什么法术，她采用的只不过是心理暗示，或者是人们传说中的幻术。"

靳向南的内心微震："真的是幻术？"

俞莫寒点头道："准确地讲，幻术其实就是心理暗示的一种方式。服刑人员是最容易被心理暗示的群体之一。一方面是因为他们习惯于服从，另一方面他们的日常生活太过简单有序。此外，监舍里面的空间比较狭小，更容易受到心理暗示。关于这一点刚才我已经证实了——我故意诱导她们说，沈青青突然消失的时候伴随着青烟的出现，结果越到后面来接受我询问的人就越确信这一点。而更为关键的是，我从刚才的调查中得知，沈青青似乎有说梦话的毛病……"

靳向南的神色一动："说梦话？"

俞莫寒点头道："是的，在我看来，沈青青说梦话很可能并不是什么毛病，而是她故意所为。当监舍里面的其他人都处于睡眠状态时，她通过那样的方式对其他所有的人进行心理暗示。由于长时间的心理暗示，于是就在其他几个人的潜意识中产生了巨大的能量，正因为如此，当她实施越狱计划的时候才会使得所有的人在同一时间产生她突然消失的幻觉。"

靳向南觉得有些不可思议："这怎么可能？明明是一个活生生的人，怎么可能做到在众目睽睽之下让人看不见？"

俞莫寒微微一笑："关于这一点，到时候我可以用实验向你证明。不过沈青青要实现越狱的计划，她第一步必须得离开监舍，而当时的值班狱警却非常肯定地告诉我说她确实是将监舍的铁门锁上了的，而且我认为她并没有撒谎。"

靳向南道："是啊……那么，沈青青究竟是如何离开的呢？"

俞莫寒回答道："所以，在监狱里一定有一个协助沈青青越狱的人。这个人需要做的第一件事情就是换掉监舍铁门上的挂锁。虽然当值的警官觉得自己锁上了，那把锁却可以轻易被人打开。当值的那位刘警官告诉我说，每天锁门开门已经成为她的一种条件反射。她所说的条件反射其实是一种潜意识的动作，在这样的条件反射下她不会去留意那把锁是否有问题，摁下去了那个动作就结束了，然后去下一个监舍。这其实是一种因为长期从事某样工作所产生出来的麻痹心理。接下来，当沈青青离开的同时，接应她的那个人将原来的那把没问题的锁换了上去。这个过程很快。由于当时监狱停电，所以在监控录像里面不会留下任何线索，正因为如此，你们后来才没有发现现场有任何的问题。此外，这个人需要做的第二件事情就是帮助沈青青离开监狱。不过他究竟是如何帮助沈青青离开这座监狱的，那就要等抓到这个人后才知道了。监狱的管理总是有漏洞可寻的，你说是不是？"

靳向南急忙道："那我们还等什么？马上将这里的狱警集中起来一一询问啊。"

俞莫寒满脸的担忧："我有些担心……"

靳向南的脸色一下子就变了："你担心这个人已经出事了？或许他已经不在这里？"

俞莫寒摇头道："不好说，人都是有侥幸心理的，所以我们还是先调查在岗的这部分人员吧。与此同时，最近几天正在休假的、轮岗的都要马上集中起来，一个都不能漏掉。"

靳向南点头道："就这么办。"说着，他拿出了手机开始拨打。

"沈青青是你带走的吗？""谁可以为你作证？"

俞莫寒对监狱的每一个工作人员都只是提了同样的问题，因为这样的方式不但简单直接，而且还非常节约时间。然而得到的答案却都是否定的，俞莫寒并没有发现他们当中有任何一个人在撒谎，因为被询问过的所有人都有人为他们作证。

即使是这样，当询问完在岗的所有人之后时间还是过去了一个多小时。俞莫寒没有想要去询问值守在这里的武警们的意思，他完全相信军队的纪律性。他伸了个懒腰，问靳向南道："不在岗的人员都集中起来了吗？"

靳向南点头道："根据监狱长提供的名单，都通知到每一个人了。我们直接回支队吧。"

下山的时候警车一路鸣响着警笛，山路蜿蜒陡峭，警车每次在转弯减速的时候都会发出刺耳的刹车声。警车终于到了山下，进入城市的交通网，雨后刚刚放晴的城市天空湿湿的，前方浅灰色的高架桥看上去有着金属一样的质感。这时候俞莫寒忽然说道："我有一种很不好的预感。"

靳向南问道："为什么？"

俞莫寒摇头道："不知道，也许是我的潜意识想要告诉我什么。"

靳向南有些无语："别着急，一会儿就什么都清楚了。"

当他们到达刑警支队的时候，一位警员跑步迎了过来，给靳向南敬礼后说道："所有的人基本上都在这里了，除了一个叫徐健的。先前我给他打电话的时候他还接听了的，可是现在已经打不通了。"

靳向南皱眉问道："这个人是什么身份？"

警员回答道："他是监狱的后勤人员，负责监狱食堂的采购。"

靳向南看了俞莫寒一眼，俞莫寒点头道："看来我的预感是正确的，我们得尽快找到这个人。"

靳向南问道："那其他的人……"

俞莫寒轻叹了一声："人数不多，首先得将他们的嫌疑排除在外才是，你觉得呢？"

询问的结果果然应验了俞莫寒内心的担忧，而紧接着得到的消息却让这起案件更加的复杂化。徐健在驾车去往监狱的路上出了车祸，车毁人亡。究竟是自杀还是他杀？警方一时间很难有一个明确的结论。

靳向南将目光看向俞莫寒，问道："你怎么看这件事情？"

俞莫寒沉思了许久，回答道："如果是他杀，似乎没有必要采用这样的方式。而且从时间来讲，他杀的出现也似乎晚了些……"

靳向南明白了他的意思，说道："从这个人的身份来看，倒是非常符合帮助沈青青越狱的条件。沈青青突然消失，监狱方面当时的注意力全部放在了监舍及监舍附近。而当时正下暴雨，警犬的作用很难发挥出来，徐健只需要将沈青青暂时隐藏起来，然后趁第二天下山采购的时候将她带出去就可以了。现在是案发的第二天，如果这起案件的后面还有其他的策划人，而从沈青青越狱的诡异性来讲，对方的整个策划应该是非常周密的。所以，他杀的发生不应该是现在，而应该是徐健将沈青青送达对方指定的位置之后。"

俞莫寒点头道："是啊，如果在这起案件的背后还有其他的策划者，而徐健又属于自杀，那么这个案子就变得复杂和麻烦多了。靳支队，从现场勘测中得出自杀或者他杀的结论可能还需要一些时间。不过无论徐健是他杀还是自杀，有一点是必须要搞清楚的，那就是他帮助沈青青越狱的目的和动机究竟是什么。"

靳向南拿起电话："尽快把徐健的个人资料送到我这里来；马上去搜查他的住处；以最快的速度查清楚他所有银行账户的情况；派人尽快查清楚沈青青与徐健之间的关系……"

放下电话后靳向南看着俞莫寒，俞莫寒郁郁说道："也不知道为什么，我的预感还是很不好。"

第二章
心理画像

　　太阳终于穿透了云层，铅灰色的天空中央慢慢透出一片片湛蓝，阳光从那些湛蓝处照射而出，形成了肉眼可见的光芒，给人以动人心魄的美感，而阳光下的这座城市也因此变得更加生动，空气也清新了许多。俞莫寒站在城南刑警支队办公楼下深呼吸了好几次，似乎可以感觉到负氧离子正在滋润着自己的身体。

　　靳向南匆匆从办公室里面出来，一边朝警车走去一边对俞莫寒说道："我去刑侦总队一趟，你暂时不要离开，等我回来后一起探讨案情。"

　　俞莫寒朝他点了点头，见警车驶出大门后才拿起电话拨打了个号码："你到什么地方了？"

　　电话里的声音回答道："我才刚刚到山下呢，估计还有一会儿才可以到你说的那个地方。"

　　十多分钟后，俞莫寒走出了刑警支队的大门，在门外站立了一会儿后就看到了自己等候的那个人正在朝自己跑过来，急忙迎了上去，笑着对她说道："辛苦你了，等我有空了请你吃饭。"

来的这个人是俞莫寒所在科室的一位年轻护士，她从包里拿出几样东西给俞莫寒递了过去："俞医生，你要的东西都在这里。吃饭就不用了，今后你多教我玩魔术就是。"

俞莫寒接过她手上的东西，笑道："没问题。"

待护士离开后俞莫寒直接去了靳向南的办公室，在里面忙活了一会儿之后又朝刑警支队外面走去，随后去对面的一家茶楼要了一杯茶，一边翻阅着杂志一边时不时去看一眼刑警支队的大门，一直等到靳向南的警车回来后又过了一会儿才离开。

俞莫寒一进靳向南的办公室，靳向南就笑着对他说道："听说你出去了，我还以为你又抽空去调查高格非前妻的案子了呢。"

俞莫寒笑了笑，说道："我就在周围转了转。"这时候只见靳向南的右手食指和中指夹烟状，随后还将手指放到嘴前深吸了一口，然后缓缓吐出一口气。俞莫寒笑着问道，"我给你带的这包香烟还不错吧？"

靳向南又吸了一口，点头道："极品云烟啊，我平时都舍不得花钱买，这是病人送给你的吧？"

前几天下雨，空气中的湿度比较重，办公室的空调一直开着。俞莫寒打开窗户，转身指了指他的右手，笑着问道："你仔细看看，你的手上有香烟吗？"

当俞莫寒打开窗户的那一瞬间，一股清新的空气顿时涌了进来。靳向南愣了一下，骇然看到自己手上正吸着的香烟竟然像空气一般突然消失了，他的脸色一下子就变了："这这这，这究竟是怎么回事？"

俞莫寒道："我不是给你讲过，关于心理暗示和幻术我会用实验向你证明的吗？其实这就是心理暗示和幻术。"

靳向南觉得简直不可思议而且难以接受："可是，刚才我明明抽的是一支真正的香烟，而且味道非常柔和。"

俞莫寒指了指墙角处："出门之前我在房间里面燃烧了一点含有致幻物质的粉末。此外……"他随即将靳向南办公桌上面的手机音量开大，"你听听，这是我出门前录制的声音。"

"靳支队，我给你带了一包烟，极品云烟，是一个病人送给我的。靳支队，我给你带了一包烟，极品云烟，是一个病人送给我的……"靳向南听到手机传来的俞莫寒的这句话反复在循环，疑惑地问："这又是……"

俞莫寒解释道："我出门前录制了这份录音，将声音调得很低，如果不注意的话几乎听不见，但是我说的这些话依然会进入你的意识里面。与此同时，在致幻剂的作用下就会让你发挥出充分的想象，让你看到了办公桌上并不存在的香烟，于是你就会从中取出一支来点上，而且还会让你真切地感受到极品云烟柔和的品质。佛曰：色即是空，空即是色。所以，我们看到的、听到的并不一定就是真实的。"

靳向南目瞪口呆："太神奇了！"

俞莫寒摇头道："其实这一切并不神奇。比如你梦见去吃东西，梦中的你一样可以品尝到食物的美味，那一切都是如此的真实。幻术和心理暗示也是一样，它触动到的是一个人对以往经验的回忆及对未知事物的想象。"

现在，靳向南对沈青青突然消失的解释已经完全理解了，点头道："我说说徐健的情况。徐健今年二十八岁，未婚，和他母亲一起生活。他是女子监狱的后勤人员，负责监狱食堂的采购，平时的表现还不错，为人和善，特别喜欢帮忙。因为他会修理一些简单的电器，监狱的工作人员家里的电器坏了都找他帮忙修理，有一次一位狱警的家人出门忘了带钥匙，就是他帮忙去打开的防盗门。"

俞莫寒点头道："所以，铁挂锁对他来讲根本就不是什么问题。"

靳向南继续说道："然而奇怪的是，徐健所有的银行账户在近期都没有大笔的款项汇入，在他的家里也没有搜查到太多的现金。还有就是，经过我们初步调查，徐健与沈青青并不曾有过任何的交往，也就更不用说他们两个人存在着某种关系了。"

俞莫寒喃喃地道："不是为了钱，也不是因为情，那他究竟是为了什么？难道协助沈青青越狱的那个人并不是他？"

靳向南顿感头疼："是啊，这个案子还是毫无线索……"

俞莫寒却摇头道："怎么能说是毫无线索呢？其实沈青青就是线索！第一，沈青青受贿的真相究竟是什么？第二，她为什么要越狱？第三，她使用的心理暗示或者幻术究竟是她自身的技能还是由他人教授？我们必须尽快将这些问题搞清楚，也许真相就在这些问题当中。"

靳向南一下子就来了精神，说道："第一个问题案卷里面讲得很清楚，她收受某国企负责人送的一个挎包和一块手表，以及欧元等财物共计二十多万元，后来被人匿名举报，经查证后事实清楚，随后就被双规。"

沈青青的案卷俞莫寒已经看过，也正是因为沈青青的这个受贿事实他才感到有些疑惑，随即说道："这个沈青青受贿的总额不过二十多万，其中最主要的还是两件奢侈品……应该是一只挎包和一块手表是吧？靳支队，你也是体制内的人，像这样的情况在贪腐的官员中应该算不上什么大问题吧？"

靳向南朝他摆了摆手，说道："只要是非法所得就是犯罪，我们不要探讨这个问题了好不好？"

俞莫寒心想也是，而且他只是说不要探讨并不就意味着不应该去调查此事。政事这东西很敏感，在面对这种事情的时候少说多做才是最佳的方式。他笑了笑又说道："那好吧，我们暂时把这个问题放一下。第二个问题，这个沈青青为什么要越狱呢？"

靳向南皱眉问道："俞医生，你究竟想要说明什么呢？"

俞莫寒道："我从来都相信一点，那就是我们每个人的行为都是有着心理动机的，特别是犯罪。有句话叫作'万恶淫为首'，这里的'淫'可不仅仅指男女之事，而是讲人的欲望，所以，犯罪是欲望战胜了理智的结果。从这样的角度来讲，沈青青接受他人贿赂的根源是因为她内心充满着虚荣的欲望。可是从被双规到入狱才一年多的时间她竟然选择了越狱，一个刚刚经历巨大人生失败的人本应该重新回归理智才是，然而她偏偏选择了如此疯狂的行为方式，这究竟是为什么呢？"

靳向南有些明白了，问道："你的意思是说，她做出越狱的这个决定其实是一时之间冲动的结果？"

俞莫寒点头："是的，对于一个不到三十八岁，又长得十分漂亮的女人来讲，十二年的刑期也就意味着人生大好年华的失去，所以她才宁愿去冒这样的风险。一旦越狱成功，那就意味着自由及继续享受人生的大好年华，即使是失败了也没有什么大不了的，五十岁和六十岁对一个失去了希望的女人来讲又有什么区别呢？当然，这只是沈青青这方面的想法，可是帮助她越狱的人又为什么甘冒风险呢？"

靳向南道："很简单，无外乎是为了钱或者是因为情而已。"

俞莫寒深以为然，说道："是的，现在我们将视线回到这起越狱案的方式上面，靳支队，你对这件事情怎么看？"

靳向南皱眉想了想，说道："不但诡异而且疯狂。"

俞莫寒赞道："你的这个评判实在是太准确了。不过在我看来，诡异只不过是表象，而在诡异的表象后面确实是太过疯狂。然而对于沈青青来讲，她做出这样的决定又何尝不是一种疯狂呢？那么，究竟是沈青青的疯狂才使得在外面配合她的那个人也变得疯狂，还是沈青青因为帮助她的那个人而疯狂呢？"

靳向南愣了一下，问道："这个问题很重要吗？"

俞莫寒笑了笑，回答道："在我看来，这个问题非常重要。沈青青曾经是一名有身份的官员，正因为如此，即使在入狱后她依然表现出一种与她身份相符的高傲，这样的高傲是什么？其实就是理智的一种表现。所以我基本上可以肯定，沈青青应该是因为帮助她的那个人的疯狂而疯狂，因为唯有那个人的疯狂才足以重新点燃她内心的希望。"

靳向南点头道："有道理。"

俞莫寒继续说道："如此的话，现在我们也就可以大致刻画出帮助沈青青越狱的那个人的主要心理特征：第一，此人是深爱着沈青青的，甚至对她的爱到了疯狂的程度；第二，能够策划出这样诡异而且疯狂越狱方式的人本身就有异于常人，他应该是一个做事情不顾一切的家伙；第三，此人应该比较有钱，否则的话他就买通不了徐健……"

这时候靳向南忽然打断了他的话，问道："你的意思是说，这起案件的真正策划者并不是徐健？你为什么如此肯定地就排除了他？"

俞莫寒道："既然是为了爱而疯狂，那就应该去和沈青青双宿双飞才是，而且在这样的情况下沈青青要最终脱困还需要他继续帮助，绝不可能独自一死了之。你想想，假如这个人就是徐健，如今让沈青青一个人去面对无尽的未知和危险的话岂不是一种残忍？"

靳向南提醒道："可是我们并没有在徐健的住处寻找到太多的现金，而且也没有发现他的银行账户有大笔的钱汇入。"

俞莫寒不以为然地道："这并不能说明什么问题，收买一个人的方式并不仅仅限于金钱，只需要投其所好就可以了。更何况以徐健的身份和地位是很难与沈青青产生情感交集的，所以我觉得基本上可以排除这个人。"

靳向南不由得点头："俞医生，请你继续说下去。"

俞莫寒却摇头道："刚才我已经讲完了。我认为我们接下来的调查重点应该是沈青青以前的情感生活，然后尽快找到帮助她越狱的那个人。"

靳向南问道："这个人会不会是沈青青的前夫？"

沈青青在十二年前有过一次婚姻，也就是在她二十五岁的时候，丈夫是省城晨报的记者，不过她的这段婚姻只持续了不到七年。两人有一个孩子，孩子现在跟着父亲，两人离婚的具体原因目前不详。俞莫寒想了想，摇头道："我觉得可能性不大。既然他们两个人已经离婚，那就说明当时他们之间的感情已经完全破裂。俗话说覆水难收，况且对方又是一名记者，很难想象他会做出这样的事情来。"

靳向南道："感情这种东西很难说，最好还是去调查一下。"

其实俞莫寒心里并不能完全肯定自己的这个判断，只不过他有些害怕去和苏咏文见面，毕竟通过苏咏文去了解沈青青的前夫是最便捷的途径。俞莫寒在心里苦笑，说道："我先打个电话再说。"

苏咏文没有想到俞莫寒会主动打电话来，心里当然十分高兴，笑吟吟地问道："莫寒，你准备请我吃饭？好啊，我今天正好有空。"

俞莫寒的脑子里面瞬间就浮现出那张漂亮得让人心颤的脸庞，以及她那足以融化犹豫的笑容。他好不容易才敛住心神，说道："我想向你了解一个人的情况……"

话还没有说完就听到苏咏文说道："好呀，没问题。你马上过来吧，我们报社楼下，还是上次那个地方。"

俞莫寒发现自己竟然找不到任何拒绝的理由："那，好吧。"

刚才靳向南一直在暗暗观察着俞莫寒的表情，待他挂断电话后就半开玩笑地问道："这又是哪位美女？"

俞莫寒急忙解释："就是一普通朋友。"

靳向南大笑，说道："那你赶快去吧，小冯就不要跟着了，我派他去调查另外的事情。"

虽然明明知道靳向南是在和自己开玩笑，不过俞莫寒的心里也并不想让小冯跟着一起去，那样会很尴尬，也不大方便。他朝靳向南讪讪笑了笑后就出了门，不远处就有地铁站，距离苏咏文所在的地方不过五站的路程。

苏咏文已经坐在那里等着他。她还是那样一身非常随意的穿着，并没有刻意打扮，但在俞莫寒的眼里却始终是那么的完美。现在的他越来越感到迷茫了——每次和倪静在一起的时候内心是那么的安宁，就如同他本心希望的那样，温馨、淡然，仿佛自己和她就是前世的情侣，一切都是那么的理所当然。可是他又非常享受与苏咏文的每一次见面，她每一次的出现都会让他的内心有如沸油入水般飞溅起无尽的激情，这样的感觉又是另外的一种美好，就仿佛回到了二十岁之前轻盈奔跑于球场时候的年轻与澎湃，以及初恋时的激动与羞涩。

"这么快？"苏咏文朝他笑着问道，晶莹洁白的牙看上去也是那么的完美无缺。

这一刻，俞莫寒忽然就联想到了沈青青的美。沈青青的美丽似乎更甚于眼前的苏咏文，特别是她那张从骨子里面透出古典美的穿旗袍的照片。苏咏文的美有如春天的桃花般芳香，时时刻刻散发出青春的气息，而沈青青却如同秋日里的桃子般成熟、艳丽。俞莫寒如实说道："我刚才在城南刑警支队，他们那里刚刚出了个大案子……"

苏咏文禁不住就笑了起来，说道："你这个精神病医生变成神探了？"

俞莫寒苦笑着说道："他们找到了我，我也没办法。朱宽居，你认识这个人吗？"

苏咏文点头："他以前是我们晨报的记者，他出什么事情了？"

以前？俞莫寒愣了一下，说道："他的前妻越狱了，目前警方正在追踪她的下落。你刚才话中的意思是说，朱宽居现在已经没有在你们报社了是吧？"

苏咏文道："他在两年前就已经辞职了。他前妻？他前妻越狱和他有什么关系？"

俞莫寒没有回答她的这个问题，问道："朱宽居辞职后去了什么地方你知道吗？"

苏咏文回答道："这个人和林达有些相像，我说的不是相貌，他们都是胆子比较大的那一类人。我听说朱宽居辞职后就做生意去了，其他具体的情况就不了解了。"

俞莫寒准备离开，可是心里面却有些不舍，他想了想又问道："他后来结婚了吗？"

苏咏文笑道："他有老婆的啊，你刚才不说我还不知道他以前还离过婚。你要找他是不是？我这就帮你问问他现在的联系方式。"随即她就打了一个电话，她拿出一个小本子记下了一个号码，将那一页扯下来递给了俞莫寒，"喏，拿去。"

俞莫寒觉得自己再也没有了继续待在这里的理由，起身对她说道："谢谢你。"

"喂！"这时候苏咏文却叫住了他，"你着什么急啊，我还等着你请我吃饭呢。"

其实俞莫寒也不想离开，他看了看时间，歉意地说道："靳支队专门跑到医院去帮我请了假，我得抓紧时间去帮助他们尽快把这个案子调查清楚。以后吧，等我有空了再请你吃饭好不好？"

苏咏文看着他，满脸的不悦，说道："俞莫寒，你根本就没有把我当朋友。"

俞莫寒有些尴尬:"你为什么要这么说呢?我真的很忙……"

苏咏文冷哼了一声,说道:"一件越狱的案子怎么会请你去帮助警方调查?你都对我隐瞒了些什么?"

俞莫寒为难地道:"总之,他们请我帮忙是有原因的,只不过这个案子还处于保密阶段,有关的细节我暂时还不能告诉你,实在是对不起。"

听他这样一讲苏咏文倒是能够理解了,她笑了笑,说道:"那,到时候你一定要第一个告诉我好不好?"

俞莫寒的心里一下子就轻松了,朝她点头说道:"好,我答应你。"

苏咏文又道:"还要请我去吃那家的鱼。"

俞莫寒咧嘴笑道:"没问题。"

苏咏文朝他挥手道:"去吧、去吧,俞医生,不,俞大侦探,你可要记住自己刚才的承诺哦。"

俞莫寒朝她笑了一下,转身准备离去,这时候却又听见她在身后叫道:"你等等!"

俞莫寒再次转身,疑惑地看着她。苏咏文禁不住"扑哧"一笑,说道:"没别的什么事情,就是想告诉你,林达上次更新的那一条微博被他删除了,而且他最近更新的内容都与高格非案无关。莫寒,你真厉害,他好像真的被人收买了。"

俞莫寒的手机上早已下载了微博的应用程序,从苏咏文那离开后就即刻去查看了林达的微博,发现林达上次更新的那一条微博果然不见了,而且最近更新的内容都是其他诸如环保、中小学生教育,以及刚刚发生的热点新闻方面的评论等。不少粉丝在他的这些微博下面质问他删除那条微博的原因,不过他都没有予以回复,然而奇怪的是,与他相互关注的大V们却并没有因此而发声。俞莫寒想了想，觉得很可能是他与那些人通过私信或者其他方式作过交流。

嗯，要解释删除那条微博的原因其实很容易，比如说自己遭受到了更大的威胁，然而又不能确定对方的真实身份，所以为了自身的安全才不得不如此。不过从这件事情上面也就完全可以说明此人对自己那些粉丝纯粹就是利用，然而可悲的是，他的那些粉丝并没有因此而对他彻底失望。

群体意识下的个体往往狂热而弱智，他们往往对自己所崇拜的偶像无条件地信赖。

在心里叹息着，俞莫寒给俞鱼打了个电话："姐，原告方是不是已经不再上诉了？"

俞鱼回答道："具体的情况我还不清楚。刑事案件上诉的期限是在判决书下达后十日之内，现在时间还没有到。不过那位叫林达的记者已经将他上次更新的那一条微博给删除了，程奥又称病不再代理此案，我觉得这里面的情况很可能会发生一些变化。"

俞莫寒又问道："高格非有消息吗？"

俞鱼回答道："目前还没有，莫寒，你那边的调查进展如何？"

听到姐姐这样问，俞莫寒就明白了她并没有彻底放弃这个案子，回答道："前几天下雨，我的调查只能暂时停了下来。不过最近我们发现了一个非常重要的线索……"

俞鱼听了他所说的这个情况后顿时就激动了："莫寒，接下来我和倪静都来和你一起去调查这起案子，一旦所有的事情都水落石出了，高格非的案子也就会因此而发生巨大的变化。我还从来没有像现在这样心里憋屈得慌，这口气我一定得出！"

俞莫寒急忙道："姐，现在有警方的人在出面调查高格非前妻的案子，你们就不要出面了，你和致远哥还是尽快去一趟泰国吧，说不定回来的时候一切都真相大白了。"

俞鱼叹息了一声后说道："我心里面装着这么大的事，哪里还有心思去考虑其他的事情？更何况你哥最近正准备辞职，他暂时也没有要出去的打算。"

辞职还需要准备吗？俞莫寒说道："姐，致远哥辞职的事情还需要得到你的大力支持，否则估计他很难真正下得了决心。"

俞鱼道："我现在已经同意了他辞职的事情啊。"

俞莫寒觉得自己的这个姐姐有时候实在是太粗线条了，苦笑着说道："我亲爱的姐姐啊，同意和支持根本就是两回事好不好？我哥他是男人，而且还是一个很有责任心的男人呢，否则他还在那里犹豫什么？"

俞鱼似乎有些明白了，不过她还是有些犹豫："莫寒，你告诉姐，你哥他真的适合走那条路吗？"

俞莫寒笑着问道："姐，你是想做官太太呢还是作家太太？还有，你是想让你们今后的孩子在外人面前说'我爸爸是处长'，还是'我爸爸是作家'呢？"

俞鱼笑道："好像都还不错呢。"

俞莫寒也笑："这不就得了？一个有责任心的男人，他肯定会一直努力下去的，无论他的职业是什么。"

俞鱼终于彻底想明白了。

和姐姐通完电话后俞莫寒也想给倪静拨打过去，可是最终因为犹豫放弃了。他忽然发现自己竟然不知道应该和她说些什么，而且更要命的是，他真切地感觉到了自己内心中的愧疚与惶恐。

而正是这种复杂的心绪才使得他再一次拿起了手机："倪静，晚上我们一起吃饭吧。"

倪静问道："你今天要下山？"

俞莫寒说道："我在协助警方调查另外的一起案子，具体的情况我们见面后再说。"

倪静笑道:"你这个精神病医生怎么变成侦探了?那好吧,下午我早点儿回去买菜。莫寒,你想吃什么?"

俞莫寒想了想,说道:"吃饺子吧。"

倪静道:"好。"

电话挂断后俞莫寒才发现自己并不是无话可说,一切都还是像以前那样自然,而且刚才自己的内心也并没有出现愧疚与惶恐。嗯,她毕竟是自己已经明确了关系的女朋友,而苏咏文并不是。

俞莫寒想去拜访沈青青的前夫朱宽居,但自己毕竟不是警察的身份,单独前往的话难免有些尴尬,而且很有可能被拒之门外。因此他去了城南刑警支队,找到了小冯,要他和自己一起去。

小冯给朱宽居打去电话后对方马上就接听了,随后就约定在他的公司见面。小冯挂断电话后对俞莫寒说道:"我觉得这个人应该没什么问题。"

俞莫寒点头:"现在我们需要的是了解到更多有关沈青青的情况,或许他能够为我们提供一些什么。"

小冯建议道:"沈青青父母所住的地方比较顺路,要不我们先去拜访一下他们?"

俞莫寒摇头道:"既然已经与朱宽居联系好了,那还是先去他那里吧,回来的时候我们再顺便去拜访一下沈青青的父母。"

小冯顿时就明白了他的意思:既然朱宽居是犯罪嫌疑人的可能性不大,那么他协助警方的调查也就只不过是一种义务,无论是什么原因将他晾在一边都是不应该的。作为一名警察,小冯不得不承认自己的内心深处时时刻刻都存在着一种执法者的优越感,正因为如此才往往会忽略掉他人的感受。想到这里,小冯不禁暗暗感到有些汗颜。

将警车停到车库后两个人乘坐电梯上楼。朱宽居经营的竟然是一家装修公司,规模并不大,他的办公室在最里面,空间也显得有些狭窄。俞莫寒暗暗观察了一下眼前的这个人,发现他的身材修长,瘦瘦的,微微有些驼背,言行举止中带着一种老于世故的狡黠。一见面他就非常客气地站起来朝小冯伸出手去,说道:"我可是很久没有和警察打过交道了,二位前来究竟是为了什么事情?"

小冯与他握手后就将俞莫寒介绍给了他,不过只是说俞莫寒是自己的同事,随后就直接问道:"朱总,你最近和沈青青有过联系吗?"

朱宽居愣了一下,回答道:"沈青青?她不是在监狱里面吗?她出什么事情了?"

小冯看着他,说道:"她越狱了。"

朱宽居满脸的惊讶:"越狱?她一个女人,怎么可能……我明白了,一定是有人帮她,所以你们怀疑帮她的人是我?我首先声明啊,我可不认识监狱里面的人。现在我有自己的家庭和两个孩子,也不可能去做那样的傻事,而且如果这件事情真的和我有关系的话,现在肯定不会还在这个地方等着你们找上门来不是?"

此人果然是老油条,一开口就首先撇清了自己,而且此人似乎还非常熟悉警方的思维模式,一下子就猜到了他们俩前来的意图。俞莫寒笑了笑说道:"我们只是前来例行性询问朱先生一些问题。朱先生,你以前好像是晨报的记者吧?怎么突然就开起装修公司来了?"

朱宽居讪笑道:"小生意,赚点儿小钱而已。这个问题好像和你们要调查的事情无关吧?"

俞莫寒发现这个人把自己包裹得太紧,有些不大好打交道,说道:"也许吧,那么朱先生,你和沈青青最近有过联系吗?"

朱宽居摇头道:"自从离婚后就几乎没有过联系了,即使是她来看孩子也都是我不在家里的时候。"

俞莫寒看着他,问道:"你的意思是,自从你们俩离婚后就形同陌路了？"

朱宽居笑了笑："也可以这样说吧。"

俞莫寒道："如此说来，当初你们俩离婚的原因就是感情已经完全破裂，是吧？"

朱宽居回答道："差不多就是这样。"

俞莫寒仿佛没有听到他的回答，继续问道："一般来讲，两个人感情完全破裂要么是两个人都有问题，要么是男方或者女方出现了重大的问题。那么，你们俩的情况究竟是属于哪一种？"

朱宽居这才发现自己已经入了坑，急忙说道："这个问题似乎也与你们要调查的事情没有多大的关系吧？"

俞莫寒非常肯定地告诉他道："当然有关系。"

朱宽居摇头："你的意思我不明白。"

俞莫寒笑道："我明白了。你不愿意回答我刚才的这个问题其实是因为当初你做了非常对不起她的事情，所以你们才离婚，所以你们在离婚后才一直形同陌路。是这样的吗？"

朱宽居不说话。俞莫寒依然看着他，继续问道："沈青青很漂亮，而且你们还有一个孩子，你却背叛了自己的婚姻，这又是为什么呢？"

朱宽居依然保持着沉默。俞莫寒叹息了一声后说道："朱先生还真是一位很有担当的男人啊，即使和前妻离婚了这么多年也还是不愿意去说对方的坏话，就凭这一点就让人十分敬佩啊。不过朱先生，如今沈青青已经越狱，成了逃犯，我们非常希望你能够向我们提供你所知道的有关她的所有情况，你这样做是在帮助警方，与你的人品无关。"

朱宽居苦笑着说道："我真的有很多年没和她联系过了，而且当时也确实是我和另外一个女人好上了才造成的离婚。"

俞莫寒问道："和你好上的那个女人就是你后来的妻子，是吧？"

31

朱宽居疑惑地看着他："是的。"

俞莫寒朝他微微一笑，说道："由此说明你其实是一个非常负责任的男人，那么很显然，当时你的出轨肯定是有原因的，是不是因为沈青青出轨在前？"

朱宽居犹豫着问道："这个问题很重要吗？"

俞莫寒点头道："是的，因为我们必须要尽快找到帮助她越狱的那个人。那个人对沈青青的感情肯定非常深厚，否则他不会甘冒风险做出这样的事情来。"

朱宽居摇头道："肯定不会是他。"

俞莫寒的眼眸一亮，问道："你说的是谁？"

朱宽居叹息了一声，回答道："我当时也只是听到了一些传闻，不过我相信那些传闻都是真的。"

见他始终犹豫着不想说出具体的情况，俞莫寒心里一动，心想朱宽居和沈青青离婚的时间好像正好是在医科大学上层变动的前后，问道："是医科大学的前任还是后任？"

朱宽居说道："学校那么多年轻有为的教师，为什么就只有她被提拔得最快？高格非还是普通职员的时候她就已经是正处级了，在我看来，她除了漂亮之外其实也没有什么特别的能力。"

很显然，朱宽居的内心对沈青青是充满着怨恨的，只不过多年来他一直没有将这样的情绪表达出来罢了。而此时，他内心积聚已久的那些东西终于有了一种发泄的冲动。俞莫寒惊讶地问道："你也知道高格非的情况？"

朱宽居点头道："他和沈青青是同学，我当然认识他了。这个人以前书生气很重，又没有任何的背景，再加上命运多舛，毕业后那些年过得非常糟糕，沈青青在家里经常说起他，对他很是同情。"说到这里，他停顿了一下后才继续说道，"沈青青的发展从一开始就很顺利，大学毕业后的第五年就当上了学校的团委书记，正处级。在大学里面，这个职务比较特殊，所以一开始我并没有怀疑什么，直到有一天我忽然收到了一封没有署名的信，这封信里面没有一个字，只是在一张纸上面画了顶绿帽子。于是我这才开始暗地里去调查沈青青的情况，然后就听到了许多关于她和学校校长的传闻。那时候我和沈青青已经有了孩子，我宁愿那些传闻只不过是捕风捉影，不过我还是将那封信递给了沈青青，结果她一看顿时就气急败坏，说，一定是高格非干的，因为他嫉妒我！我冷冷地看着她，说道，你别管是谁干的，你先回答我你和那个人的事情究竟是不是真的。她回答说，如果我说是有人在造谣，你相信吗？我说，我需要你给我一个明确的回答。结果她却说，既然你根本就不相信我，那我的回答还有意义吗？从那以后我就再也没有问过她这件事情了，因为我已经相信了那些传言。"

俞莫寒问道："于是你就采取那样的方式去寻求内心的平衡，同时也是为了报复她？"

朱宽居道："也算是吧。其实那个女孩子一直都很喜欢我，我也觉得她很不错，只不过我是一个有家庭的人，而且还有孩子，所以一直以来都在控制着自己内心的冲动。我没想到沈青青竟然会做出那样的事情来，所以也就因此替自己找到了一个背叛婚姻的合理理由。"

俞莫寒又问道："关于那封信，你后来去问过高格非没有？"

朱宽居摇头："我干吗要去问他？寄信的人根本就没有署名，而且那只不过是沈青青的怀疑罢了，而对于我来讲，去搞清楚谁寄的那封信还有任何的意义吗？"

俞莫寒点头道："确实也是。那么据你所知，是否有这样的一个人，也许沈青青并不喜欢对方，对方却对她一往情深。"

朱宽居摇头说道："我真的不知道。刚才我说了，那个人肯定不可能，那只不过是一个流氓学者而已，手上有了权力后就开始捞取金钱、攫取美色,像这样的人根本就不会在乎真正的情感。我和沈青青离婚后就再也没有过问过她的任何事情,因为我和她的往事实在是不堪回首。"

俞莫寒又问道:"你们离婚的时候沈青青还在学校上班吗?"

朱宽居点头。俞莫寒紧接着问道:"也就是说,沈青青为什么被下派挂职以及她后来所有的事情你都不清楚了,是吧?"

朱宽居回答道:"是的,不过我毕竟是报社的记者,她后来的情况我还是知道一些的,如此而已。"

俞莫寒站起来朝他伸出手去:"朱先生,谢谢你告诉了我们这么多的情况。"

朱宽居急忙和他握手,说道:"其实我可以回答你最开始的那个问题,因为我老婆是学设计的,我有两个孩子,家里很需要钱。"

俞莫寒朝他摆了摆手:"这个问题我只是随便那么一问。谢谢你,朱先生。"

刚刚从朱宽居的公司出来小冯就问道:"俞医生,你觉得那封信会不会就是高格非写的呢?"

俞莫寒想了想:"有可能。你要知道,很多时候女人的直觉往往是正确的。"

小冯说道:"也就是说,其实当时高格非的淡然只不过是一种表象?"

俞莫寒点头道:"是的,这才是一个正常人应有的表现。嫉妒心是人类的本能之一,如果一个人把所有的好处都得到了,当然就会引起他人的嫉妒。特别是当时的高格非,他的心理肯定是极度不平衡,大家都是同学,凭什么就你一个人家庭和睦、事业发达?于是产生了破坏之心也就很正常了。"

小冯道:"心理不平衡的也许不止高格非一个人吧?"

俞莫寒道:"我也并没有说寄信的那个人就一定是他啊,只不过觉得他的可能性最大而已。因为相对来讲，他的心理是最不平衡的那一个……"说到这里，他若有所思地继续说道："如果寄信的那个人真的就是高格非，那就说明他其实是一个非常懂得自我心理调适的人，正因为如此，他才得以表面淡然地度过那段最艰难的日子。也正因为如此，他才能够最终接受妻子并不是死于意外的事实。"

小冯想了想，问道："你为什么会这样认为呢？"

俞莫寒回答道："越容易控制自己心理平衡的人往往就越现实，也就是说，只要筹码足够，这样的人就可以放得下一切。"

这一下小冯有些明白了，问道："你的意思是说，高格非后来被快速提拔的真正原因其实是交换的结果？"

俞莫寒并没有作明确的回答："也许吧，谁知道呢。"

小冯又问道："你也觉得医科大学的那位前校长不可能是帮助沈青青的那个人？"

俞莫寒点头说道："对，我觉得朱宽居说得很对，那个前校长不过就是一个流氓学者。"

小冯继续问道："那么，医科大学的现任校长呢？他又是一个什么样的人？"

俞莫寒的声音透出丝丝寒意："他连学者都算不上，就是一个流氓官员罢了。"

小冯点头："可是我就不明白了，为什么高校里总是出现这样的人呢？"

俞莫寒纠正了他的话："不是高校里总是出现这样的人，而是医科大学这所学校里的个别案例。腐败这种东西除了因为权力得不到有效的监督之外，还可能与一个群体固有的氛围有很大的关系。在我看来，医科大学里面的整个教师群体就存在着很大的问题。"

小冯不大明白他的意思："哦？"

俞莫寒继续解释道："如果一个群体奴性太重，习惯于对上级阿谀奉承，为了获取某种利益而不择手段，这其实就是对权力的纵容。你想想，如果你是校长，在忽然间发现无论钱财还是女色都是可以轻易得到的，那么你会不会就因此而不再控制自己的欲望，从而变成一个贪婪的人？"

小冯一下子就笑了起来，说道："还别说，如果真是那样的话，我还确实不能保证自己不会变坏。"

这一刻，俞莫寒忽然想到了那个年轻的辅导员。在那个年轻辅导员的心里，高格非就是他的偶像，同时也是他追求未来美好前程的动力，然而身处那样的环境，今后也难免会因为长期的耳濡目染而变成下一个奴才。

俞莫寒在心里不住感叹。

沈青青的父母曾经都是省城某中学的教师，近两年先后退休。俞莫寒一看就明白沈青青长得更像父亲一些，眼前的这位高个子老人有着挺直的鼻梁，而沈青青的母亲却略显矮胖，不过肌肤依然雪白。很显然，沈青青继承了她父母基因中最优秀的那一部分。

很显然，自从沈青青越狱的事情发生之后警方就即刻来过这里，所以小冯刚刚亮明身份两位老人就开始变得局促起来，脸上的笑容中透出小心翼翼，举手投足间显得有些不知所措。他们都是老实、本分的人，可惜的是那个曾经让他们感到非常骄傲的女儿如今却变成了这样。俞莫寒进屋后大致打量了一下眼前的这个家，发现无论是装修还是里面的陈设都是非常的简单、朴素。这一刻，俞莫寒忽然发现自己的话有些说不出口了，斟酌再三之后才开始问道："沈青青这两天与你们联系过没有？"

沈青青的父亲不住摇头道："没有。"

俞莫寒又问道："我想要问的是，最近两天有没有别的什么人向你们提起过沈青青的事情？"

沈青青的父亲摇头，随即将目光投向了老伴。沈青青的母亲也在摇头，说道："没有啊。"嘴唇颤抖着接着说道，"她怎么会干出这样的事情来呢？怎么会这样呢？"

俞莫寒的心里有些难受，因为他忽然想起了自己父母脸上的皱纹。他轻咳了一声，说道："我们暂时把这件事情放到一边吧。两位老人家，沈青青离婚后又谈过恋爱吗？"

老太太摇头："我们问过她，她说不想再结婚了。我们问多了她就生气，还说再烦她她就不回来了。"

沈青青的父亲在一旁叹息着不说话。俞莫寒心想，表面上骄傲的沈青青即使是在父母面前也不愿意多说自己内心的真实想法，这又何尝不是一种孤独呢？所谓的孤独说到底就是自己不能被他人所理解，于是只能将自己的内心包裹起来。俞莫寒又问道："她受贿的事情究竟是怎么回事你们清楚吗？"

沈青青的父亲回答道："就是两年前她出国了一趟，有人送给了她一个皮包和一块手表，还有些欧元，结果后来就被人给举报了。她以前在学校上班多好啊，为什么非得去下面工作呢？如今做官的风险那么大，她又是一个女孩子，我真是不明白她究竟是怎么想的。"

也许你们当时可不是这样想的。俞莫寒在心里苦笑着，又问道："也许有那么一个人，他特别喜欢你们的女儿但是你们的女儿并不喜欢他，在你们的印象中是否存在这样的一个人呢？"

两位老人对视了一眼，随后一齐摇头。俞莫寒这才发现他们其实对自己的女儿根本就不怎么了解，只好起身告辞。

小冯也很是郁闷，从沈青青父母的家里出来后就苦笑着说道："想不到这一圈下来还是一无所获。"

俞莫寒想了想，说道："一定存在着那样的一个人，而且最可能的情况就是，那个人一直以来对沈青青只不过是一种单相思，沈青青虽然知道他对自己的感情但是并没有在意。正因为如此，这个人才基本上没有进入人们的视线当中。但这并不是说没有别的人知道这个人的存在，所以我们只能进一步去调查沈青青的情况，尽快将这个人找出来。"

随后两个人就回到了城南刑警支队，靳向南这边目前也没有任何的进展，不过他完全同意俞莫寒的这个思路。他问道："接下来是不是应该去一趟沈青青曾经工作过的那个县级市？"

俞莫寒点头："当然是要去一趟的。"

这时候靳向南忽然又问了这样的一个问题："对了俞医生，你说滕奇龙心脏病发作的那天晚上，那个神秘的女人会不会就是沈青青？"

俞莫寒愣了一下，笑着说道："你的这个想法很有意思，如果要搞清楚这个问题，那就必须当面去询问那位被开除的保安。"

第三章
毫无头绪

没想到晚上一起吃饭的时候倪静也问了同样的问题，俞莫寒回答道："我觉得那个神秘的女人是沈青青的可能性并不大。"

倪静问道："为什么？"

俞莫寒回答道："从表面上看，在医科大学校长发生更替的情况下，沈青青必将面临重新站队的问题，或者她被安排去下面挂职也确实是滕奇龙的安排，于是沈青青为此不得不付出一些代价似乎是一件很合理的事情。"

倪静问道："难道不是吗？"

俞莫寒却摇头道："你也是女性，应该站在沈青青的角度上去分析她的心理。如果沈青青与前任校长的那种关系是真实的，那么对于这个女人来讲，为了其个人目的再次与滕奇龙发生关系，当然是不会存在任何心理上的障碍的。但是，假如在她和滕奇龙之间还存在着一个高格非，这样的事情就基本上不大可能发生了。为什么？因为沈青青毕竟不是娼妓，即使为了某种利益而去交易也只可能是在暗地里进行，绝不会当着他人的面表现出来，更不可能当着自己同学的面去做那样的事情，否则的话，她即使得到了自己想要的，一切也会变得毫无意义。"

倪静想了想，问道："为什么毫无意义？我有些不大明白。"

俞莫寒解释道："对于大多数人来讲，人生的意义就在于自身的价值能够得到最大限度的体现，无论是追求权力还是金钱都是源于这个心理动机，这其实就是人类在精神层面上的追求。为了达到自己所追求的目的，有的人动用各种关系，有的人采用贿赂的方式，在某些人看来这是理所当然的事情——没有付出哪能得到呢？而沈青青的方式其实也是贿赂，是性贿赂。社会关系是一种资源，金钱和美貌同样也是一种资源，拥有这些资源的人都会自认为那是一种特别的能力，在他们看来，自己所得到的东西是通过自己的能力交换所得，当然就是理所当然的事情。不过他们其实都非常清楚，这种所谓的能力只不过是麻痹自己的说辞罢了，一旦被揭穿也就会成为一场被人鄙视的笑话。我们来看沈青青，当高格非一直得不到提拔的时候她所表现出来的只不过是高高在上的同情，而当她怀疑那封信很可能是高格非在搞鬼的时候，愤怒地认为那是高格非的嫉妒所致。嫉妒是什么？嫉妒是弱者对强者，失败者对胜利者敌视的心理状态。在沈青青的内心里面，高格非就是一个弱者和失败者，所以，她绝不会当着高格非的面去做那样的事情，否则她和高格非的位置就会反转过来，让她一直以来引以为傲的能力因此而遭到对方的鄙夷，甚至会让自己多年来所有的努力都化成乌有，这些都是她绝对不能够接受的。"

这一下倪静终于明白了，叹息了一声后说道："我真不明白她是怎么想的，难道一个处级的位子对她来讲真的就那么重要吗？竟然不惜为此而付出婚姻破裂的代价。"

俞莫寒笑了笑，说道："其实我也不明白，不过从心理学的角度来讲，权力这种东西所代表的其实就是欲望的满足，当一个人拥有了权力之后就会获得高高在上、控制他人的满足感。从人的本能来讲，拥有权力也就意味着可以支配更多的东西，比如财富，比如交配权等。千万不要小看人的这种本能和心理上的欲望，它足以让许多的人因此而上瘾，甚至会为此不顾一切、不择手段。"

倪静笑着朝他摆手说道："我们不说这个了，太阴暗了。对了莫寒，高格非前妻的事情你调查得怎么样了？"

俞莫寒叹息着说道："虽然已经发现了非常有用的线索，但现在实在是没有时间去调查这个案子啊。本来最简单的办法就是让高格非开口，可是现在他又不在本地，而且即使是在的话他也不大可能告诉我们事情的真相。总之，这件事情非常麻烦。"

倪静安慰道："别着急，事情总会有搞清楚的那一天的。"

俞莫寒苦笑着说道："也不一定啊，最近我才知道，被警方搁置的悬案可不是一件两件。不过我会尽量想办法去搞清楚那些事情的，特别是高格非精神分裂忽然发作的原因。"

这时候倪静的嘴巴动了动，不过却最终没有说出话来。俞莫寒忽然紧张了起来，因为他已经意识到了倪静想要问自己的可能会是什么事情，他抬起手腕看了看时间，说道："明天还要一大早起来，我得早些回去休息。"

倪静的眼神怪怪的，问道："你好像有些紧张？"

俞莫寒急忙道："我为什么要紧张呢？倪静，你千万别胡思乱想。"

倪静"扑哧"一笑，说道："也许是我想多了吧。那好吧，我送送你。"

几场大雨过后，南方的天气终于出现了白天和晚上比较大的温差，幽暗的灯光中微风徐徐，倪静挽着俞莫寒的胳膊行走在小区里，她的头轻轻地靠在俞莫寒的肩上，他们俩都没有说话，静谧中却充满着脉脉的温情，两个人的身后拖出两道长长的影子。这是一个非常适合恋爱的季节。

俞莫寒觉得倪静是这个世界上最聪明的女子，她仿佛知道所有的一切但又给予他最大的自由和选择的时间和空间，而且毫不吝啬地赐予他宁静与温暖。俞莫寒为此而感动、自责，却又偏偏忘记不了那张生动、活泼、充满着激情的脸。

"今天怎么这么早就回来了？"母亲诧异地问道，眼神中带着探寻的疑问。

父亲却比较睿智，问道："明天不上班？"

俞莫寒回答道："警方又有案子请我去协助他们调查。我忙活了一天，刚刚在倪静那里吃完了饭，明天还要继续去城南刑警支队。"

他的这个回答顿时让母亲放下心来，父亲却对他刚才说到的事情很感兴趣，朝身旁的位子轻轻拍了拍："过来坐，说说情况。"

俞莫寒将沈青青的事情大致说了一下，父亲听了后只是微微点了点头，问道："那么，高格非的事情你就因此停下了？"

俞莫寒苦笑着说道："现在确实没有太多的时间去调查这件事情，只好暂时放一下。"

父亲又问道："你姐呢，她现在是什么打算？"

俞莫寒想了想，问道："我姐她什么都没有告诉您？"

父亲说道："她只是说不会放弃，她的性格我知道，其实你决定继续调查下去也是为了帮她是不是？"

俞莫寒摇头："也不完全是，作为精神病医生，我最感兴趣的是高格非忽然出现精神分裂的根源。"

父亲知道儿子并没有完全说实话，不过却对他们姐弟俩深厚的感情而感到非常欣慰。这时候他又忽然问了一句："汤致远最近一段时间很少到家里来了，那天早上他和你姐回来的时候我总觉得他们俩好像有些不大对劲,你姐和他是不是出现了什么问题?"

俞莫寒轻松地道:"他们没什么问题的,我听说他们正在准备要孩子呢。"

父亲觉得有些惊讶,问道:"你姐的身体……医院能够解决她的这个问题?"

这时候母亲也走了过来,站在那里等着俞莫寒的回答。俞莫寒说道:"他们准备找人代孕。"

父亲愣了一下:"可是汤致远的身份……"

俞莫寒道:"致远哥已经决定辞职。"

母亲在旁边一下子就急了:"他辞职了怎么办?今后在家里带孩子?"

父亲也向俞莫寒投去询问的目光。俞莫寒问道:"致远哥为什么不可以在家里带孩子?如果我也是这样的情况,你们会不会允许我辞职后在家里带孩子?"

母亲瞪了他一眼,说道:"你可是要给我们生孙子的,辞职了我们养你。可是致远他……"

俞莫寒禁不住就笑了起来,说道:"妈,您这可是两套不同的标准啊。现在可是一个开放的社会,您怎么还那么封建呢?"

母亲这才发现自己被儿子拿住了把柄,蛮不讲理地道:"你是我儿子,那就应该不一样。"

父亲连忙摆手,问道:"你赶快告诉我们,致远他辞职后究竟准备去干什么?"

俞莫寒这才说了实话:"他准备从事专业写作,今后当作家。爸,妈,你们别这样看着我,致远哥在这方面是很有天赋的,而且又有文学基础,如今他一个月的收入就有好几万了呢。"

父亲点头道:"写作倒是适合他,不过这并不是长久之计啊,万一哪天江郎才尽了怎么办?"

俞莫寒笑道:"才尽的是江郎,又不会是我致远哥。以后的事情谁说得清楚呢?假如他不辞职,今后就一定能够在仕途上走下去?说不清楚的事情嘛。"

母亲道:"那至少是一份比较稳定的工作啊。"

俞莫寒笑道:"稳定的工作又怎么样?一个月几千块钱,一年下来的收入还没有他现在一个月挣得多。爸、妈,你们就不要杞人忧天了,在我看来,对于他们现在的情况来讲,没有什么比要孩子更重要的了,家庭稳定才是第一的,你们说是不是?"

父亲顿时就笑了,说道:"你说得很有道理,看来我们的思想确实是有些老旧了。"

其实俞莫寒也知道,父母那一辈的人大多思想保守的根源还是因为过去的贫穷,长期处于朝不保夕的状态之下才不得不选择了相对比较稳妥的生活方式,并由此慢慢形成了一种固定的思维模式。其实这样的思维模式在如今体制内的某些人身上依然根深蒂固,就如同汤致远辞职这个问题上面长时间的犹豫。这其实也是精神层面上的基因传承,心理学上被称为集体无意识现象。这种集体无意识的现象不仅仅根植于一个民族的文化与习惯之中,还可以通过基因的方式一代代遗传下去。比如祖辈生活在南方的父母,即使是他们的孩子出生在国外并早已养成了牛奶面包的饮食习惯,一旦这个孩子接触到了麻辣的滋味就会从此迷恋上这样的味道并沉浸其中。

俞莫寒将这次与父母谈话的内容告诉了姐姐俞鱼,俞鱼听后顿时大松了一口气,说道:"我还正犹豫着是不是要告诉他们这件事情呢,这下好了,只要他们能够接受就好。"

俞莫寒知道,姐姐虽然时常表现出一种强势,其实她还是非常在乎父母的感受的。女性天性向内,而且心思细腻,这些年来全靠她在家里陪着父母,最近她不愿意回家只不过是因为婚姻上遇到了些麻烦却又不想去听父母的唠叨罢了。俞莫寒能够理解姐姐的心理感受，因为前段时间他也一样不想回家。想到这里，他的心里面也是感叹不已。

为了沈青青的案子，城南刑警支队的警员们大多都被撒了出去，对沈青青的通缉令也已经发往各地，但是到目前为止依然没有任何的消息与线索。

"也许你的思维模式对这样的案子更有用处。"靳向南有些焦头烂额，如此对俞莫寒说道。

俞莫寒苦笑："我也一样的毫无头绪啊。"

靳向南非常认真而且真诚地对他说道："人的所有行为都是受心理支配的，你在心理分析方面很有水平，而且在我看来，沈青青的这次越狱计划虽然看似严密，却存在极大的风险，非常的疯狂，我简直都要怀疑这起越狱事件的策划者精神有些不正常了。"

俞莫寒敬佩地看着眼前的这位刑警支队队长，赞叹道："靳支队讲得太好了！我完全赞同你的这种说法。不过在我看来，疯狂的那个人绝不是沈青青，而是帮助她的那个人。"

靳向南的眉间一动："哦？你为什么这样认为？"

俞莫寒道："沈青青是女性，又曾经是一名官员，她应该有着最起码的理性，而且最关键的是她当时正身陷监狱之中，如果这起越狱计划是她所策划的，事前就应该显露出某些蛛丝马迹，比如情绪烦躁，或者是激动，这些都是在思考过程中必须会出现的情绪反应，但是她没有，她一直孤傲、冷静，不过经常在半夜的时候对着同监舍的人说'梦话'，很显然，她只不过是这个计划的执行者，而且她并不完全相信这个计划就一定会成功，只不过在内心抱有那么一丝希望，否则她也一样会烦躁、激动。"

靳向南点头道："嗯，有道理。"

俞莫寒继续说道："你们警方已经调查过，我和小冯也去询问过沈青青的前夫和她的父母，然而所有的人都说沈青青自从离婚后就再也没有恋爱过，但如此疯狂的事情也就只能是一个深爱着她的人才可能做出来，因此，我认为这个人极有可能是单相思。也就是说，一直以来他都默默地、深深地在爱着沈青青，而沈青青虽然知道却一直没有答应对方。所以，其实沈青青从内心里面是非常感动的，同时也是非常相信他的，正因为如此，当徐健将越狱的计划传递给沈青青之后，她才会毫不怀疑地一步步去执行，虽然她明明知道这个计划的成功率可能极小。"

说到这里，俞莫寒皱了皱眉仿佛在思考着什么。靳向南点上了烟，深吸了一口后问道："还有吗？"

俞莫寒轻轻拍了拍椅子的扶手，说道："因爱而痴狂啊……这个人的年龄应该和沈青青差不多，也就是在三十五岁到四十岁之间，单身，性格内向，应该没有什么社会地位。到目前为止，我能够分析出来的情况大致也就只有这些了。"

靳向南仔细想了想，有些明白了俞莫寒对这起越狱案策划者心理画像的依据，问道："我记得你上次还提到了这个人另外的一个特征，那就是他很有钱。"

俞莫寒皱眉道："对此我也感到有些疑惑。像我刚才所描述的那样一个人，他不大可能是一个有钱的人，除非是……除非是父辈给他留下了一大笔的遗产。嗯，这样的可能性倒是极大。没有父母的唠叨，这么大年龄还依然单身，将所有的感情都倾注在一个不可能喜欢上自己的女人身上……"

靳向南皱眉道："可是，我们要如何才能尽快寻找到这个人呢？"

俞莫寒思索着说道："也许最了解沈青青的人应该知道，接下来我想去一趟瓜州市。"

靳向南点头："我马上让小冯去准备车辆。俞医生，案子的事情就辛苦你了。其他的我就不多说什么了，总之就是'感谢'这两个字。"

俞莫寒笑了笑，说道："现在我才发现自己对这样的事情其实是很感兴趣的，毕竟非常具有挑战性。"

靳向南大笑，说道："那今后我们再遇到这一类案子就再去找你。对了俞医生，小冯对我说了你那个对腐败形成的原因的说法，我觉得很有意思。你的意思是说，如果一个群体奴性太重，习惯于对上级阿谀奉承，为了获取某种利益而不择手段，从而就造成了对权力的纵容，这其实就是腐败产生的根源之一。那么在你看来，一个群体究竟应该是一种什么样的状态才是健康的呢？"

俞莫寒笑了笑，说道："应该像一辆车一样，不但要有方向盘、前进挡，还应该有后退挡及安全的刹车系统。也就是说，一个群体里面绝不能只有一个声音，一定要能够容纳反对的声音，否则的话就必定会是车毁人亡的局面。"

靳向南感叹了一声，说道："讲得好啊……"

临出发前俞莫寒忽然想起了一件事情，打了一个电话后就对小冯说道："我们先去一趟省教委。"

小冯问道："去找那位苟处长？"

俞莫寒点头，说道："对，万一他能够为我们提供一些有用的线索呢？"

小冯心想也是，要是真的能够从苟处长那里得到线索也就不用跑到下面去了，事半功倍呢。

半小时后警车就到了省教委的外边，俞莫寒却指了指对面："那里，车就停在这里吧，我们从天桥过去。"

小冯沿着他手指的方向看了过去，那是一家茶楼。两个人下了车上了天桥，天桥下面车流涌动，看上去很是壮观。茶楼位于两栋高耸入云的大楼中间，古色古香，前面还难得有一块小小的院坝，这栋低矮建筑顶部的天空一片湛蓝，给人的感觉并不违和，反而还有一种孤寂的美感。很显然，它是一座被刻意保留下来的古建筑，设计师为它两侧新大楼的设计方案花费了不少的心思。

也不知道是怎么的，俞莫寒觉得这座古建筑有些像当年的高格非，它虽然在城市现代化的进程中显得有些格格不入，但最终被非常完好地保存了下来，而且在周围华丽建筑的包围中展示出了它独特的风格。

茶楼里面却并不像俞莫寒想象的那么雅致，老式的木制地板和廊柱的油漆脱落了不少，斑驳得让人感到触目惊心。里面的茶座也极其普通，只不过顾客极少，环境倒也清净。

苟明理已经在里面等候，茶也泡好了，他歉意地对俞莫寒和小冯说道："这里条件差了些，不过还比较适合谈事情。"

俞莫寒知道，他只是不想在单位里面接待警察，以免引起他人无端的猜测和非议。眼前的这座茶楼很显然是没有遇到一个合适的老板，投入的严重不足，所以才造成了经营上的恶性循环。不过这地方并不是位于城市的正中心，周围的消费群体估计也比较时尚，茶楼这样的项目似乎并不适合。这一刻，俞莫寒的心里面忽然一动：这个地方倒是适合开一家心理治疗中心，或者用于精神性疾病的康复似乎都很不错。

人们习惯性认为精神病治疗与康复所需要的是一个绝对清净、远离城市喧嚣的场所，而俞莫寒并不这样认为，在他看来，那样的场所选择其实是为了照顾正常人群的感受。这个地方闹中取静，透过窗户就可以看到和感受到城市的繁华，这正是精神性疾病患者所需要的环境，因为他们最需要的就是虚幻与现实的融合。

当然，这样的想法并不现实，而且很难得到有关单位的许可，毕竟这是一个正常人占绝大多数的世界。

俞莫寒直接就说明了来意："苟处长，谢谢你能够答应我们的请求。这次我们来是为了向你了解沈青青的一些情况。"

苟明理愕然:"沈青青?"

俞莫寒点头:"是的,因为沈青青越狱了。"

苟明理满脸不可思议的表情:"她?越狱?怎么可能?"

俞莫寒当然不会向他介绍案情的细节,问道:"苟处长,据你所知,这些年来沈青青的追求者都有哪些人?"

苟明理想了想,回答道:"她恋爱的时间比较早,上大学的时候就开始和朱宽居谈恋爱了,毕业后不久他们就结了婚,名花早已有主,哪来的什么追求者?"

俞莫寒摇头道:"那可不一定,沈青青那么漂亮,想来还是有暗中喜欢她的人吧?"

苟明理笑了笑,说道:"既然是暗中喜欢,那我怎么可能会知道呢?"

俞莫寒看着他:"其实以前你也喜欢过她的,是吧?"

苟明理有些尴尬,不过并没有否认:"喜欢是喜欢,但那并不现实。"

俞莫寒问道:"也就是说,像你这样情况的人其实并不少,是吧?"

苟明理自然了许多,回答道:"爱美之心人皆有之,这也很正常是吧?"

俞莫寒继续问道:"那么,在你认识的那些有可能曾经喜欢沈青青的人当中,目前还是单身的有没有?"

"单身?"苟明理想了好一会儿,摇头道,"好像没有。"

这时候俞莫寒又想到了另外的一种可能:"已经结婚却一直没有孩子,夫妻感情也不大好,这样的人有吗?"

苟明理又想了想,摇头道:"我们那一届的同学好像都有孩子了吧?"

虽然是一种不肯定的回答，但俞莫寒觉得价值不大，毕竟刚才的那个问题所涉及的范围实在是太大了。他又问道："那么，沈青青离婚后的情况呢？你们聚会的时候她一般都会参加的，是吧？你们在一起的时候问过她这方面的事情吗？"

苟明理摇头说道："不，她很少参加我们的同学聚会，据说她和高格非之间的矛盾很深。不过有一次聚会是由她组织的，当时是我们一个在国家卫生部工作的同学回来。因为大家都知道沈青青的婚姻状况，所以在一起吃饭的时候不可能去问她个人感情方面的问题，那毕竟是人家的私事。"

俞莫寒问道："她没有通知高格非，是吧？"

苟明理点头。俞莫寒又问道："据你所知，沈青青平日里和谁的关系最好？"

苟明理回答道："她恋爱和结婚的时间都比较早，和同学之间的关系相对来讲也就比较疏远，而且她有些孤傲，让人很难亲近，即使是我们的女同学也都不怎么喜欢她。"

俞莫寒微微一笑："估计还是因为她的那些传言吧？"

苟明理尴尬地笑了笑，说道："看来你们已经非常了解她了。"

俞莫寒问道："她不在的时候你们是不是会在背后议论她的那些事情？"

苟明理道："男同学不会，女同学有可能。有什么好议论的呢？人家长得漂亮，又愿意付出，那就是她的资本。"

俞莫寒觉得他的这个回答很有意思，问道："所以，你们其实在内心里面是看不起她的，是吧？"

苟明理摇头说道："有这种想法的应该是那些女同学吧。男同学应该不会，不过高格非可能是一个例外。"

俞莫寒不解地问道："为什么？"

苟明理的神情有些暧昧："她很漂亮。"

漂亮足以弥补男性对她某些行为的厌恶,漂亮是一种资本,所以她的某些行为也就是一种理所当然。俞莫寒大致解读出了苟明理暧昧神情中所表达出来的意思,笑了笑说道:"倒也是。对了,在你看来,滕奇龙心脏病发作的那天晚上,传言中的那个神秘女人会不会就是沈青青呢?"

苟明理即刻说道:"绝不可能是她。"

俞莫寒问道:"为什么?"

苟明理回答道:"当时沈青青是学校的团委书记,那个保安不可能不认识她,传言中的那个女人却是非常的神秘。很显然,传言中那个女人神秘的原因是那个保安根本就不认识她。"

确实是这个道理。这时候俞莫寒突然想起苟明理先前说到的那件事情,问道:"你们在卫计委工作的那个同学是男的还是女的?"

苟明理回答道:"是男同学。"

俞莫寒觉得有些奇怪:"为什么那一次的聚会是由沈青青安排的呢?"

苟明理一侧的嘴角微微上扬了一下,说道:"沈青青去北京出差,那个同学宴请了他,人家回来当然就应该由她回请了。"

俞莫寒看着他:"你好像对你的那个同学有些看法?"

苟明理霍然一惊,急忙道:"没有,怎么可能呢?"这时候他才忽然意识到了俞莫寒的不简单,而且眼前的这两个人又是为了沈青青的案子而来,心想自己可不能为了一些小事惹下大麻烦,随即又说道:"那个同学只不过是卫计委里面的一个科级小职员,却在我们同学面前傲气得不得了……"

俞莫寒顿时就明白了,笑了笑说道:"如果是我的话也肯定会十分厌烦这种人的,苟处长,你觉得帮助沈青青越狱的那个人会不会就是他呢?"

苟明理愣了一下,说道:"那个家伙虚伪得很,不大可能会去干那样的傻事。"

俞莫寒继续问道:"他其实也很喜欢沈青青,是吧?"

苟明理点头,忽然就笑了起来,说道:"那天晚上吃饭的过程中,那个家伙一直色眯眯地看着沈青青,结果我们这帮同学伙同起来把他灌得大醉。"

俞莫寒也笑,问道:"后来沈青青责怪你们没有?"

苟明理笑道:"灌他的酒本来就是沈青青发起的,她怎么可能责怪我们呢?"

俞莫寒看着他:"在你看来,沈青青其实并不是那种很随便的女人,是吧?"

苟明理正色道:"她也是人,有时候不得不利用一下自己的资本,但她绝不是一个随便的女人,否则她根本就不可能在官场上立足。"

俞莫寒不以为然地道:"但她还是因为贪腐被判了刑。"

苟明理叹息了一声,说道:"她只不过是一个牺牲品罢了。"

俞莫寒惊讶地看着他:"哦?你为什么这样讲?"

苟明理摆手道:"道听途说而已。对不起,有些事情我不能随便讲,请你们不要为难我。"

这时候小冯关掉了录音设备,说道:"现在你可以说了吧?"

苟明理依然摇头,此时的他早已后悔得肠子都青了,说道:"完全是没有根据的事情,对不起,你们去问当时的办案人员吧。"

"他为什么不愿意告诉我们实情?"从茶楼里面出来的时候小冯问道。

俞莫寒倒是可以理解,说道:"估计是涉及上面的事情。正如他所说的那样,毕竟只是传言,毫无根据,所以他很后悔当时的一时失言可能给自己惹下大麻烦。不过他刚才所说的基本上都是实话,我们不应该过于为难人家。"

小冯问道："俞医生，那我们现在……"

俞莫寒转身看着那栋低矮古朴的建筑，轻叹了一声，说道："走吧，我们去瓜州。"

第四章
瓜州之行

瓜州位于省城的东南，是一个经济比较发达的县级市，因为历史上盛产各类瓜果时蔬而闻名天下，故得此名。南方与北方的最大不同就是眼前总是能够看到青山绿水，即使是在平原地区也依然有草木茂盛的低矮山峦起伏。不到一个小时的时间两个人就到达了目的地，然后直接前往市政府。说明了情况之后，出来接待他们的是市政府办公室的一位姓郭的副主任。

郭主任自我介绍说："当时沈青青副市长分管卫生、教育、体育、宗教，我就是负责联系这一块。"

这位市政府办公室的副主任是一位男性，俞莫寒估计他对沈青青的个人情况不会有太多的了解。正这样想着，却听到这位郭主任问道："听说她越狱了？你们就是为了这件事情来的吧？"

俞莫寒和小冯顿时就想起了警方发出的通缉令，毕竟沈青青在这里任职过，所以消息传递得比其他的地方要快一些。俞莫寒点了点头，问道："郭主任怎么看这件事情？"

郭主任说道:"她一个女的,估计是有人帮她,不然的话怎么可能跑得出去?"

俞莫寒微微一笑,说道:"郭主任说得对。那么,你认为究竟是什么人在帮她呢?"

估计他早就思考过这样的问题,回答道:"像这样的事情,不是她的父母就是爱人。除此之外谁还会为此不顾一切地去付出?"

这其实是一个非常浅显的答案,只不过很多人平常很少去注意、去思考这其中的真意。俞莫寒赞道:"很有道理。不过我们目前已经基本上排除了她父母协同作案的可能,而且据我们所知,沈青青自从离婚后就一直没有再谈恋爱,郭主任以前与她有较多工作上面的接触,不知道能不能给我们提供一些相关的情况?"

郭主任摇头道:"我只是在分析其中的可能性,至于具体的情况并不清楚。她当时是我的上级,像这种私人性的事情我也不可能去了解和过问。"

俞莫寒看着他:"有些情况总是会被你注意到的,比如某人经常来找她,比如外面的某些传言,等等。毕竟她那么漂亮,所以应该比较引人瞩目。"

郭主任道:"我真的不清楚。我们这里距离省城比较近,她除了平时上班的时间之外,周末和假期都是要回省城去的,上班的时间都是处理工作方面的事情,而且她也并不随和,很难让人亲近。虽然我是联系她这一块工作的,但我毕竟是男的,平时也就只是工作方面的接触。"

俞莫寒不禁皱眉,心想此人讲了半天说的都是毫无意义的空话,他又问道:"在你看来,沈青青的工作能力究竟如何?"

郭主任笑了笑,说道:"说实话,她在工作能力方面非常一般。"

俞莫寒看着他:"如果她现在依然在位的话,你也就不大可能会说出这样的话来吧?"

郭主任尴尬地笑了笑，说道："我说的是实话。"

俞莫寒不想继续和他谈下去了，眼前的这个人在市政府里面算不上是什么大人物，像他这样的人反而顾忌较多。俞莫寒客气地对他说道："我们想见一下你们市长，麻烦你帮忙联系一下可以吗？"

郭主任犹豫着说道："我们市长很忙……"

俞莫寒严肃地看着他："案情紧急如火，我们来这里不是礼节性的拜访，在如此重大的案情面前没有级别对等接待么一说。郭主任，请你把我刚才的意思转达到市长那里，我相信他一定会抽出时间来见我们的。"

郭主任急忙道："那你们稍等一会儿，我这就去请示市长。"

眼前这位瓜州市的市长四十多岁的年纪，微胖，他见到俞莫寒和小冯二人的时候倒是比较客气，直接就离开了办公桌到了会客区请他们坐下，马上又吩咐秘书端来热茶。小冯此时有些紧张，而俞莫寒毕竟在国外学习生活过多年，在官员面前至少不会有太大的压力，惶恐之感也就更不会有。

俞莫寒客气地道："童市长，谢谢您百忙之中来接见我们，您的时间紧，我们就直接开始吧。"

童市长点头："沈青青的事情我已经听说了，有什么问题你们就直接问吧。"

现在的官员素质就是不一样了啊，至少眼前的这位就非常务实而且平易近人。俞莫寒就直接说道："目前沈青青依然下落不明，我们必须尽快将她缉拿归案，否则很可能会造成非常不良的社会影响。童市长，不知道您对沈青青在职期间的人际关系，特别是情感方面的事情是否清楚？"

童市长斟酌着说道："她一直是处于未婚的状态，我们是同一个班子的成员，大家相处得还是很不错的，我比她年长，有时候就开玩笑劝她还是尽快成个家，可是她却说自己早已对婚姻失望，如今更是愧对孩子，所以就不想再考虑这个问题了。据我这些年以来的观察来看，她似乎也确实没有这方面的考虑。"

俞莫寒觉得眼前的这位市长有些答非所问，仿佛是在回避某些方面的情况，不过他也能够理解，毕竟身在官场，顾忌颇多。他又问道："有没有追求沈青青的人呢？如果说明面上没看见，那么传言中有没有呢？"

童市长回答道："我倒是曾经听说省药监局一位姓陈的处长一直在追求她，不过后来就再也没有消息了。"

俞莫寒在心里记下了这个情况，又问道："童市长如何看沈青青受贿的这件事情？"

童市长怔了一下，反问道："这应该与你们正常调查的事情没有什么关系吧？"

俞莫寒明显感觉到了对方在这个问题上极其敏感的反应，说道："当然是有关系的，因为这件事情或许与她越狱的动机有关。"

童市长只好回答道："她的受贿事实俱在，其本人也供认不讳，法院依法对她进行了判决，我觉得这件事情并不存在着任何的问题。"

俞莫寒看着他："可是有人却认为她只不过是一个牺牲品，童市长对此又有什么看法呢？"

童市长举起手摇摆了两下，说道："传言而已，简直就是无稽之谈。"

俞莫寒笑了笑，说道："看来童市长是听到过这种无稽之谈的。那么，关于沈青青的这种传言究竟是什么样的呢？"

童市长正色道："既然是无稽之谈，我就更不能以谣传谣了。你们说是不是？"

俞莫寒也十分严肃地说道："您对我们讲这件事情当然就不是以

谣传谣了，因为我们现在正在调查和讨论有关沈青青的案情。"

童市长又是一怔，随后哂然一笑，说道："你们是来调查沈青青越狱后的去向的，像这种捕风捉影的事情还是少去关心为好，说不定还会因此分散了你们的注意力。"说到这里，他即刻站了起来，"对不起了，二位，我已经把我所知道的情况都告知了你们，我马上还有一个非常重要的会议，就不能继续陪你们了。"

俞莫寒和小冯只好站了起来。俞莫寒说道："我们想找沈青青以前的秘书和驾驶员了解一些情况，麻烦您吩咐一下下面的人。童市长，打扰您了。"

童市长的手一挥，朗声笑着说道："这肯定是没有问题的，你们还是去找郭主任，他一定会安排好的。"

事情到了现在，无论是俞莫寒还是小冯都已经明白，沈青青很可能真的就是一个牺牲品，而且所牵涉的人级别还不低，否则为什么就连刚才的那位市长都如此忌讳这个话题呢？俞莫寒沉吟了片刻，自言自语般说了一句："或许有个人知道具体的情况。不过这件事情并不是我们目前最需要搞清楚的问题，童市长说得对，现在我们最首要的是尽快寻找到沈青青的下落。"

小冯问道："你说的那个人是谁？"

俞莫寒笑道："医科大学的那位前校办主任啊，我记得他当时在说到沈青青的时候可是给予了她一句评语的：红颜薄命。很显然，他的这句话绝不是随便讲出来的，因为当时我们正在调查的是高格非的事情，所以他在评论沈青青的时候也就没有了任何顾忌，因此，'红颜薄命'这四个字绝对是他有感而发。这位医科大学的前校办主任虽然崇尚的是无为，他把所有的事情都看在眼里，当然也会去分析、琢磨，只不过就是不讲出来。"

小冯笑道："听你这样说来，这个人简直就是一只老狐狸嘛。"

俞莫寒点头道："没错，他其实就是一只老狐狸！"

沈青青的秘书很年轻，省城师范大学中文系毕业。沈青青出事后她也没有再做新上任副市长的秘书，虽然新上任的副市长依然是一位女性。其实有些人的职位越高反而更加迷信。

古时候的体制对官和吏是区分得非常清楚的，虽然现在人们含糊其词、混为一谈，但从待遇与配置上还是可以发现官与吏的差别。比如，政府所属的各大局的负责人是不可以配秘书的。作为副市长，秘书和驾驶员都是沈青青身边最亲近的人，最可能接触到她的私事，所以俞莫寒非常希望能够通过这两个人得到一些有用的线索。

然而俞莫寒还是失望了，一番询问下来才发现，无论是沈青青的秘书还是驾驶员，竟然都对她的某些情况一无所知，由此俞莫寒不禁有些疑惑：沈青青为什么将自己包裹得那么紧，以至于对自己最亲近的人都要如此防备呢？那么，她究竟经历过了些什么？

在这样的情况下俞莫寒反倒不愿意马上返回了，总不能白来一趟不是？他想了想后对小冯说道："或许我们应该去听听下面那些老百姓对这位曾经的副市长是如何评价和评论的。"

小冯问道："你的意思是说，我们去找一家人比较多的茶馆？"

俞莫寒点头："这不是最便捷的方式吗？"

南方人的生活比较休闲、精致，这是因为数千年农业社会下南方相对比较富足。穷则思变，富则思安，人们在能够吃饱肚子的情况下就会开始琢磨如何将食物的味道变得更好、更精致，同时也会开始享受悠闲、富足的生活。南方产茶，而且产好茶，人们特别喜欢去茶楼闲聊、娱乐，甚至很多生意都是在茶楼里面谈成的。不过随着世界文化的大融合，如今不少的人逐渐习惯于去咖啡厅，但是老年人依然固守着原有的传统习俗。

在喝茶这件事情上人们依然受到从众心理的支配，那些老字号、人多的地方几乎天天顾客盈门。那里有熟悉的人、熟悉的味道，还有每天不同的新鲜事，于是，许多老人就将每天去那样的地方当成生活的必需。

打听之后俞莫寒和小冯很快就找到了这座城市中最热闹的一家茶肆，它位于城市公园的一旁，一个小门面外面的空地上一大片的竹椅，密密麻麻几乎坐满了人。走近一看，小门面的门口处立着两个用铁皮桶改装成的火炉，熊熊火焰的上面全都是水壶，有的在冒着热气，小门面的里面放着一排排重叠着的盖碗茶杯，还有装着瓜子花生的小碟。

俞莫寒和小冯在人群中终于找到了一处座位，坐下后就朝着小门面处大喊了一声："两杯茶，一碟瓜子！"

很快就有人过来了，将两只盖碗茶杯和一碟瓜子放到了他们面前的茶几上，用刚刚烧滚的水给他们泡上茶，伸出手说道："二十块。一杯茶十块，瓜子是送的。"

小冯急忙掏钱朝那人递了过去。俞莫寒朝旁边的几位老人笑了笑，问道："你们每天都到这里来？"

刚才那几个老人本来正在说着话的，也许是因为二人太过年轻，所以就将注意力集中在了他们的身上，此时一听俞莫寒如此问道，其中的一个老人笑着说道："是啊，我们每天都来这里喝茶。"

俞莫寒又问道："如果是下雨呢？"

老人笑着朝小门面旁边的地方指了指："有遮阳伞呢。多年来习惯了，如果哪天有别的事情不来喝茶的话，就会浑身不舒服。你们二位不是本地人吧？"

俞莫寒道："我们是从省城来的，距离这里也不远。这地方真不错，很适合养老。"

这时候另外一个老人说道："这倒是，像我们这样的小地方，过日子的话就是要比省城舒服，年轻人也没有那么大的压力。人这一辈子不都是这样么,安安稳稳、清清闲闲多好,有些人争这争那,到头来还不是像我们一样坐在这里喝茶。"

又一个老人笑道:"老孙,你这是没追求。"

刚才说话的那个老人假装生气地道:"谁说我没有追求?当年我当局长的时候才刚刚三十出头,是我们这里最年轻的正局级干部!"

其他几个老人顿时都笑,最开始说话的那个老人说道:"老孙,你就别老是嘚瑟这件事情了,要是你不乱搞男女关系,后来怎么也是个副市长了吧?"

估计这几个老人经常在一起开玩笑,老孙也并不生气,说道:"我那是追求爱情!你们根本就不懂。"

俞莫寒强忍住笑说道:"我倒是觉得孙老说得很有道理,人这一辈子平平安安才是最重要的。有的人追求了一辈子,最终落得一场空,就如同你们这里的那位女市长,真是令人感叹啊。"

那位孙姓老人即刻说道:"是啊,我还正想说这件事情呢,听说沈青青居然越狱了,简直不可思议。"

一个老人说道:"有什么不可思议的?自古以来都是这样,红颜落难,英雄救美。"

又一个老人说道:"现在哪里还有什么英雄?我看啊,肯定是她买通了监狱里面的人。"

刚才俞莫寒的那句话完全是借机而言,于是一下子就让老人们有了一个都非常感兴趣的新话题。

"你以为监狱里面的警察都是傻子啊?那样的钱可不是那么好拿的。沈青青长得那么漂亮,当然是有人在外面帮她。很多地方的监狱在管理上可是存在着不少问题的,有人想钻空子也不是没有办法。"

"听说沈青青离婚后就一直单身?"

"红颜薄命,自古如此。"

"那么漂亮的女人出来当什么官啊？不如找个好男人养着，生儿育女，做个阔太太多好？"

"是啊。这个沈青青的能力平平常常，管了这么多年的文教卫生，我们市在这方面几乎没有多大的发展，看病越来越贵，孩子上学越来越难。真不知道上面是怎么想的，有能力的人那么多，干吗非得让她来做这个副市长。"

"人家上面有人，漂亮的女人谁不喜欢？"

"别乱说话，我看她还是很不错的，至少不像有些官员那么贪。二十多万，据说就是拿了人家的一个包一块手表就被抓了，真是不划算。"

"听说她是被某个人牵连的，结果牵连了她的那个人反而屁事都没有。她这是神仙打架，小鬼遭殃。"

"唉！依我说啊，她根本就不应该跑到下面来做官。听说她以前是大学里面的老师，当大学老师多好啊，收入高，还受人尊敬。她一个女人，才智平平，根本就不适合在官场里面混，不出事情就怪了。"

……

俞莫寒听了好一会儿，结果发现这些人的议论都是想当然，心里不禁很是失望，给了小冯一个眼神之后两个人就起身离去。

上车后两个人都没有说话，主要还是因为心情不大好。警车上了高速路后俞莫寒才拿出电话给那位华主任拨了过去，向他询问了沈青青的情况后就听对方说了一句："两个高手下棋，其中的一个动了一枚棋子，另一个人发现情况不对，结果就只好选择妥协和让步。"

俞莫寒有些不大明白，问道："这和沈青青的事情又有什么关系呢？"

华勉笑着说道："我只是在和你探讨下棋的事情。就这样吧，我还有点儿别的事。"

　　说完后对方就挂断了电话。俞莫寒很是郁闷，觉得这个人太过故弄玄虚。不过他很快就想明白了一点：这个华勉知道的东西其实并不多，故弄玄虚只不过是为了让人觉得他深不可测罢了，或许医科大学历届的负责人都非常吃他这一套。

　　靳向南听完了俞莫寒的情况汇报后倒是并不特别着急，说道："自从沈青青越狱后警方就马上封锁了各大交通要道，估计她想逃出去不大可能。我们总会找到她的，就是时间上的问题。"

　　俞莫寒又对他说了华勉的那句话。靳向南笑道："他所说的情况倒是可能，官场上的人最是懂得权衡与让步。这件事情就不要去查了，事情一旦涉及上面就会变得更复杂，而且我并不认为一个为了自己的位子连女人都会舍弃的人会不顾一切地去帮她，如果真是那样的话就真是见了鬼了。"

　　此时俞莫寒也大致明白了华勉那句话的意思，心想这个沈青青虽然能力寻常，但在有些方面其实也很不简单，正如苟明理所说的那样，至少在关键的时候她善于而且舍得利用自己的长处。他想了想，说道："我还是坚信策划这起越狱案的人是沈青青的一个追求者，这个人一定存在，也许是目前我们调查的方向错了。"

　　靳向南拍了拍他的肩膀，说道："我倒是觉得你的方向并没有错，既然是单相思，那就说明这个人一直隐藏得比较深，不过既然你坚信这个人是真实存在着的，那就一定会有蛛丝马迹。这才过去了不到三天的时间，我们慢慢来，慢慢去把这个人找出来。"

　　其实俞莫寒知道，靳向南的内心比他还着急，他说这样的话只不过是一种安慰罢了。欲速则不达，有时候逼得太紧反而不是什么好事情。俞莫寒道："那我们先去一趟省药监局。"

　　靳向南客气地道："辛苦你了，俞医生。"

　　俞莫寒看着他脸上泛起的倦意，朝他点了点头，转身就朝外面走去。

在去往省药监局的路上俞莫寒接到了苏咏文打来的电话："我知道你在调查的是什么案子了，怎么样？情况进展如何？"

俞莫寒苦笑着说道："到目前为止什么线索都还没有呢。"

苏咏文道："晚上一起吃饭吧，我对这个案子挺感兴趣的，说不定我还能给你某些帮助也难说。"

俞莫寒有些犹豫，因为害怕。是的，他害怕自己刚刚倾斜到倪静那边的情感再次发生偏移。他想了想，说道："我现在还有事情呢……"

苏咏文在电话里面笑："我说的又不是现在，就这样决定了哦，一会儿我给你发短信告诉你晚上吃饭的地方。"

"我……"他忽然发现对方已经挂断了电话。

不多久苏咏文的短信就进来了，上面是一家餐厅的地址，就在距离俞莫寒父母家不远的地方。

省药监局的那位处长名叫柯林海，现龄四十岁，多年前离异，有一子跟着前妻，三年前再婚，如今已经有了一个两岁的女儿。

然而俞莫寒和小冯并没有见到省药监局的这位处长，据办公室的人讲，从头天下午开始他就没有来上班了，只是打了电话来说要去外地开会。

办公室的人马上给柯林海打电话，却发现处于关机的状态，接下来又给他妻子打了电话，他妻子也说他头天就出差去外地了。俞莫寒和小冯顿时就意识到情况不大对劲，急忙给靳向南打了个电话后就直接赶往那位处长的家。

靳向南也紧接着到了，带着好几辆警车和十数名刑警，引得小区里面的人不禁注目，议论纷纷，不知道出了什么事情。

靳向南带来了搜查证。俞莫寒估计他肯定是临时在空白的搜查证上面填写了名字，刑警应该有这样的特权以备不时之需，毕竟执法者在紧急的情况下需要规避违法的风险。

让所有人都没有想到的是，警察竟然在柯林海的家里搜查出来了大量的现金。而此时柯林海的妻子早已吓得面色苍白，抱着孩子在那里瑟瑟发抖。警察讯问了好一会儿之后才得知，柯林海确实是在头天下午离开的家，离开的时候带着一只旅行箱，至于旅行箱里面装有什么东西她却并不知道。柯林海的妻子说："他每次出差都是带着那只旅行箱，东西都是由他自己准备。"

至于家里的那些现金，柯林海的妻子说都是她丈夫带回来的，还特别吩咐说不要轻易去动。很显然，眼前的这个女人是知道这些钱的来路是有问题的，却依然默许了丈夫的行为。

"俞医生，你先回去休息吧，接下来就是我们的事情了，一旦有了柯林海的消息我就马上告诉你。"靳向南那张疲惫的脸已经变得神采奕奕，如此对俞莫寒说道。

俞莫寒点头。他知道，警方有着足够的手段和能力可以尽快将柯林海找到。

果然，随后就听到靳向南开始用手机下达一个个的命令：

"马上通过柯林海的身份证查找他现在最可能的下落。"

"查看柯林海住家附近的监控录像，从他昨天下午离开家之后查看起，一直追查他后来去了什么地方。"

"马上派人去调查柯林海银行账户的情况，特别是他近期的银行流水；暂时不要冻结他的账户，随时监控他取款的情况。"

"派人去他前妻和父母那里了解情况。带上搜查证。"

俞莫寒看了看时间，出了小区后叫了辆出租车然后去了苏咏文在短信上面所说的那个地方。

眼前的这个地方也是一家鱼庄，苏咏文已经提前到了。她一见到俞莫寒就笑着告诉他:"这里没有我们在山上吃的那种鱼,我只好点了别的。"

这一刻,俞莫寒马上就懂得了她选择这个地方及刚才那句话所包含的意思,顿时觉得心里有愧,歉意地对她说道:"对不起,最近实在是太忙了。"

苏咏文瞪了他一眼,随即嫣然一笑,说道:"你明白就好。不过没关系,只要你在心里对我有愧,就一定会抽空请我去山上吃鱼的。你说是不是?"

俞莫寒没想到她会说得这么直白,讪讪道:"过两天吧,只要我有空就一定请你上山去吃那家的鱼。"

话音刚落,倪静的电话就进来了:"莫寒,你在什么地方?"

俞莫寒有些心虚,急忙起身朝外面走去:"我刚刚和靳支队分开,正准备和朋友一起吃饭。"

说完后就忐忑地等着对方的下文,随即就听倪静说道:"哦。莫寒,刚才我收到了一个包裹,发现里面是一只非常漂亮的翡翠手镯,我仔细看了一下,觉得价值不菲。奇怪的是我根本就不认识那个寄件人,而且东西还是从我们省城寄出的。"

俞莫寒心里顿时一动,问道:"你是不是在怀疑东西是那个受伤的老人寄给你的?"

倪静道:"是呀。我想了很久,这才想起了上次那个老人拿起我的手仔细看的事情来,觉得最大的可能就只有他了。"

俞莫寒想了想,觉得倪静的猜测很可能是正确的,同时也好奇于那个老人的做法,说道:"东西暂时先放在你那里吧,等我找到他之后再还给人家。当时我帮他只不过是职业使然,不应该去接受他如此贵重的礼物。"

倪静说道:"我也是这样想的。"

俞莫寒又和她闲聊了几句后才挂断了电话。他苦笑了一下,心想那个老人还真是有些奇怪。

"女朋友打来的电话？"苏咏文待俞莫寒坐下后似笑非笑地问道，目光中却分明带着一丝的哀怨。

俞莫寒有些尴尬，含糊其词地说了句："她和我说点儿事情。"

苏咏文并没有到此为止的意思："现在就这么怕她，今后怎么得了哦。"

俞莫寒不住咳嗽，急忙问道："点菜了没有？跑了这一天下来，我还真是有些饿了。"

看着他的窘态，苏咏文禁不住就笑了起来，说道："算啦，我不笑话你了。你看你，你刚刚进来的时候我就已经说过点了别的鱼，想不到你那女朋友那么厉害，一个电话就把你的魂都吓丢了。"

俞莫寒又是一阵咳嗽，连忙转移了话题："就在刚才，案子已经有了些进展，警方正在全力寻找那个犯罪嫌疑人。"

苏咏文的注意力一下子就被吸引住了，问道："哦？那快说说情况。"

于是俞莫寒就将柯林海的事情简单讲了一下，苏咏文听了后皱眉问道："你觉得帮助沈青青越狱的会是这个人吗？"

其实俞莫寒也在怀疑这件事情，他摇头说道："现在去质疑这个问题似乎并没有多大的意义，以警方的能力想来很快就可以抓到这个人，到时候一问不就清楚了？"

苏咏文看着他："你在回避我刚才的那个问题。"

做记者的人果然不一样，他们最擅长的事情就是盯着一个点刨根问底下去。俞莫寒苦笑，说道："好吧，那我就说说自己的看法，我觉得帮助沈青青越狱的不大可能是这个人。"

苏咏文舒心地一笑，问道："为什么？"

俞莫寒回答道："第一，这个人有家有室有孩子，还很有钱，不像是一个可以为了其他女人不顾一切去冒险的人；第二，如果帮助沈青青的人真的是他的话，那么他就应该一直陪伴在沈青青的身边。唯有非常执着与浓烈的爱情才会让一个人做出那样的事情来，如今他们好不容易在一起了，怎么会舍得轻易分开？更何况此时的沈青青正处于越狱后的恐惧之中。"

苏咏文问道："那么，这个柯林海为什么会忽然消失呢？"

俞莫寒思索着回答道："只有一种解释，那就是他听说了沈青青越狱的事情，而且沈青青的越狱给他造成了极大的恐慌，而选择逃跑只不过是一种应激反应。"

苏咏文不大明白："应激反应？"

俞莫寒点头道："就是在极度惊慌的情况下的本能反应，也就是说，是极度的恐惧让他不顾一切，在根本就没考虑后果的情况下就选择了逃跑。"

苏咏文更加觉得不可思议："那么，他为什么如此恐惧？"

俞莫寒缓缓地说了一句："唯一的可能就是，他害怕被报复。或者是，他以为沈青青越狱就是为了报复他。"

苏咏文的眼睛瞪得大大的："如果真是这样，沈青青对柯林海的仇怨岂不是特别的深？那么，柯林海曾经对沈青青做过些什么呢？"

俞莫寒摇头："具体的情况只有等柯林海落网后才知道，所以我才说现在我们在这里做任何的猜测都是没有意义的。"

苏咏文展颜一笑，说道："你说得对，那我们就开始吃东西吧。我们喝点儿酒好不好？"

这时候俞莫寒的电话又响了起来，他看了看发现居然是科室的号码，急忙接听："俞医生，那个叫刘亚伟的病人好像知道他就是赵鲤了。"

这么快他的双重人格就融合了？俞莫寒很是惊喜，差点儿就想马上上山去往医院，不过想到此时自己的对面还有个苏咏文，只好说道："太好了。这样，我吃完饭就上山来。"

苏咏文一直在看着他接听电话,此时见他已经挂断了,问道:"又出什么事情了?"

俞莫寒有些激动:"是好事,我的一个病人的病情出现了好转。双重人格,很难治疗的,想不到这么快就有效果了,一会儿我得去看看。"

苏咏文很感兴趣的样子,说道:"我知道双重人格这种病啊,这种病很难治疗吗?"

俞莫寒点头:"确实是很难治疗,想不到这个病人见效得这么快,看来我的治疗方法确实是选对了。"

苏咏文急忙道:"那你说说这个病人的情况。"

于是,俞莫寒就大致讲了一下情况,不过隐去了病人的名字和具体的单位。苏咏文听后就更感兴趣了,请求道:"那我一会儿和你一起上山去,可以吗?"

看着她那清澈而且期冀的目光,俞莫寒实在有些不忍拒绝:"这个……"

苏咏文再次恳求道:"我还从来没到精神病医院的病房里面去看过呢,其实我一直以来都对你们的这个职业挺好奇的,你就带我去看看嘛好不好?"

俞莫寒无法替自己找到拒绝的理由:"那,好吧。"

苏咏文高兴极了,朝他粲然一笑:"太好了!莫寒,谢谢你!"

两个人没有喝酒,很快就吃完了饭,俞莫寒坚持要去结账,苏咏文也就只好让步,不过还是嘟囔着说了一句:"你这个大男子主义者!"

俞莫寒在马路边叫了一辆出租车。他迫不及待想见到那个叫刘亚伟的病人。当出租车停在他们面前的时候,俞莫寒主动替苏咏文打开了后排座的车门,而他自己紧接着坐到了副驾驶的位子上。苏

69

咏文气得牙痒痒，却依然保持着淡淡的笑容。

此时早已过了城市堵车的时间，出租车一直轰着油门上山，当到达半山腰的时候俞莫寒侧过脸去看着山下，忽然打破了车内两个人的沉默："其实我们国家城市的现代化程度远比欧洲国家要高。我在山上的时候特别喜欢看这座城市的夜景，以此幻想我那些病人的精神世界。"

苏咏文也将目光侧向山下，看了一小会儿后说道："我怎么看不出来它有什么特别的？"

俞莫寒的目光似乎有些沉醉："如果你将自己的思绪置于十年以前，你就会发现这座城市的夜晚非常科幻，如果你将眼前的这座山当成是一栋巨大的建筑，那么你就会感觉到自己已经与现实脱节，仿佛自己正置身于未来，或者是，你会觉得自己此时所在地方并不是地球，而是某个科技高度发达的外星球。"

苏咏文沿着他的这个思路幻想了一下，觉得还真的有那样的感觉，于是就笑着问道："你的那些病人的精神世界就是这样的？"

俞莫寒摇头："不，每个病人的精神世界都是不一样的，因为他们的病因不同，而且每个人的经历也不一样，所以他们精神分裂后的世界也就千差万别。因此，我们只能通过这样的方式去感知他们那些世界中极其微小的一部分，而且这微小的一部分还是美好的，而对于很多病人来讲，最可怕的是长时间陷入地狱般的世界而不能自拔。"

苏咏文问道："那么，你可以感知到那种地狱般的世界吗？"

俞莫寒回答道："可以，其实你也可以的，比如当你做噩梦的时候。只不过我们正常人陷入噩梦里面的时间极其短暂，而精神病人却永远生活在那样的世界之中。"

苏咏文禁不住打了个寒战，就听到俞莫寒继续说道："有一部法国人拍摄的名叫《精神分裂症》的动画短片，这部动画短片的主角亨利就是一位精神分裂症患者，他所在的位置和他想接触的世界有九十一厘米的精确距离，每当他想开门、坐下或者接电话等等的时候，他必须在九十一厘米以外做这些动作。其实很多精神分裂症病人可是要比亨利的状况严重得多，他们有的根本就感受不到我们这个真实的世界，甚至觉得自己根本就没有肉体，在他们的世界里面没有时间和空间，只觉得自己的灵魂像一缕青烟一样游走在迷雾之中，他们看不到周围的人和物，只能够听到各种各样的声音在耳边飘然而过……"

苏咏文喃喃地道："太可怕了……"

这时候出租车司机忽然说了一句："原来精神病人是这样的，我以前还真是不了解，想不到他们那么可怜。"

俞莫寒感到很是欣慰，说道："无论是肉体还是精神上的疾病，对我们每一个人来讲都是极其痛苦的，只要能够明白这一点就可以了。"

苏咏文对这个出租车司机的插话感到有些恼怒，因为他破坏了自己和俞莫寒两个人的氛围，于是就干脆不再说话了，就在那里听俞莫寒和出租车司机闲聊。

病房里面的灯光有些暗淡，苏咏文看着那一道道紧闭着的铁门，即使是胆大如她也不禁感到有些恐惧。

医生办公室的灯光倒是比较明亮，值班医生正在那里看着一本武侠小说，见俞莫寒进来而且还有一位漂亮的女子跟在后面，一怔之后才笑着对俞莫寒说道："我刚才查房的时候仔细问了一下，刘亚伟好像真的知道了他另外那个叫赵鲤的身份。"

俞莫寒点头道："如果真是这样那就太好了，我这就去看看他的情况。"

值班医生的目光看向苏咏文："这位是……"

俞莫寒这才介绍道："黄医生，这位是晨报的苏记者，一直都非常想来了解我们这个职业的一些情况。"

黄医生很高兴的样子："原来是苏记者，太好了。在有些人的眼里，我们精神病医生似乎比我们的病人还可怕。苏记者，你可要多多宣传我们的情况啊。"

苏咏文大大方方地朝对方伸出手去："黄医生，您好。"

随后，俞莫寒和苏咏文一起去向刘亚伟所在的病房，黄医生也跟了过来。走在前面的护士打开了病房的门，将里面的灯光调得明亮了些。刘亚伟一见到俞莫寒就说道："俞医生，我想起来了，我就是赵鲤。"

俞莫寒朝他微微一笑，说道："那你说说赵鲤的情况。"

刘亚伟的表情有些不大自然："我……我没想到自己竟然会出现那样的情况，竟然会认为自己是一个富二代，而且还在外面有了别的女人。俞医生，你一定要帮我在我老婆面前说清楚这件事情啊，那时候我真的记不得自己就是刘亚伟了，我真的就认为自己还是单身，完全不知道自己已经结婚，而且还有孩子的事情。"

看来他的两种人格确实是已经融合了，而且是非常完美的主人格融合了亚人格。俞莫寒点头道："其实你老婆已经相信并理解了你的病情，这一点你不用担心。不过今后你不要再像以前那样给自己太大的压力，有空的时候多陪陪孩子和家人。"

刘亚伟点头，问道："那，我什么时候可以出院？"

俞莫寒回答道："还需要再观察几天，你不用着急，等你的病情稳定下来后就会让你出院的。"

随后几个人就离开了病房，回到医生办公室后俞莫寒对黄医生说道："我觉得还需要观察几天，看看他的亚人格是否还会出现。"

黄医生道："最好是诱导一下，看他的亚人格是否也知道主人格的情况。"

俞莫寒点头说道:"那也得过几天后再说。"

这时候苏咏文忽然问道:"他会不会是在撒谎呢?比如他为了早些时候出院,所以就撒谎说他记起另外那个人格的事情来了。"

黄医生和俞莫寒同时说道:"不可能。"俞莫寒朝黄医生说道:"麻烦你给她解释一下。"

黄医生解释道:"双重人格的病人,他的两种人格是互不知情的,所以他没法撒谎。这其实也是俞医生提出要继续观察的原因。"

俞莫寒点头:"是的。"

苏咏文好像忽然想起了什么,说道:"我听单位里的一位记者说过,他好几次做梦都梦见自己还是单身,其实他已经结婚多年,而且孩子都上小学了。这会不会是双重人格的前兆?"

黄医生不禁笑了起来,对俞莫寒说道:"俞医生,这个问题你向苏记者解答吧。"

俞莫寒也笑,说道:"这并不是双重人格的前兆,而是潜意识的期望。梦是一个人内心深处最真实的想法,它代表着的是一个人愿望的达成。也就是说,你的那个同事在内心深处是对自己的婚姻不满意的,于是就希望自己还是处于未婚的状态,如此就可以一切重新再来。你刚才说,那个同事的小孩已经上小学了,这正好是七年之痒啊,他做这样的梦也就并不奇怪了。"

苏咏文大为惊奇,说道:"原来是这样,也就是说,他很可能会离婚?"

黄医生却摇头说道:"那可不一定。婚姻和恋爱是不一样的,恋爱的过程中两个人会一直保持着激情,而婚姻会让这种激情慢慢变得淡漠,而且随着时间的推移,爱情就会转化成亲情。在现实社会中,我们大多数人的婚姻都是如此,虽然心有遗憾却会努力去维持,因为很多人的心里其实都清楚,即使是重新恋爱结婚最终的结果也都是如此。"

苏咏文瞪大了眼睛:"怎么会是这样?我怎么觉得那些结婚的人大多都很幸福呢?"

黄医生笑着说道:"大多数人的婚姻当然是幸福的,特别是当有了孩子之后,两个人的感情就会转移到孩子的身上,那也是一种人生从来没有体验过的幸福啊。"

苏咏文用一种羡慕的眼神看着黄医生,说道:"你们真是太厉害了,好像能够看透所有人的心思。"说到这里,她的目光又投向了俞莫寒,"是不是啊,俞医生?"

俞莫寒不住咳嗽。旁边的黄医生仿佛明白了些什么,笑着说道:"你们俩慢慢聊,我再去看看病人。"他随即朝护士递了一个眼神,两个人便一起离开了医生办公室。这下反倒搞得俞莫寒有些尴尬了,说道:"我们下山吧,别影响人家上班。"

苏咏文也觉得不大自在,说道:"那我们走吧。"两个人刚刚从病房出来,苏咏文忽然又说道,"莫寒,我可以去你住的地方看看吗?"

俞莫寒急忙道:"别去了,那地方乱七八糟的。最近我没在山上,估计里面的灰都有好厚一层了。对了,上次我吃了东西还忘记了收拾,说不定还会有老鼠。"

"啊?!"苏咏文被他的话吓了一跳,顿时花容失色,不过在转瞬间明白了俞莫寒的意图,竟然不怒反笑:"其实我很喜欢老鼠这种小动物的,如果你的住处真的有老鼠的话,我就抓一只回去当宠物养起来。"

俞莫寒这才意识到自己刚才是画蛇添足了,不过还是拒绝了苏咏文的请求,说道:"下次吧,我今天在外面跑了一整天,实在是累得不行了。说不定半夜的时候警方就抓住柯林海了呢,到时候万一接到警方的电话我还得马上赶过去。"

听他这样一讲,苏咏文也就不好再多说什么了:"那好吧,今天就不去了,不过你可要记住你刚才说过的话,下次我上山来的时候你一定要带我去。"

俞莫寒含糊其词地道:"好,下次再说吧。"说完后就直接朝前方的公交车站走去。苏咏文怔了一下,这才发觉他刚才的话有些问题,急忙就追了上去:"什么叫下次再说呢?"

下山的公交车和上次一样,依然是空荡荡的。俞莫寒先上的车,当他坐下后苏咏文竟然直接就走到他身旁:"喂!挪一挪。"

俞莫寒没办法,只好朝车窗边挪动了一下身体。苏咏文即刻就在他的身旁坐下。公交车司机几乎没有踩油门的动作,发动机的声音几乎听不见,反倒是车架因为抖动发出的"哐啷"声特别明显,还有风的声音。

两个人又一次陷入尴尬的沉默之中。俞莫寒的目光看着山下的城市,不知道此时的他正在想着些什么。这时候苏咏文用胳膊肘轻轻碰了碰他的身体,问道:"在想什么呢?"

俞莫寒急忙道:"没想什么,就在看夜景,夜景好美。"

苏咏文"扑哧"一笑,说道:"你这样的话和'今天天上的月亮很圆'一样让人觉得有些傻,而且很无趣。"俞莫寒正有些尴尬,却听她幽幽的一声轻叹,问道,"莫寒,你是不是觉得我很坏?"

俞莫寒怔了一下,问道:"你为什么要这样讲呢?"

苏咏文苦涩地笑了笑,说道:"因为我明明知道你是有女朋友的,却偏偏还要来主动接近你。可是我也没办法啊,谁让我在忽然之间就对你有好感了呢?更何况你并没有结婚,我这并不算第三者插足吧?"

在俞莫寒一直以来的印象中,苏咏文可是一个大大咧咧、阳光明媚的女孩子啊。这一刻,俞莫寒的内心忽然涌起一种感动,因为她的直白,还有她声音中所包含的那一丝凄楚与幽怨。

俞莫寒不知道该如何回答她,唯有轻声叹息:"咏文,对不起。"

苏咏文听出了他语气中的无奈，却因为他终于叫出了"咏文"这个让人感到亲近的名字而很是高兴，微微摇头说道："我不会放弃的，在你结婚之前。"说着，就将头轻轻靠在了他的肩上，轻声说道，"我觉得自己好累，把你的肩膀借我用一下。"

当苏咏文的头刚刚靠上俞莫寒肩膀的那一瞬，她感觉到他的身体震颤了一下，不过她并没有因此而马上离开，反而将自己的手插进了他的臂弯。这一刻，就连俞莫寒自己都感觉到了发自灵魂与肉体的那种颤动，他试图躲避却又分明对这样的美好是如此依依不舍，随即就听到耳边传来她那如梦如幻般缥缈的声音："这样真好。你别说话，也别动，让我多靠一会儿。"

关于哲学，关于人生，俞莫寒早就从书籍上看到过各种各样貌似很有道理的感悟，而现在他才发现，选择，才是人生中最艰难的事情。

俞莫寒知道，今天注定又是一个难眠之夜。

第五章
一桩旧案

然而真实的情况恰恰相反。俞莫寒回到父母家洗漱后上床不久就睡着了，第二天一大早醒来他还对自己的这种没心没肺感到有些诧异，不过仔细一想也就明白了：其实是自己的潜意识在躲避那个选择的问题，于是就变成了一只鸵鸟。

职业的习惯总是会让他对他人甚至自己进行心理分析，事后想起来让人觉得有些可笑，同时也因此而感到苦恼。他知道，其实身边的大多数人是很少去思考诸如此类的问题的，于是难得糊涂也就让一个人变得满足、幸福。对此，俞莫寒唯有苦笑，因为他做不到，因为他在这样的问题上面有着轻度的强迫症。所以，即使是靳向南并没有打电话来告诉他柯林海目前是否落网，他也克制不住地给小冯打去电话询问。

小冯告诉他说，警方已经查明，柯林海头天下午乘坐一辆出租车到了码头，然后就消失不见了。

"他不应该是那个策划沈青青越狱事件的幕后者。"俞莫寒提醒道。

小冯说道："不管怎么说，就目前而言他是我们唯一的线索，靳支队认为这个人很可能知道沈青青的下落。"

那可不一定。俞莫寒心里如此想道，却并不想再多说什么，毕竟他对警方的具体思路并不十分清楚。他想了想，问道："今天你有没有时间？我想去找高格非当年的邻居了解一下情况。"

小冯沉吟了片刻："这样，我先把他当时那几位邻居现在的住址查清楚，然后我再过来接你。"

这也正是俞莫寒的想法，不过除此之外俞莫寒还另有目的——他想通过这次的调查将医科大学这个群体作为一个特殊的样本进行一番研究。很显然，小冯也已经意识到了他的这个意图，所以一见面就直接问他道："你是想将我们正在调查高格非前妻死因的事情再次传递到滕奇龙那里去吧？"

俞莫寒点头："我觉得医科大学这个群体非常特殊，正如我上次对你讲过的那样，很可能是这个群体里面大多数人的奴性才纵容了滕奇龙之流的腐败。因此，我基本上可以肯定，只要我们去调查高格非以前的那些邻居，那些邻居就一定会将这件事情主动报告给他们的上级，从而最终将消息传递到滕奇龙那里去。"

小冯问道："那么，如何才能证明你的这个猜测呢？"

俞莫寒说道："我们调查高格非前妻意外死亡案件的初衷是怀疑这起案件与滕奇龙有关，想不到后来还真的寻找到了这起案件里面的疑点，由此就可以证明我们当初的怀疑很可能是正确的。因此，一旦滕奇龙得知我们正在调查高格非以前的那些邻居，他就很可能做出相应的反应。现在想来医科大学的那位前校办主任真是一位高人，这就是在下棋啊，我们先动一步最为关键的棋子，然后再看看对方的反应，这难道不是我们目前最好的办法吗？"

小冯深以为然，点头道："那我们接下来就去下这一步棋吧。"

接下来小冯介绍说,当时高格非所住的筒子楼同一层住有四户人,后来都搬离了那个地方。当然不是因为高格非前妻的死,而是学校住房情况及个人经济的改善。如今那四户人家有两户搬到了学校后来的集资房,还有两户住在了外面的小区。当然,住在外面小区的也包括高格非。

出现这样的情况其实很正常。同样起点的一群人总是会随着时间的推移而展现出他们各自的才能,有的人善于做学问,有些人的兴趣却放在了赚钱这件事情上面。当然,也有的人故步自封,哀叹生活对自己的不公,于是当初的那个群体就开始出现分化。从任何一个小群体入手去研究都会发现整个社会同样的发展变化规律,如果进一步去研究、分析还会发现,驱动这种变化的恰恰是我们每个人不同的心理需求。

目前依然住在学校的两户人家其中一户没人,据说是外出旅游去了。在家的这户主人姓梁,是基础医学专业的副教授,他家的集资房面积没有副校长潘友年的大,里面的装修和布置也更为简单,俞莫寒从中也就大致知道了这个家庭的经济条件其实并不好,估计当初集资这套房子的时候花费了不少的力气。

"梁教授,这么长的假期怎么没出去旅游啊?"做完了自我介绍后俞莫寒寒暄着问道。

梁教授笑了笑,回答道:"我们家那位没假期,孩子刚刚上初中,还得利用这个暑假去多学一些东西。"

俞莫寒感叹着说道:"现在的孩子还真是不容易啊……对了,要是高格非的前妻还在的话,他们的孩子估计也应该上小学了吧?"

梁教授取下眼镜擦拭着,回答道:"是啊,真是太不幸了。时间过得真快,这一晃就是六七年了。"

俞莫寒又问道:"你们当时的家好像就在高格非的对面,是吧?

79

当时白欣出事的时候你们家里有人吗？"

梁教授戴上了眼镜，摇头说道："白欣出事的时候正好是上班的时间，我家里没人，我也是听到消息后才跑回来看到的现场。"

俞莫寒问道："据你所知，白欣出事后第一个发现的人是谁？"

梁教授觉得有些奇怪："你们干吗来问这件事情？难道……"

俞莫寒朝他点了点头，说道："现在我们已经有了充分的证据证明当时白欣的死并不是什么意外，很可能是另有原因。"

梁教授满脸的惊骇："怎么可能？"

俞莫寒随即又说了一句："这一点我们已经非常的肯定，因为我们通过电脑还原了当时的现场，发现掉在高格非家里的那个水盆并不是从窗户的地方掉落到客厅里面的，而是后来有人用那个东西伪造了现场。"

梁教授目瞪口呆："这也太可怕了吧？"

俞莫寒看着他："所以，希望你能够向我们提供一些有用的信息。"

梁教授摇头说道："我真的不知道具体的情况。据说当时最先发现白欣出意外的是学校的一个清洁工，是他首先发现的尸体。"

俞莫寒问道："白欣从楼上掉下去的时候应该会发出尖叫吧？当时难道就没有任何人听见？"

梁教授想了想："事情过去这么久了，我真的记不得具体的情况了。"

俞莫寒站起身来："那就这样吧，谢谢你梁教授。对了梁教授，这件事情可能涉及你们学校的某个重要人物，今天我们来找你了解情况的事情还请你暂时保密。"

梁教授"啊"了一声后急忙说道："放心吧，我一定会保密的。"

"你为什么要向这位梁教授说这件事情与学校的某个重要人物

有关？而且反而要他注意保密？"从梁教授家里出来后小冯不解地问道。

俞莫寒回答道："我只是说这个案子可能与学校的某个重要人物有关，并没有告诉他究竟是谁，这样一来就会让他产生出许多的联想，而我特意叮嘱他注意保密只不过是为了增强这件事情的神秘性罢了，或许这样一来反而会让他尽快将这件事情传播出去呢。难道不是吗，大家都知道了的事情谁还会去传播？"

小冯笑着问道："如果他真的听了你的话就此保密了呢？"

俞莫寒也笑，说道："如果真的是这样的话，那我可就要对医科大学这个特殊的群体另眼相看了。不过我相信，你所说的那种情况几乎是不大可能的。不到四十岁的副教授，至少说明他在这个群体里面还算比较会为人，如今知道了这么重要的消息，他必定会向平时关照他的那个人汇报，即使是有了我刚才对他的警告，他也绝不会因此而有所顾忌。"

小冯问道："这其实就是你所说的奴性使然？"

俞莫寒点头道："从某种角度来讲，确实就是如此。"

不多久，两个人就到了高格非另外一位曾经的邻居如今所居住的小区里面。敲门后来开门的正好就是他们要找的那个人，同样也是基础医学方面一位姓田的副教授。

同样的开头，同样的问题，得到的回答几乎与那位梁教授完全相同。离开的时候俞莫寒还是同样的叮嘱。

"接下来怎么办？"上车后小冯问道。

俞莫寒说道："那就去一趟白欣的父母家里吧。"

小冯急忙提醒道："一会儿你千万不要提起还原现场的事情，万一到时候破不了案，我们这就是在自找麻烦。"

俞莫寒却并不这样认为："为什么你就觉得这个案子破不了呢？这样做不是正好可以给我们增加一些压力吗？此外，白欣的事情既然已经讲出去了，现在想要保密也做不到了。既然如此，还不如让白欣的父母再去加上一把火。"

小冯说道："我得请示一下靳支队……"这时候他忽然想起了什么，讪笑着问道，"俞医生，我这不是你所说的奴性吧？"

俞莫寒禁不住大笑："当然不是，你这是正常的工作汇报。"

而此时，基础医学院的院长已经先后接到了两个同样内容的电话，心里顿时惊疑不定。高格非前妻意外死亡的事情他是知道的，想不到这么多年过去了竟然出现了这样的情况，特别是这两个电话最后说到的此事很可能与医科大学的某位大人物有关的那句话更是让他感到胆战心惊，思索了好一会儿之后终于拿起电话拨了个号码："滕校长，有件事情我必须要向您汇报一下……"

滕奇龙静静听完了汇报，说道："人家是正常的办案，我们积极配合就是了。"

基础医学院的院长明白了校长的意思，说道："我知道该怎么做了。"

滕奇龙却说道："不，你不明白。我的意思是，这件事情并不需要我们太主动，除非是他们已经找到了你。对了，你告诉那两位老师，让他们不要到处去讲，过去了那么多年的事情现在忽然又开始调查，搞不好会引起混乱的。好了，就这样吧。"

挂断电话后滕奇龙想了想，拨出一个号码后问道："我们与省精神病医院合作的事情，省卫生厅目前是什么样的态度？"

电话的那头回答道："省卫生厅的意思是，省精神病医院作为医科大学的指导医院并没有什么实质性的意义，还不如将其纳入医科大学的附属教学医院为好。"

滕奇龙淡淡地道："他们这是想把这个烂摊子甩给我们……"这时候他好像意识到了什么，"开学后再说吧，先别忙着答应这件事情。"

随即，他又给顾维舟打了个电话："让你们医院成为医科大学附属医院的想法是不是你提出来的？"

顾维舟倒是没有隐瞒："这确实是我的想法。按照我们最开始的想法，医科大学给我们两三百万的资助根本就解决不了医院长远发展的问题，而且这笔钱要从你手上拿出来总得有个说法不是？"

滕奇龙很是不满："让你们医院成为医科大学的指导医院，这就是最好的说法。老同学，你这样做让我很为难啊，你要知道，一旦将你们医院纳入医科大学的附属医院，接下来我们就必须增添一个精神病学的专业，而且每年的投入也会因此增加许多，这样一来，你们医院这个包袱就会让我们学校长期背下去了呀。这么大的事情你总应该事先和我沟通一下啊，怎么事到临头就变了？"

顾维舟笑着说道："人都是有奢望的嘛，我这还不是希望我们的这家医院能够得到长久良性的发展？老同学，我也希望能够成为你的下属呢，这样一来岂不是就可以得到你更多的关照了？"

原来此人所图甚大。这一刻，滕奇龙顿时明白了。他想了想，说道："这件事情你让我再好好想想。"

顾维舟道："我不急的，不过最好是在开学后你能够有一个明确的意见。"

这时候滕奇龙忽然就问了一句："你手下的那个俞莫寒，怎么和警察混到一起去了？"

顾维舟解释道："前不久他帮城南刑警支队破获了一个案子，这次又有一个案子需要他去协助调查，这两天我才明白，估计是沈青青越狱的事情，通缉令都发出来了。"

既然是沈青青的案子，为什么却在调查高格非前妻的事情呢？滕奇龙一时之间搞不明白这两件事情的关系，说道："这个俞莫寒，你要把他管得紧一些才是，高格非的事情好不容易才有了个了结，千万别搞出另外的事情来才是。"

顾维舟苦笑着说道："这次是城南刑警支队的支队长亲自找上门来替他请假的，我总不能直接拒绝吧？"

滕奇龙警告道："附属医院的事情我可以答应你，不过你必须要想办法去阻止俞莫寒继续调查高格非的事情，否则后果你应该是非常清楚的。"

顾维舟很是为难："可是我怎么能够阻止他呢？"

滕奇龙即刻打断了他的话："电话上讲有些事情不大安全，我们还是找个地方见面后再说吧。"

郊外的一处江边，两辆轿车停靠在路旁，一辆是黑色的奥迪，另一辆是黑色老款的福特蒙迪欧。滕奇龙将一张银行卡朝顾维舟递了过去："我知道你家里的情况不好，这点儿钱就算是我这个老同学的一点儿心意吧。"

顾维舟没有伸手去接，问道："老同学，你给我说实话，你这么帮高格非难道真的是因为他救过你的命？"

滕奇龙点头："我刚刚到医科大学上班的时候，有一天晚上心脏病忽然发作，如果不是他哪还有现在的我？可能早就是一抔黄土了，这个恩得报啊。"

顾维舟顿时动容："想不到你竟然是一个如此知恩感恩的人，就凭这一点我就应该尽心尽力地帮你。你说吧，接下来要我怎么去做？"

滕奇龙再次将手上的银行卡朝他递了过去："你先把它拿着，我知道这些年来你一直都很困难，我的情况比你好很多，我儿子如今的资产早就上亿了，这钱干净，你不要想得太多。"

顾维舟依然没有伸手，说道："这个真的不用，只要你能够接收我们医院就行。我这辈子所有的心血都花在这家医院上面了，只希望它今后越来越好,如果有机会的话我希望还能够再进一步,到时候从退休变成离休就满足啦。"

滕奇龙这才收回了手上的银行卡,说道:"这些我都可以答应你。高格非的事情我们是一起做的,千万不能因为俞莫寒的搞事将事情暴露了出来,否则你我都会因此而身败名裂的。不过暂时还不要去动他,除非他真的知道了些什么。"

顾维舟有些为难:"这个年轻人确实很优秀,毁掉他实在是太可惜了。"

滕奇龙淡淡一笑,说道:"也不一定就要毁掉他嘛,比如,让他深陷于麻烦之中……听说他目前已经有了一个叫倪静的女朋友,不过同时又经常和一个名叫苏咏文的女记者比较暧昧,你看能不能在这件事情上面去做一下文章?"

顾维舟感到很是惊讶,没有想到滕奇龙竟然已经将俞莫寒的情况调查得如此清楚,要知道,像这样的事情就连他都还不知道。顾维舟想了想后说道:"既然你已经调查过他了,想来你的手上也应该有一些相关的证据,那你直接将他和那个女记者在一起的照片寄给他女朋友就是了。"

滕奇龙摇头道:"有些事情我不适合去做,一旦我这里被暴露了出来,事情就不好办了呀。暂时放一放吧,今后看情况再说。今天找你来,我就是想提前让你做一下准备,要事先考虑到最糟糕的情况。"

顾维舟并不反对,点头道:"我知道该怎么做了。"

滕奇龙从身上取出一个白色信封朝他递了过去:"这里面有几张照片,你看着办吧。"

信封的封口是敞开着的,顾维舟将照片取了出来,一一看过之后就放了回去,叹息着说道:"现在的年轻人怎么都这样呢?"

滕奇龙拍了拍手,好像终于扔掉了某样东西,说道:"我们回去吧,卫生厅那里我会主动去和他们沟通的。"

顾维舟将信封放进随身的公文包里面,朝滕奇龙笑了笑:"多谢啦!"

不一会儿,两辆黑色的轿车先后绝尘而去。

而此时,俞莫寒和小冯正在白欣的父母家里。让俞莫寒没有想到的是,白欣出了意外之后不久,这对老夫妻居然通过试管婴儿技术又有了个孩子,而且还是个男孩。孩子如今已经五岁,也许是这对老夫妻的基因真的非常优秀,眼前的这个孩子长得十分漂亮。

当俞莫寒说明来意的时候,白欣的母亲却即刻说道:"事情已经过去这么多年了,我们好不容易才忘记了她,你们就不要再提起她的事情了。"

白欣的父亲也说道:"这都是命,我们早就认了这个命。全靠上天让我白家有后,以前的事情就不要再提了吧。"

明明是现代科技才让你们有了现在的这个孩子,你却偏偏在这里说什么全靠上天之类的话。俞莫寒在心里腹诽着,嘴上却问道:"如果白欣的死并不是一场意外呢?"

这时候身旁的小男孩忽然就问了一句:"白欣是谁?"

老夫妻俩互相看了一眼后不知道该如何回答。俞莫寒问小男孩道:"小朋友,你叫什么名字呀?"

小男孩回答道:"我叫白天赐。"

俞莫寒说道:"白天赐……真是一个好名字啊。白欣是你的姐姐,只不过她已经不在这个世界上了。"

小男孩道:"我知道了,你的意思不就是说她已经死了吗?你刚才说她并不是出了意外,那她究竟是怎么死的呢?"

俞莫寒没有想到这个孩子如此早熟,而且聪明得有些不像话,正准备回答,却听孩子的父亲忽然说道:"有些事情孩子听到了不好，二位，我们出去说话吧。"

说完后他就直接出了家门，俞莫寒和小冯只好跟了出去。离开前俞莫寒朝孩子和孩子的母亲打了个招呼，只不过孩子的母亲并没有理会他。俞莫寒有些尴尬，出门后低声问小冯道："你们以前是不是经常遇到这样的情况？"

小冯点头："这还算是好的，有时候我们还会被受害人的亲属从家里撵出去。"

俞莫寒惊讶地问道："这又是为什么啊？"

小冯回答道："各种各样的原因，比如死者生前患有艾滋病，他的亲属不想让他人知道，还有的是涉及财产分配的问题，所以他们不希望警方出面，宁愿受害者死亡的真相一直被封闭起来。总之，人都是非常现实的，在他们的眼里利益才是第一位的。"

俞莫寒叹息着说道："人性果然是经受不住考验的啊。"

小区的外面酷热难当，白欣的父亲站在了阳光的正当中，转身去看着俞莫寒和小冯："说吧，究竟怎么回事？"

俞莫寒脸上的汗水早就冒出来了，当然是气温的缘故，他急忙上前问道："这附近有没有凉快一点儿的地方？我们坐下来慢慢说。"

白欣的父亲转身朝外面走去，两个人急忙跟上。小区的对面是商业区，白欣的父亲进了一家冷饮店，找了一处清净的地方坐下，俞莫寒取出一张钞票朝服务员递了过去："三杯西瓜汁。"

待俞莫寒和小冯坐下后，白欣父亲的脸上才稍微变得好看了些。俞莫寒再次将来意对眼前的这个老人说了一遍，老人摇头道："那就是一场意外，当时警方早就有结论了。"

俞莫寒随即就将现场还原的事情告诉了他，老人的脸色一下子就变了："你说的都是真的？"

俞莫寒点头："您看我们有骗您的必要吗？"

老人的嘴唇已经开始颤抖，喃喃地说道："怎么会是这样呢？这么多年都过去了，怎么会是这样的情况呢？"

俞莫寒问道："在您女儿出事之前，她都对你们说过些什么吗？"

老人回忆了好一会儿，说道："欣儿怀孕后只是一直在抱怨高格非经常加班，白天很少在家，晚上回家太晚。对了，她有一次还对我说过，有一天学校的校长还跑到了他们家里去，欣儿当着校长的面埋怨高格非经常喝醉，高格非当时很尴尬，后来就狠狠批评了她一顿。"

俞莫寒与小冯对视了一眼，两个人的目光中都带着一丝异样。俞莫寒又问道："您再想想，还有别的什么情况吗？"

老人摇头，说道："我记得欣儿出事前不久，高格非和欣儿一起回来看我们，我批评了他，主要是告诫他要多关照欣儿的身体，外面的事情能够拒绝就尽量拒绝。当时他的态度非常不错，不住向我们做保证，我这才没有再多说什么了。想不到没过多久……"

很显然，眼前这位老人并不曾真正忘记那个已经死去的女儿，他只不过一直将曾经的那份悲痛隐藏在内心深处，这其实也是一种鸵鸟般的行为，选择性地试图将有些事情遗忘。俞莫寒在心里暗暗叹息，又问道："您怎么看高格非这个人？"

老人愣了一下："听说他最近出事了？欣儿的死难道和他有关系？"

俞莫寒随即就将高格非的事情对他讲了，说道："我们并不认为您女儿的死与他有关，不过我们认为他这次的事情或许与他的第一次婚姻有着某些联系，正因为如此，我们才会重新调查您女儿的死因。"

老人不明白他的意思："你的意思是说……"

俞莫寒摇头道："关于您女儿真正的死因，我们目前还正在调查中，现在我们最需要的是证据。"

老人恨恨地道："请你们务必要找到害死我女儿的那个人，我恨不得将他碎尸万段！"

俞莫寒看着他，真挚地道："我们一定会尽快调查清楚这件事情的，您放心好了。"

老人问道："你们需要我做些什么？"

俞莫寒想了想，说道："如果您有空的话，最近就多抽时间去您女儿曾经住的地方看看。"

老人不解地看着他。俞莫寒笑了笑，说道："或许这样一来，凶手就会因此感到不安的，不安就会慢慢发酵成恐慌，有了恐慌就会出错，就会因此露出蛛丝马迹来。"

老人顿时明白了："好，我听你的！"

"滕奇龙会有反应吗？"小冯已经明白，俞莫寒这次的调查方式完全是从心理的角度在一点一点地向对方施压，不过他并不完全相信这样的方式就真的可以起到作用。

俞莫寒叹息了一声，回答道："毕竟事情已经过去了这么多年，我们很难寻找到真正有用的线索和证据，这是没办法的办法。不过我觉得对方应该会有所反应的，如果他确实就是那个凶手的话。"

小冯问道："你为什么如此肯定？"

俞莫寒回答道："地位越高的人往往越害怕失去……"说到这里，他的脑子里面忽然闪亮了一下，"我大致明白高格非忽然发生精神分裂的原因了。想当年，曾经经受过那么多打击的他都没有被压垮，最严重的时候也只不过是试图自杀而并没有精神分裂，那是他的心中对自己的未来始终抱有一线希望。是的，正是那一丝看不见、摸不着的希望才使得他最终咬着牙坚持了下来。然而后来的情况就完全不一样了，他终于成功了，终于获得了他曾经最希望得到的那一切——地位、金钱，以及人们的赞扬与尊重。可是，当他忽然发现自己患上了某种可怕而且绝不能为外人所知的疾病时，即使是曾经坚韧如铁的强大心理也因此而崩溃，因为他这次的恐惧是彻底的失去，再也没有了丝毫的希望。"

小冯明白了："你的意思是说，滕奇龙如今的心理也是如此？"

俞莫寒点头道："是的。一个当年普普通通的医学生，在经过多年的努力后终于成为母校的校长，其中所经历过的艰辛是可想而知的，可惜的是当他终于成功之后却开始走向了堕落。他心里明白，自己曾经所干的那些事情是绝对不能曝光的，否则他面对的必将是身败名裂、万劫不复。他不能让这样的事情发生，他必须去阻止，不顾一切地去阻止！而现在，我们的这一步棋已经走出去了，接下来就等着看他如何去应对了。"

小冯看着他："俞医生，我忽然觉得你有些可怕。"

俞莫寒怔了一下，苦笑着说道："但愿滕奇龙不要这样去想，否则说不定我还真的有些危险了。"

小冯真挚地道："如果你真的出现了什么危险，一定要第一时间给我们打电话，我们也一定会在第一时间赶到。"

俞莫寒的心里很是感动："谢谢你们。不过我觉得他的手段还不至于那么激烈，毕竟人家是大学校长而不是什么黑社会，总得考虑一下技术含量么。"

小冯禁不住就笑了起来："听你这样一说，我倒是很期盼呢。"

俞莫寒急忙道："别期盼……"

这时候小冯的手机忽然就响了起来，他接听后对俞莫寒说道："靳支队打电话来让我马上回去一趟。"

俞莫寒点头："那你先回去吧。有什么事情就给我打电话。"待小冯驾车远去之后俞莫寒才拿起手机："倪静，我想看看那枚手镯。"

第六章
对手的反击

俞莫寒一开始并没有直接去看那只手镯，他首先注意的是包裹单上面那个寄件人的名字：洪老幺。这不大可能是真名，俞莫寒有些失望。他还注意到这个包裹没有保价。包裹里面是一个非常简易、粗糙的木盒，木盒里面填充了一些塑料泡沫，再里面就是一个看上去很是精致的小木盒，古色古香的样子和质地。打开小盒子后就发现里面的东西是用红绸包裹着的，红绸里面的手镯居然是乳白色的。其实俞莫寒对这种东西知之甚少，根本就不知道它的价值，不过从倪静小心翼翼还原了包装的情况来看，这东西应该价值不菲。

倪静见俞莫寒正用询问的目光看着自己，即刻说道："这手镯是和田玉的，而且还应该是一件古物。我咨询过懂这方面的朋友，他说保守的估值也起码在十万元人民币以上。"

俞莫寒再次回忆那个老人当时看倪静手腕时的样子，依然觉得寄出这件东西的人很可能就是他。倪静看着他，问道："这东西怎么办？"

俞莫寒想了想，说道："东西太贵重了，我们不能要。我看能不能让警方的人帮忙查一下这个寄件人的情况，如果能够找到他的话最好。"

倪静问道："万一找不到呢？你别误会啊，我并没有别的意思。"

俞莫寒当然相信她问这个问题的意思，说道："万一找不到就暂时放着，到时候拿去拍卖后把钱捐了吧。"

倪静点头："这倒是一个不错的办法，"她看了看时间，"中午想吃什么？冰箱里面还有些菜，我们出去吃也可以。"

俞莫寒想到了小冯离开前所讲到的事情，说道："出去随便吃点儿吧，估计下午还有很重要的事情。唉！现在做的事情比上班可累多了，一会儿我必须回去午睡一会儿，不然下午可就要难受了。"

倪静看着他笑："其实你还是非常喜欢协助警方破案的，是吧？"

俞莫寒也笑，点头道："你说得没错，破案的事情对我来讲很有挑战性。最关键的是，在破案的过程中自己曾经所学到过的那些专业知识就会自然而然地跳跃出来，很有趣，也很有成就感。"

倪静问道："那你为什么不干脆去当警察呢？"

俞莫寒苦笑着说道："与精神性疾病或者心理问题有关的案子毕竟只是少数，如果我真的去做警察的话，估计大部分的时间都只能待在办公室里面混日子。"

倪静笑道："倒也是。我知道，其实你是一个根本就闲不住的人。"

小区旁边不远处有一家家常菜馆，两个人在一个靠窗的位子坐下后倪静就开始点菜。俞莫寒看着窗外，忽然就想起苏咏文说起过的关于喜欢坐在靠窗处的那个心理问题来，这一刻，他的脑子中瞬间就浮现出当时苏咏文尴尬的样子，禁不住脸上就露出了笑容。而此时倪静已经点完了菜，发现他正看着窗外在笑，好奇地问道："你在看什么？什么事情那么好笑？"

俞莫寒霍然一惊，目光扫过对面建设银行大门外的两尊石狮，灵机一动，说道："我忽然想到了上大学的时候曾经讨论过的一个问题，在动物世界里面都是雄性比雌性漂亮，可是人类也是动物啊，为什么人类却是女性比男性漂亮呢？"

倪静也觉得这个问题很有趣："是啊，这究竟是为什么呢？"

俞莫寒回答道："经过讨论，我们最终得出了这样一个结论：首先是，人类似乎不应该是地球这颗星球上的原生物种。为什么呢？因为无论是从体型还是体力及适应性来讲，人类的祖先似乎并没有最终进化成人类的先天性条件，除非这个世界上真的有上帝，而且人类的祖先也真的是上帝的宠儿。"

倪静点头道："嗯，关于这一点，上次我在山上的时候听你讲过。"

俞莫寒继续说道："其次，不管人类是不是地球上的原生物种，我们的祖先也是经历过从四肢行走到直立行走这样一个进化过程的，而正是这个非常重要的进化过程，才使得我们人类的大脑容量得到了巨大改变。为什么？因为四肢行走的动物如果脑容量过大就容易造成颈椎的断裂，而直立行走却是由脊柱承担起了脑袋的重量，这就为脑容量的大幅度增加提供了条件。但是，随着人类脑袋体积的增大，女性的分娩出现了巨大的困难与危险，为了适应这个问题，在进化的力量下，人类的新生儿其实都是早产儿，而不是像其他动物那样在出生后两三天就可以行走、觅食。"

倪静笑道："这样的说法倒是非常新奇。可是，这和你要说明的问题又有什么关系呢？"

俞莫寒笑了笑，说道："当然有关系。对于其他动物来讲，雄性的漂亮完全是为了吸引雌性，以此争夺交配权从而延续自己的后代，也许我们人类最早的祖先也是如此，雄性就像金庸小说里面的金毛狮王那样漂亮。"

倪静不住地笑。俞莫寒也笑,继续说道:"不过当人类进化到直立行走之后这一切就得到了彻底的改变,由于我们的新生儿全部都是早产儿,他们必须在六到七岁之后才具备独立生存的能力,我说的不是现代人而是刚刚进化成直立原始人时的情况,而在这六到七年的时间里面,母亲几乎是完全承担起了对孩子的知识传播与生存技能的培训,这就需要孩子的父亲去狩猎来维持生活。因此,女性为了吸引住男性不至于远离家庭,于是就进化得越来越漂亮了。"

倪静不住摇头,说道:"不对,人类最开始好像是母系氏族社会好不好?"

俞莫寒道:"现代的很多考古学家都认为所谓母系氏族社会根本就不存在。"

倪静又是不住地笑,指着俞莫寒说道:"你们那帮家伙都是直男癌,竟然为了证明男权的优越性搞出了这样的一套理论。"

俞莫寒怔了一下:我们都是直男癌?嗯,好像还真是这样……他正这样想着,手机忽然响了起来。电话是靳向南打来的:"俞医生,你现在在什么地方?"

俞莫寒回答道:"我们在外面吃饭呢。靳支队,有什么事情你直接讲就是。"

靳向南的声音听起来有些沙哑:"如果不打搅你的话,那我现在就过来,我们一边吃饭一边说事情。"

俞莫寒将目光投向倪静,低声道:"是靳支队,他说过来和我们一起吃饭说事情。"

倪静笑了笑,说道:"只要我在这里不影响你们就行。"

俞莫寒心想,靳向南肯定是有非常重要的事情要和他讨论,他即刻对着电话说道:"没事,那你现在就过来吧。"挂断电话后俞莫寒又对倪静说道,"估计是他不想浪费太多的时间,看来事情比较紧急。"

倪静点头，问道："那你觉得会是什么事情呢？"

俞莫寒回答道："很可能是他们到现在为止还没有找到柯林海，所以希望能够从我这里得到一些帮助，毕竟柯林海这个人是我发现的。"

倪静问道："那么，你真的能够给他们提供一些帮助吗？"

俞莫寒皱眉："我思考一下。"

于是倪静就不再说话，俞莫寒手上的筷子已经放下了，他的脸侧向窗外，眉头微皱。此时此刻，倪静忽然发现眼前的他竟然是如此的有魅力。

靳向南很快就来了，身后跟着小冯。靳向南没有一丁点儿客气的意思，一屁股坐下后就直接拿起了俞莫寒用过的筷子在那里大快朵颐起来，嘴里同时含含糊糊地说道："饿死我了，小冯，去叫服务员加几个菜。"

俞莫寒在目瞪口呆之下急忙叫服务员赶快拿来碗筷，随即问道："靳支队，你这是几天没吃东西了？"

靳向南又夹起一片牛肉囫囵着吃下后才放下了筷子，说道："从昨天到现在都还没合眼呢，就吃了一包方便面。"他一边说一边看着眼前的菜盘"啧啧"称赞，"俞医生、倪律师，你们俩这小日子过得……对了，我没打搅到你们俩吧？"

虽然倪静觉得眼前的这个家伙行事很是唐突，但尽职而且为人爽快，急忙道："没有、没有。"

俞莫寒苦笑着说道："你已经打搅到我们了，这时候说已经晚了。你先多吃点儿，我们接下来好说事。"

靳向南"哈哈"大笑，对倪静说道："倪律师，你这男朋友不错，像他这样的海归博士可不多见，很对我的胃口。"

倪静诧异地问道："靳支队，我们俩见过面？"

俞莫寒当然知道靳向南知道并认识倪静的原因，心里顿时有些紧张起来，却听靳向南说道："俞医生多次在我面前提起过你，我当然很好奇了，于是就查看了一下你的资料。果然是金童玉女，天生的一对啊。"

他这话有些不伦不类，不过却让倪静很是高兴。俞莫寒也暗暗松了一口气，急忙说道："靳支队，说吧，究竟是什么事情？"

这时候服务员又上来了好几个菜，小冯将俞莫寒赶到了倪静的身旁，在俞莫寒原来的位置坐下。靳向南说道："我们查看了监控录像，奇怪的是，柯林海在码头附近忽然就失踪了。他没有使用手机和银行卡、身份证，一个人就这样莫名其妙没有了任何消息。俞医生，你对心理学方面很有研究，你觉得柯林海现在最可能会在什么地方？"

俞莫寒谦逊地道："我在心理学方面很有研究可谈不上，而且我对柯林海这个人的情况也不是特别了解，不过我并不认为他就是那个策划沈青青越狱的幕后者……"他随即将自己在苏咏文面前的那番分析又讲了一遍。在这个过程中他不敢去看倪静，毕竟心里面有些忐忑，"所以，我觉得你们没有必要在这件事情上面花费太多的时间。"

靳向南却摇头说道："俞医生，虽然你的分析很有道理，但是万一呢？万一柯林海就是那个策划者呢？"

他这是因为心存侥幸所以才如此执着。俞莫寒在心里苦笑着，说道："那好吧，现在我们来分析一下柯林海的情况。关于柯林海这个人，我觉得有两件事情是非常让人感到奇怪的，其一，他的家里藏有那么多的现金，而且很显然是非法所得，可是他却这样不管不顾地直接跑掉了、消失了，根本就没有考虑到这样做的后果，很显然，这是不符合一个长期受贿者的谨慎心理的。"

靳向南心里一动："你继续讲下去。"

俞莫寒又道："其二，他在离开之前给单位打过电话，说是要去外地开会，而且对家里的人也是这样讲的，由此说明他并没有长时间消失的想法，或许仅仅是暂时出去躲一躲而已。柯林海是药监局的一名处长，工作时间相对来讲比较宽松、自由，想来像这样的情况以前也不止一次出现过，无论是单位里面的人还是他的妻子也觉得正常，并不会因此而怀疑什么。如果真的是这样的话，那么前面的那个问题也就能够解释得通了。"

靳向南急忙问道："那么，你认为他究竟在躲什么呢？"

俞莫寒回答道："也许是因为他得知了沈青青越狱的消息，害怕沈青青报复他，也可能是因为别的什么事情让他感受到了某种危险，所以才不得不匆匆离开。"

靳向南皱眉道："如果真的是这样的话，他也应该明白躲避并不是办法啊。"

这时候俞莫寒忽然问道："柯林海的妻子呢？现在她的情况怎么样了？"

靳向南道："她已经被纪委的人带走了。"

俞莫寒皱眉说道："我觉得柯林海这次的忽然消失很可能是因为极度害怕而产生的应激性反应，要不了多长的时间就会冷静下来的。一旦他冷静了下来之后第一时间就应该考虑到如何去解决眼前的这个难题，而不是继续躲起来，所以，他一定会给家里和单位打电话询问情况。小冯，你马上打电话问问柯林海单位里面的情况，如果他们还没有接到柯林海的电话，那就说明事情还没有到特别糟糕的地步。"

小冯急忙拿起电话拨打，询问了几句后对靳向南和俞莫寒说道："他们还没有接到柯林海的电话。"

俞莫寒顿时松了一口气，吩咐道："告诉他们，如果柯林海打电话回来，一定要装作什么事情都没有发生过一样。另外，他妻子的电话也必须保持畅通。"

靳向南想了想，说道："纪委那边的电话我来打。"

靳向南打完电话后就听到俞莫寒独自嘀咕着说道："奇怪啊，时间都过去一天多了，这个柯林海为什么还没有冷静下来呢？还有，他为什么要跑到码头那个地方去呢？除非是……"

靳向南急忙问道："你想到了什么？"

俞莫寒并没有马上回答他，又思索了一会儿之后才说道："如果柯林海并不是躲避警方，那么他也就没有必要刻意关机而且不使用身份证和银行卡，也没有必要非得跑到码头那样的地方去乘坐货船以此逃避警方的追踪，除非是附近有他的落脚点。对，这是最大的可能……他并不是没有马上清醒过来，而是很可能陷在了温柔乡里面。"

这时候靳向南也有些明白了，问道："你的意思是说，他在那附近有某个相好？"

俞莫寒问道："除此之外，那附近有没有这样的一个地方，不需要身份证就可以住宿，而且条件还很不错？"

靳向南愣了一下，问道："你为什么会想到有那样的一个地方？"

俞莫寒回答道："像柯林海那样的人，想来一般的女人还不至于让他忘记自己正身处危险之中，除非是那个地方的女人很漂亮，而且还很多。"

靳向南霍然起身，对小冯说道："马上派人去附近的高档洗浴城查找……"这时候他忽然觉得有些不大对劲，"俞医生，如果他真的在那样的地方，为什么不使用银行卡呢？"

俞莫寒笑了笑说道："对一个心里面有鬼的官员来讲，他一定不会在银行卡里面放太多的钱的，使用现金不是更安全吗？"

靳向南点头道："有道理。"他朝倪静歉意地一笑，"打搅你们了，你们慢慢吃。"说完就和小冯一起匆匆而去。

俞莫寒看着面前满桌的菜，苦笑着对倪静说道："吃吧，到时候我去找他们报账。"

倪静不禁就笑了起来："我才不相信你真的会去找他们报账呢。莫寒，你说他们能够找到那个人吗？"

俞莫寒摇头说道："不知道，我只是在分析一个正常人的心理罢了。"

倪静看着他："你们男人是不是都像柯林海那样，不但喜欢长得漂亮的女人而且还是越多越好？"

俞莫寒不住咳嗽，解释道："我说的是像柯林海那样的人，而不是泛指所有的男人。"

倪静紧追着问道："那么，柯林海又是什么样的男人呢？"

俞莫寒苦笑着回答道："他是一个有过两次婚姻的男人，他曾经追求过沈青青，说明他特别看重女人的容貌。此外，他还很有钱，而且特别喜欢现金。"

倪静不解："特别喜欢现金又说明了什么？"

俞莫寒耐心地解释道："从心理的角度来讲，特别喜欢现金的人往往行事小心翼翼，而且潜意识里面不愿意吃亏，做事情不会拖泥带水，会将每一次交易都做一个了结。"说到这里，他一下子就皱起了眉头，"可是这个柯林海为什么会给自己留下那么大的一个危险呢？"

在柯林海忽然消失的那处码头附近有一家名叫"江南水乡"的高档洗浴中心，该洗浴中心的规模极大，一共有五层楼。第一层是富丽堂皇的大堂及男女更衣区，第二层是男女分区的澡堂，里面还有专业的搓澡、美甲、理发技师。第三层是餐饮区，可以提供各种小吃、面点。第四层是歌城及影视厅，客人可以在里面娱乐、看电影，或者休息。第五层是 VIP 高级会员区，持有金卡的会员才可以进入，也只有金卡会员才可以享受这家高档洗浴中心的特殊服务。

警方就是在这家洗浴中心的高级会员区找到了柯林海，他包下了这一层楼的其中一个房间。

经过审讯，柯林海的忽然出逃居然与沈青青的越狱没有任何的关系，这样的结果让靳向南感到非常失望。

柯林海确实在几年前追求过沈青青，却被她直接拒绝了，开始的时候他还有些不甘心，于是就继续去找她，可是在她一次次的冷脸之下最终也就彻底放弃了。

柯林海忽然出逃的原因是他和一位有夫之妇一直保持着不正常的关系，后来被那个女人的丈夫发现，遭到了多次敲诈，柯林海不堪其扰就伙同他人设下了一个圈套让对方去坐了牢，那个男人当然不会主动向警方供述出敲诈柯林海的事情，毕竟那个圈套只是让他被判了三年的有期徒刑，他还不至于傻到让自己罪上加罪的地步。对于柯林海来讲，设置这个圈套的目的只不过是警告对方适可而止、不要太过分，本以为就可以因此让对方从此不再去找自己的麻烦，可谁知此人在出狱前就已经放出了狠话：一旦出狱就非得要他柯林海的命。

很显然，对方只不过是想通过这样的方式再狠狠敲诈他一大笔钱，想不到柯林海却把对方的话当了真，于是就在得到消息之后仓皇选择了去躲藏起来。

这个世界上存在着各种各样的人，当然就会发生各种各样让人匪夷所思的事情，而柯林海的仓皇出逃只不过是其中的个例罢了。其实仔细想来，柯林海与高格非的情况还是有着某些相同之处的——对失去现有一切的巨大恐惧，于是就造成了心理上的瞬间崩溃。

"这只不过是一个小小的插曲罢了,你不应该特别在意。"看着已经熬得双眼通红的靳向南,俞莫寒虽然明明知道他刚刚经历了巨大的失望还是如此去劝慰他。

靳向南朝他摆了摆手,说道:"这是我自己的问题,希望越大最终的失望就越大,现在看来确实是如此啊。俞医生,你现在有什么好的建议吗?"

俞莫寒沉吟着说道:"其实我们还遗漏了一件非常重要的事情,那就是沈青青挂职期间的经历。既然我们前面所有的调查过程都没有发现那个本来应该出现的人,就说明那个人很可能就是在沈青青挂职期间出现的。"

靳向南的精神一振,急忙道:"那就麻烦你明天一早和小冯一起去走这一趟。俞医生,你这里不应该有什么问题吧?"

俞莫寒说道:"我当然是没有任何问题的,不过我一直在想,沈青青会不会已经离境了呢?"

靳向南摇头道:"这绝无可能,沈青青是服刑人员,不可能那么容易出境。特别是近年来国家对居民身份证管理更加严格的情况下,像她那样的人想要出境是几乎不可能的事情。"

俞莫寒起身道:"听你这样一讲我就放心了。那就事不宜迟,我和小冯这就去跑一趟。"

靳向南拍了拍他的肩膀:"感谢的话我就不多说了,俞医生,辛苦你啦。"随即就发现了他欲言又止的样子,急忙问道,"你如果有什么要求就直接讲出来好了。"

俞莫寒摇头道:"算了,等我回来后再说吧。"

靳向南点头:"如果是小事情的话就暂时放一下吧,我们先把眼前的这件大事情解决了再说。"

当年沈青青下派挂职的沙田县是一个国家级贫困县,距离省城三百多公里。沈青青下派挂职的时候那个地方还没有通高速公路，当时乘车去那里需要花费十多个小时，即使是现在也还有一百多公里的三级公路。俞莫寒心里就想，究竟是什么原因让当时的沈青青选择了那样的一条人生之路呢？难道仅仅是因为婚姻的失败？

当俞莫寒刚刚上车正在思考着这个问题的时候，俞鱼的律师事务所同时收到了两封快递，收件人分别是俞鱼和倪静。

俞鱼打开快递厚厚的外包装后发现里面装着的只有一张被放大的照片，照片上面是俞莫寒和苏咏文，苏咏文的头靠在俞莫寒的肩膀上，闭着眼睛的她脸上正露出幸福满足的笑容。俞鱼心里一沉，再仔细一看就发现，这张照片的背景是一辆公交车的车厢里面，而从照片的曝光程度来看应该是在某个晚上。

俞鱼一下子就站了起来准备去倪静的办公室，因为她即刻就意识到：既然有人将这张照片寄给了她，那么就必定会同时寄给倪静，很显然，这件事情绝不是表面看起来的那么简单，毕竟自己的弟弟和倪静还没有结婚。是啊，寄这张照片的人究竟意欲何为？想到这里，她一下子就变得冷静了许多，缓缓坐回到椅子里面再次拿起照片仔细地看。

照片并不是特别清晰，可是拍摄的角度又是正面，应该不是偷拍，否则这样的角度必定会被弟弟发现。那么，最可能的情况就是：这张照片是从公交车上面的监控录像中截取的，然后再进行了局部放大并做了修饰。如果真是这样的话，那么寄出这封快递的人很显然就是别有用心。俞鱼顿时联想起弟弟正在调查的那件事情来，心里面一下子就有些了然了。

警车从城南刑警支队驶出，汇入省城的主干道，小冯对俞莫寒说道："靳支队已经给当地警方打了电话，我们到达那里起码得四个小时的时间。"

俞莫寒点头："不用太过着急，安全第一。"

小冯又说道："刚才我给杜小刚说了，让他注意一下医科大学和你们医院那边，如果有什么情况就马上联系我们。"

俞莫寒没想到小冯如此心细，心里一动就问道："那你能不能请他帮我查一下一个人的情况？"

小冯笑着说道："只要你要查的是普通的人，这就是一件很简单的事情。"

俞莫寒心想也是，毕竟如今警方的数据库已经非常强大。他正准备说洪老幺的事情，这时候就听到自己的手机在响，拿出来一看，原来是姐姐打来的："莫寒，你看看微信，上面的照片究竟是怎么回事？"

俞莫寒急忙打开微信，当他看到上面的那张照片之后顿时就感到心里面涌起一股寒意，脑子里面也在那一瞬间就变成了一片空白……

手机铃声再次响起，电话依然是姐姐拨打过来的："你说呀，照片究竟是怎么回事？"

这时候俞莫寒才终于从刚才的震惊与极度的忐忑中清醒了过来，急忙说道："姐，我正在去往沙田县的路上呢。"

俞鱼有些气急败坏："我不管你现在在干什么，你必须马上将照片的事情对我说清楚！"也许这时候她也觉得自己的情绪过于激烈了些，急忙克制了一下，温言低声说道，"莫寒，你应该能够想到，既然对方把这张照片寄给了我，那么爸爸妈妈那里，还有此时倪静的手上也就很可能已经有了同样的照片。所以，你至少得先对我把这件事情讲清楚，爸妈和倪静那里由我去替你解释。"

俞莫寒的心里很是烦躁，不过却又只能叹息，说道："事情是真的，我怎么解释？不过有一点我可以向你保证，一直到现在为止我都没有对她有过任何明确的表态。"

俞鱼质问道:"但是你已经开始在动摇,是吧?"

俞莫寒只能选择沉默。而他此时的沉默也就让姐姐明白了一切,与此同时,她也意识到现在并不是去替弟弟理清情感问题的最好时候,轻叹了一声后说道:"很显然,对方这样做的目的就是让你陷入情感的纠葛之中,从而阻止你对那件事情继续调查下去。而对于你来讲,现在最首要的就是把这件事情处理好,否则接下来你可能什么事情都做不了。"

这一刻,俞莫寒才忽然发现自己已经陷入一个非常难堪的怪圈之中,而这个怪圈却又偏偏是他自己制造出来的。"木匠做枷,自作自受",这个成语就好像是替自己量身定制的一般让人感到滑稽可笑。难道不是吗?对方果然有了反应,结果却是让自己陷入这样一个巨大的麻烦之中。俞莫寒想了好一会儿之后才叹息着说道:"倪静那里还是我自己去向她解释吧。"

就在刚才,俞鱼也在思索这件事情,她说道:"你暂时不用着急,我先去她那里试探一下情况后再说。"

俞莫寒也觉得再没有更好的办法了:"那,好吧。"

"出什么事情了?"待俞莫寒挂断电话后,小冯问道。

"对方果然有动作了。"俞莫寒苦笑着说道。

刚才小冯听得有些模棱两可的,不过也大致明白了是怎么回事,说道:"对方采取的方式果然很有技术含量。"

俞莫寒依然在那里苦笑,毕竟自己那些事情实在是难以说出口来,所以也就只能叹息:"虽然证明了我的那个猜测,但猜测还是猜测,我们依然拿不到对方任何的证据。"

俞鱼进入倪静的办公室后第一眼就看到了桌上那封已经被打开了的快递,以及眼前那张神色黯然的脸,心想果然如我所料。她也不想虚伪地去和倪静客套,直接就说道:"我刚刚也收到了这样一封快递。倪静,你怎么看待这件事情?"

就在刚才,当倪静打开这封快递的那一刻,巨大的震惊及随之而来的痛苦瞬间将她笼罩,虽然她曾经想到过这样的可能,而且也相信自己能够坦然接受,然而当事实真正摆放在她面前的时候却发现自己根本就难以承受。她不得不承认自己是真的爱上他了,而这正是让她感到如此痛苦的根源。

如果是在半个月之前,倪静完全可以做到在他人面前神情淡漠、内心冷静,而此时此刻,她却发现自己无论如何也做不到。因为,那种发自内心的痛是如此的真实,那种对失去的恐慌也是如此的强烈。

不过俞鱼的到来及她的问话还是让倪静的头脑一下清醒了一些,她说道:"姐,难道你不觉得这件事情应该由你弟弟亲自来向我解释吗?"

她的心里充满着愤怒和哀怨。俞鱼已经感觉到了,温言说道:"是的,我已经给莫寒打过了电话,他告诉我说他此时正在去往沙田县的路上,是为了调查沈青青越狱的案子才临时赶往那个地方的。我问他照片的事情究竟是怎么回事,他告诉我说他会自己来向你解释。倪静,莫寒是我看着他长大的,他的人品我完全信得过,也许他在面对苏咏文主动追求的情况下有些动心和犹豫,但他绝不会做出脚踏两只船的事情来。"说到这里,她走到倪静的身后,用手攀住了她的双肩,继续说道,"倪静,你想过这样一个问题没有,为什么这样的照片偏偏就在这个时候同时出现在你和我的面前?"

倪静的心里一动,问道:"姐,你的意思是?"

俞鱼抬起手去轻抚着她的秀发,轻叹了一声后说道:"你这么聪明的一个人,本来应该想得到的啊……一定是莫寒的调查很快就要接近事情的真相了啊,这不是非常显而易见的原因么。"

倪静幽幽地道:"这个我知道,可是俞莫寒他……"

俞鱼明白她的意思，紧接着说道："倪静啊，你明明知道对方的目的就是想要让我们内部发生矛盾和摩擦，从而达到让莫寒不再继续去调查那起案件，如果我们真的那样去做了，岂不是正好中了对方的诡计？"

倪静轻叹了一声，问道："姐，那你说我现在应该怎么办？"

俞鱼回答道："我觉得，目前我们最好的办法就是不理会这件事情，多给莫寒一些时间。我相信，他最终会想明白所有的一切，而且也一定会回到你身边的。"

倪静问道："姐，你为什么就这么肯定？"

俞鱼淡淡一笑，回答道："原因很简单，因为苏咏文根本就不适合他。其实莫寒的心里面也十分清楚，只不过他一时间还走不出苏咏文漂亮容貌的吸引罢了。"

倪静想了一会儿，轻声说道："姐，我听你的。"

俞鱼这才放下心来，回到办公室后发现手机上有好几个父亲打来的未接电话，心里面就知道了是什么事情，拨回去后就听到父亲问道："你弟弟和倪静没有在一起了？"

俞鱼急忙说道："爸，一会儿我和致远一起回家吃饭，到时候我再给您解释这究竟是怎么回事。"

父亲叹息了一声："你们怎么就不能让我省点儿心呢？"

再次接到姐姐的电话后俞莫寒一直忐忑着的内心才稍稍安稳了些，此时就连他自己都不得不承认已经真正地爱上了倪静这样一个事实。正因为爱才因此而愧疚、惶恐。可是自己对苏咏文的感情呢？一想到这个问题他又开始烦躁起来，而且这样的烦躁他始终挥之不去。

或许姐说得对，我需要一些时间。许久之后，俞莫寒才终于从纷繁复杂的焦躁情绪中慢慢走了出来。而此时，警车已经下了高速路，接下来还有一百多公里的路程。俞莫寒从来没有去过沙田县，此时的他感觉一直在朝着远处延伸的道路仿佛无穷无尽，永无尽头，他看了看时间，对小冯说道："我们先找个地方吃饭吧。"

与高速公路不同，这一段路程是没有服务区的，不过路边时常会出现一些小餐馆的招牌。小冯将警车停靠在一家叫"特色豆腐鱼"的小饭馆外面，俞莫寒下车后感觉到双腿有些发麻，使劲在地上跺了好几下之后才觉得好了些。他看着眼前起伏延绵的群山，对小冯说道："如果有时间的话，我们今天应该走一趟当年的那一条老路。"

小冯笑着问道："你想感受一下当年沈青青下派挂职时的心境？"

俞莫寒点头，随即就自嘲般地笑了起来，说道："也就只是说说罢了，或许我们根本就感受不到她当时的那种心境。"

小冯进入餐馆里面去吩咐老板杀鱼，俞莫寒依然站在那里。当年从省城到沙田县乘车需要十多个小时，如此漫长而艰辛的路途她究竟是如何熬过来的？当时的她多久返回省城一次？在那个偏远小县城的日子又是如何打发的？

心里正如此感叹着，小冯从餐馆里面出来了，他走到俞莫寒的身旁低声说道："刚才杜小刚给我打了个电话，说你们医院不少人都在传着这样的一个消息：医科大学准备接纳你们医院。"

俞莫寒怔了一下，问道："接纳？"

小冯点头："据说是省政府和省卫生厅的想法，医科大学基本上已经同意了。"

这一刻，俞莫寒忽然就有了一种恍然大悟的感觉，点头说道："这就对了。一直以来我们医院的职工对顾院长的评价都非常高，我也一直认为他是一个很有操守的人，没想到这次他竟然会做出如此让人无法理解的事情来，原来他也是为了医院未来的发展。"说到这里，他自嘲着继续说道，"嘿嘿！想不到我俞莫寒的作用还那么的大，竟然让他们如此之快就达成了协议。"

小冯提醒道："俞医生，接下来你可能真的就要注意自身的安全了啊。虽然这件事情有可能是滕奇龙正在兑现他以前在高格非事情上对顾维舟的承诺，但同时也可能是为了换取顾维舟对你的下一步动作也很难说啊。"

现在俞莫寒倒是不再像以前那么感到害怕了，毕竟对方似乎并没有采取非常手段的意图，他淡淡笑了笑说道："在明明知道你们警方已经参与了调查的情况下，他们也不得不掂量掂量采取某些行动的后果吧？没事，应该出不了什么大事情的，接下来我会把自己的事情处理好，这样一来他们也就没有任何的空子可钻了。"

是的，就在这一刻，他一下子就想明白了许多的事情。是的，无论是从目前的情况还是从道德的层面来讲，自己的情感归属问题都不能继续模棱两可、犹豫不决下去了，这件事情必须尽快有一个了结。这次回去后就去找苏咏文好好谈谈。他在心里如此对自己说道。

大山里面的空气带着一丝丝的凉意，天空的云层较低而且很干净。省城的天空绝对没有这么漂亮。俞莫寒站在车前仰望着天空许久，这才恋恋不舍地对小冯说了一句："我们出发吧。"

警车继续朝着向大山里面延伸着的公路前行，沿途会看见一些建在半山腰的村庄，炊烟袅袅。省城那些密密麻麻的建筑与这里仿佛是两个截然不同的世界。她为什么要来到这里？难道就是为了改变自己曾经所拥有过的那一切？

这一刻，在俞莫寒的脑子里面忽然浮现出那张漂亮的脸庞来。

第七章
寻访沙田往事

进入大山后车辆一下子就少了许多，警车一直行驶在蜿蜒的公路上，耳边长时间所听到的都是汽车马达的轰鸣声，让人心生疲惫。不过俞莫寒还是坚持着和小冯说话，他知道长途驾驶是一件非常劳累的事情。

近两个小时之后，当警车越过一道山岔口、沿着公路盘旋而下到达半山腰的时候，俞莫寒终于看到了那座位于山坳里面的县城。车窗外的这座县城看上去是那么的小，而且仿佛是桃花源般与世隔绝。

随着警车的蜿蜒下行，距离县城也就越来越近，俞莫寒对这个地方的全貌与局部也就有了一个大致的概念。

当地警方的人已经在县城外面等候了许久。前来迎接的是县公安局的一位副局长和刑警大队队长及其他工作人员，俞莫寒和小冯下车与他们简单寒暄了几句后上车进城，县刑警大队队长上了他们俩的车礼节性陪同。当警车进入这座县城之后，俞莫寒脑子里面刚才已有的概念也就变得越来越清晰——在房地产开发如火如荼的当今,这座小县城看上去却是如此的陈旧,大多数是二十世纪八九十年代的建筑,狭窄的街道,乱糟糟的电线……不过其中也不乏当代社会的气息:飘荡在耳边的时下正流行的音乐,街道两旁的时尚名品商店,随处可见的拿着智能手机的行人。让俞莫寒感到诧异的是,他发现在这个小小县城狭窄的街道里面竟然随时可以看到奔驰、宝马及路虎之类的各式名车。

小冯也是第一次到这个地方,而且也注意到了这样的情况,感叹道:"想不到这个地方的有钱人竟然那么多。"

县刑警大队队长说道:"我们这里产煤,你们所看到的豪车都是那些煤矿老板的。"

俞莫寒道:"这两边的街道上那么多的名品商店,如果仅仅是那些煤矿老板去消费恐怕也很难生存吧?还有,我发现这街上很少有国产自主品牌的轿车,大多是二十万左右的中档品牌,从整体消费水平来看似乎比省城还要高许多,然而这个县城的发展却又是如此的趋后,这又是什么原因呢?"

县刑警大队队长苦笑着说道:"畸形消费呗。一部分有钱人的畸形消费带动了许多人互相攀比,特别是这里的年轻人和基层干部,他们身上不穿着名牌服装根本就不好意思出门。如此一来就形成了整个县城追求奢华的社会风气,物价上涨非常厉害,与此同时就造成了许多治安方面的问题,我们的压力也非常大。"

俞莫寒问道:"主要有哪些治安问题呢?"

县刑警大队队长回答道:"抢劫、偷盗、赌博,甚至是贩毒,这么多年来,我们警方一直保持着高压的态势,从来不敢有丝毫的懈怠。"

俞莫寒点头道:"其实这都是畸形消费所带来的恶果,其根源还是地域经济封闭、落后。在这样的环境下人们的欲望被无限放大,金钱左右了一切。像这样的情况你们当地政府应该有所作为才是，为什么这么多年来却发展得如此缓慢呢？"

县刑警大队队长叹息着说道："我们这个地方实在是太偏僻了，交通极为不方便，目前想要争取国家的高速路、铁路等交通规划几乎是不可能的事情，幸好有一条水道可以通往下游，否则煤炭的运输都很困难。一个地方的交通可是至关紧要的事情，这个问题解决不了，我们这个地方想要发展起来简直就是白日做梦啊。"

这倒是实话。一个地方的普遍贫穷可以让民风保持淳朴，可是一旦出现收入上的巨大差异，疯狂的欲望就会使得这种本来就非常脆弱的淳朴民风荡然无存，随之而来的就是各种犯罪的滋生。而开放与发展可以让更多的人享有获取财富及实现个人价值的机会，所以这才是解决这个社会问题的关键与重要途径。然而俞莫寒并不想和这位刚刚认识的警官探讨诸如此类的问题，他更关心的是沈青青来到这里之后的情感状况。不过既然当地警方如此正式热情地前来迎接，此时在车上询问相关问题似乎也不大合适。所以，接下来他只是问了一个常规性的问题："如此说来，你们这里离婚的家庭应该不少吧？"

也许是他的这个问题有些跳跃，县刑警大队队长愣了一下才回答道："是啊，还不都是钱给闹的。有些男的想要一夜暴富，有的女人太过现实。我们这个地方很多人都喜欢穿名牌，身上揣的是好几十上百块的香烟，有些女人连工作都没有，在外面打牌的时候赌资还不小。钱从哪里来？那就只有乱搞了。"

俞莫寒在心里暗道：这其实就是价值观的改变啊。当人们的价值观变成了一切以追求金钱为目的的时候，伴随而来的当然就是各种犯罪及人性的堕落。那么，沈青青来到这里之后，她的价值观是否也因此而有所改变了呢？联想到她最终犯罪入狱的原因，俞莫寒心里面的答案几乎是肯定的。

小县城的街道虽然有些堵车，但毕竟地方太小，一行人很快就到了当地最好的一家酒店。这家酒店是这座小县城里面少有的新建筑之一，里面的装修富丽堂皇，绝不逊于省城的五星级酒店。县里面给他们安排了两个房间，俞莫寒却坚持要和小冯一起住，最终那位前来迎接的公安局副局长只好作罢。

在稍作洗漱之后，两个人随同那位副局长一起去了县公安局。县公安局的办公楼有些破旧，不过里面的装修还是不错的。进入会议室后就开始谈正事，宾主相对而坐，工作人员很快就泡上了茶，还在俞莫寒和小冯的面前分别放上了一包软中华。在场的其他吸烟的人面前也有。这一刻，俞莫寒顿时就想起在车上的时候那位县刑警大队队长的话来，心想这个地方的奢靡之风果然已经深入到了社会的各个角落。不过他心里也十分清楚这是对方出于礼节的考虑，随即将自己面前的烟放到了小冯面前，同时向那位副局长解释道："我不会吸烟的。"

副局长倒是没有在意，咳嗽了两声后说道："俞博士和小冯千里迢迢从省城来到我们这个小地方，虽然一路辛劳但案情紧急，我们就不要有太多的客套了。俞博士、小冯，那就请你们直接说情况吧。"

在电话里，靳向南只是含糊地告诉县公安局俞莫寒是协助警方工作的一位专家，并且对他冠以"博士"的称呼，在县城外面双方见面的时候小冯也是这样称呼他的。这位副局长也就知道了这次前来公干的两个人中是以俞莫寒为主，所以才对他格外客气了一些。俞莫寒本来就不大懂得场面上那些虚华的东西，直接就说道："具体的情况想必靳支队也已经在电话里面告知了你们，沈青青越狱后目前依然在逃。根据我们的分析，策划这起越狱事件的人很可能是多年来沈青青的某位追求者，不过我们在走访了沈青青的主要社会关系及她离开这里后所工作过的地方后并没有发现有用的线索……"

他大致谈了一下自己分析的依据，继续说道，"在我们看来，沙田县是沈青青人生的一个非常重要的转折点，无论是她的事业还是情感方面都是如此，所以我们认为或许能够在这个地方寻找到与那个策划者有关的线索。"

副局长沉吟着说道："沈青青离开我们这个地方已经很多年了，在我的记忆中她除了长得比较漂亮之外就几乎没有别的印象了，这件事情调查起来可能比较困难啊。"

俞莫寒笑道："这也算是一种非常特别的印象嘛。我担心的是所有的人对她都没有了一丁点儿印象，那才是真正的麻烦呢。"

在座的所有人都笑了起来。俞莫寒继续说道："我们希望能够找到更多沈青青当时在这里工作时最了解她情况的人，比如当时县政府的班子成员、协助她工作的县政府办公室副主任、身边的秘书和驾驶员、她分管部门的负责人，以及八小时以外最亲密的朋友等。"

副局长点头道："我们尽量配合你们的工作就是。不过俞博士，她在这里工作时的县政府班子成员如今基本上都调离了……对了，我记得她当时是协助副县长康东林分管文教卫生这一块，康东林现在是我们县里面的政协副主席。俞博士，其他的人我们都可以叫到这里来接受你们的询问调查，不过康主席那里……"

俞莫寒明白了他的意思，说道："那我们现在就去拜访他。其他的人就麻烦你们安排到我们住的地方吧。"

康东林已经到了临近退休的年龄，也就是说，当时沈青青到这里来挂职的时候他已经是五十岁开外。公安局的那位副局长已经提前给眼前的这位政协副主席打过电话，他非常热情地离开座位去与俞莫寒和小冯握手，还亲自给他们泡了茶。俞莫寒看着腰杆挺直、身材高大的康东林问道："康主席保养得真好啊，看来是以前当兵的时候就打下了好底子。"

康东林以为他是从其他地方了解过了自己的情况,爽朗地笑着说道:"不仅仅是如此,我从部队转业后在乡镇工作了多年,那时候虽然生活艰苦但身体确实是锻炼得不错。到了县里面工作后就不再抽烟、喝酒,要不然的话我这身体早就垮了。"

也许这就是他后来得不到提升的原因之一吧?俞莫寒笑着说道:"有所得就必然有所失嘛,身体可是自己的,我倒是觉得很值。"

康东林大喜,说道:"俞博士这话可是说到我心里面去了,人这一辈子不就是这样的么,做再大的官也有最终退下来的时候,身体才是自己的,我可不想老了受罪。俞博士,听说你们是为了沈青青的事情来的?你们随便问吧,我一定如实相告。"

俞莫寒发现眼前的这位与其他很多官员不大一样,是一个真性情之人。俞莫寒笑了笑,说道:"还是先请您说说沈青青的情况吧,然后我再提问。"

"也行。"康东林点头道,"沈青青很漂亮……"

俞莫寒和小冯都忍不住笑了起来。康东林也笑,继续说道:"我说的是实话么。其实我们这里的漂亮女人也不少,不过气质上可就比她差远了。记得她刚刚来到这里的那天,县里面还专门为她举行了一次欢迎宴会,县委和县政府的主要负责人都参加了。对了,这也是我们这里的惯例。那天晚上沈青青喝了不少的酒,几乎没有怎么吃东西,可是最终她没有多少醉意,从此县里面的人就知道了她的酒量不小,只要是上面的领导下来检查工作都会叫上她去陪酒。"

俞莫寒觉得这件事情很有意思,问道:"您的意思是说,她的酒量真的很大?那么,您见她喝醉过没有?"

康东林回答道:"还别说,我还真的没有见她喝醉过。有一次我还特地问过她酒量为什么那么大,她告诉我说,我们每个人的肝脏里面都有一种解酒酶,一个人酒量的大小就和这种解酒酶有关系,不过这种酶不能从体外补充,只能靠遗传或者是长期训练获得。她还说，她父母的酒量就很大，而且从来都没喝醉过。"

俞莫寒心里暗自惊讶，说道："您继续说她的情况。"

康东林喝了一口茶："她刚刚来这里的时候在工作上很有积极性，到县里不久就将全县所有的乡镇跑了一遍。她很有工作热情，总是希望能够做一些大的事情，比如向我建议扩大县中学的高中部，向分管旅游的副县长建议在山上修度假村什么的。其实她根本就不了解我们这里的情况，大家听后也就只是一笑了之，后来她的工作热情也就慢慢消退了。"

俞莫寒问道："她的这些建议为什么不可行呢？"

康东林道："像我们这样的地方，当时搞普九教育就已经欠下了一屁股的债，哪里还有钱去扩大高中的规模？不过她对我们这里的教育状况还是有过调查研究的，高中教育确实是一个很大的瓶颈，以致造成不少的初中生辍学的状况。我也很想解决这个问题啊，可是县里面的财力实在是太有限，能够完成国家的基础教育任务就已经很不错了，更何况当时还有那么多的民办教师需要妥善安置。在山上搞度假区就更是不现实的事情了，且不说向银行贷款很困难，就是修好了谁会跑到这地方来呢？交通的问题不解决，这所有的一切都只不过是一种空想罢了。"

俞莫寒问道："所以，您认为她的工作能力其实非常有限？"

康东林朝他摆了摆手，说道："这可不是工作能力的问题，而是不切实际。毕竟她是从高校下来的人，不了解下面的情况也很正常。"

俞莫寒点头道："倒也是。她下来的时候刚刚离婚不久，这个情况您知道吗？"

康东林回答道："开始的时候不知道，后来我在无意中问了她的家庭情况，她才告诉我说她已经离婚，孩子跟着前夫。"

此时两个人的谈话已经在不知不觉中变成了一问一答。俞莫寒又问道:"那么,她到了这里后有人追求她吗?"

康东林摇头道:"反正我没有听说过这样的事情。她是从大城市里面来的人,不但长得漂亮而且气质也非常不错,更何况还是挂职的副县长,一般的人怎么可能敢去追求她呢?"

俞莫寒继续问道:"她八小时之外一般都做些什么事情呢?"

康东林依然摇头,说道:"她一个女同志,我怎么可能去关心人家的夜生活呢?有时候我倒是有些担心她一个人在这地方会感到孤单,本来想把她叫到家里吃顿饭什么的,又害怕别人说闲话……呵呵!这地方实在是太小了,好事人不知,坏事传千里。你说是不是?"

俞莫寒笑道:"康主席,您恐怕更多的是怕家里的那位吃醋吧?"

康东林大笑,说道:"男人不都是这个德行么?本来和某个女人什么事情都没有,就是会在自己的女人面前感到心虚。俞博士,你说这究竟是什么缘故?"

俞莫寒笑道:"这其实是因为潜意识里面已经对对方动心却又受到理智与伦理道德的限制,由此所产生出来的愧疚、惶恐等心理状态。"这时候他忽然想到了自己,心里面暗暗叹息着,继续说道,"这样的心理其实也很正常,爱美之心人皆有之么。"

康东林看着他:"原来你是一位心理学家,我就说嘛,其他专业的博士怎么可能介入这样的案子里面来呢?"

这就是官员的优势,他们所站的高度决定了他们看待人和事物的角度与平常人完全不同。俞莫寒点头道:"也算是吧。康主席,我发现您是一个有着坦荡内心的人,那我也就不和您绕圈子了,接下来我就直接问您一些敏感的问题可以吗?"

康东林很喜欢他这样的评价,笑着说道:"你随便问吧,刚才我已经说过了,只要是我知道的,就一定会如实相告。"

俞莫寒说了声"谢谢"后就直接问道:"据我所知,下派挂职锻炼的人一般情况下在期满之后是应该回到原单位去的,可是沈青青却被安排到了另外的地方任职,这其中的原因您知道吗?"

康东林并没有马上回答他这个问题,而是问道:"这个问题与她越狱的事情有关系吗?"

俞莫寒道:"也许有关系,也许没有。康主席,这个问题是不是很敏感?"

康东林思索了好一会儿之后才回答道:"这个问题确实非常敏感啊。不过既然我已经答应了你要如实相告,那我就直说吧。帮助沈青青的那个人是省里面一家国企的老总,名叫薛云图。前面我讲了,因为沈青青的酒量不错,只要是上面来了人县里面就会把她叫去陪着喝酒。薛云图所在的公司是我们县的对口扶贫单位,每年会给县里几百万的扶贫资金,于是沈青青就这样和他认识了。"

俞莫寒疑惑地问道:"这有什么敏感的?"他刚一问出来就有些明白了,"您的意思是说,沈青青和这个人的关系比较暧昧,但是这样的暧昧关系又只不过是人们的猜测而已?"

康东林"呵呵"笑了笑,说道:"确实是这样。像这样的事情人家自己不讲出来,其他人任何的猜测都只不过是一种臆想罢了。更何况那位国企老总的级别还不低,身处体制内的人怎么可能随便去议论这样的事情?"

俞莫寒还是有些不明白,问道:"难道一个国企的老总也可以安排沈青青的未来?"

康东林道:"俞博士你不是体制内的人,可能对有些情况不大了解。像薛云图那种级别的人多多少少都会有些上层的关系,他想要安排一位挂职干部应该是没有什么问题的,不过从沈青青后来的情况来看,这个人的影响力其实也很有限,不然沈青青为什么到了那个地方后一待就是那么多年呢?"

俞莫寒点头道:"嗯,您的话很有道理。那么,您见过薛云图这个人吗？他究竟是一个什么样的人，您了解吗？"

康东林道："我和这个人见过几面。沈青青在这里工作的时候此人还不到五十岁，相貌堂堂，气场很足，而且此人极好排场，每次来这里的时候都会带着长长的车队，他自己乘坐的是一辆行政版的路虎，好像根本就不懂得低调为何物。我就有些不明白了，像这样一个一点儿不懂得收敛的人，他究竟是怎么坐上那样的位子的？"

俞莫寒又问道："薛云图有家庭吗？"

康东林摇头说道："具体的情况我不清楚，不过想来他应该是有家庭的吧？"

俞莫寒心想也是，不然人们为什么会对他和沈青青的关系如此讳莫如深？又问道："那么，您对沈青青如何评价呢？"

康东林"呵呵"笑了两声说道："一个那么漂亮的女人跑到我们这样一个鸟不拉屎的地方工作，其实很不容易的。"

俞莫寒觉得他的话是在顾左右而言他，于是就直接点明了："我在沈青青后来工作过的那个地方也问过同样的问题，有人说她的工作能力非常一般。您觉得这样的说法是客观的吗？"

康东林却摇头说道："至少我不能这样讲。她只不过是一个下派挂职的干部，手上的权力有限，很多事情都不能决策，除非某个下派干部的手上有着非常丰富的资源，否则很难展现出能力来。"

俞莫寒奇怪地问道："那您刚才为什么不给沈青青一个比较明确的评价呢？"

康东林犹豫了一下，说道："因为我没办法评价。她在我们这里的挂职时间只有一年，而且其中大部分的时间都没有在这个地方，特别是她挂职的后面半年，几乎都是在省里度过的。"

俞莫寒惊讶地问道："这又是因为什么？"

康东林道："原因很简单，当时通往我们这个方向的高速路还没有修通，跑一趟省城需要十多个小时。其实她在我们这里也干不了多少有用的事情,县里就让她待在省城帮忙协调一些事情,如果需要县里负责人要开的会议也让她代劳。"

俞莫寒的心里顿时一沉,问道:"也就是说,她真正待在这里的时间其实只有半年左右?"

康东林点头道:"是的。"

晚餐是县公安局安排的,在一家非常有特色的地方餐馆,主菜是腊野猪肉炖老母鸡,浓汤里面还加有当季的各种野生蘑菇,味道极其鲜美。康东林作陪。县公安局的那位副局长非常热情,康东林在兴致之下竟然也破例地端起了酒杯,俞莫寒和小冯推辞不过只好也跟着举杯,不过还是再三强调说仅此一杯。

大家在酒桌上并没有谈及沈青青的事情,毕竟在座的都是长期受到纪律约束的人。康东林一开始就讲笑话:"我在乡镇工作的时候下乡去搞计划生育宣传,首先宣讲了国家的计划生育政策,讲完后就给村民们发了避孕套。第二天村民就跑来反映说将那东西煮了很久结果还是咬不动。"在座的人都笑。康东林继续道,"于是我就给他们示范,将避孕套套在食指上,说,和自己的女人干那事的时候就这样戴着。想不到不多久就有好几个女人怀孕了,村民跑来责怪我的办法不起作用。我问他们,做那事的时候究竟戴上那玩意没有?他们回答说,戴上了。我正觉得奇怪,这时候一个村民拿出一只那玩意来戴在了食指上,说,你哄我们呢是不是?这东西戴在手指上就真的能避孕?"

在座的人哄然大笑。俞莫寒也没能忍住,心想沈青青在这里的时候康东林是不是也会讲这样的笑话呢?

晚餐后俞莫寒还真的就问了康东林这个问题。想不到康东林听了之后"哈哈"大笑,说道:"说起讲黄段子,沈青青的水平可是要比我们厉害多了。"

俞莫寒不禁愕然。

接下来俞莫寒连夜询问了沈青青曾经的秘书、驾驶员及目前县公安局所能够找到的相关人员，结果依然是一无所获。这天晚上，俞莫寒又一次失眠了，他躺在这座小县城最高档酒店的软床上反复询问自己：怎么会是这样的情况呢？不应该啊！

第二天早上县公安局的副局长和刑警大队队长来陪同他俩吃早餐并送行，俞莫寒一夜未眠也只好强打起精神与他们闲聊，然后在县城外握手道别。当警车行驶到半山腰的时候，俞莫寒忽然让小冯停下，他下了车后站在公路边一直看着山坳里面的那个小县城。小冯也下了车，站在他身边问道："俞医生，你昨天晚上一直在翻身，是不是没有睡好？"

俞莫寒没有回答他的这个问题，指了指山下说道："在那半年的时间里面，难道就真的什么都没有发生过？"

小冯问道："俞医生，我一直想问你：难道你并不认为那个国企老总就是那个幕后策划者？"

俞莫寒轻叹了一声，说道："像国企老总那样的年龄和级别，他似乎不应该做出那种冒险而且冲动的事情来。"

小冯有些疑惑："那你刚才的那句话究竟是什么意思？"

俞莫寒再次指了指山下，说道："在我看来，那半年的时间或许让沈青青改变了许多。首先是这个地方的畸形消费观念，也许这正是她后来接受他人贿赂的根本原因。其次，她是在这个地方认识那位国企老总的……"说到这里，他忽然就想起康东林的那句话来："我想，和一个特别会讲黄段子的漂亮女人在一起喝酒的话，酒桌上的氛围肯定非常不错，而且对那些男人来讲肯定会觉得特别的刺激。"

小冯愣了一下，却见俞莫寒已经转身上车，同时听到他说："我要睡一会儿，你也别着急，慢慢开，如果累了的话就停下来休息一会儿。"

　　小冯咧嘴笑了笑,说道:"你安心休息吧,我没事。"

　　耳边响起警车的轰鸣声,俞莫寒深呼吸了好几次让自己慢慢静下心来,睡意终于慢慢涌起。他在心里面对自己说了一句:有些东西得暂时放一放,特别是内心里面的那些烦躁……

第八章
越狱案背后的人

医科大学的保安发现有一位老人一直在学校里面的筒子楼附近转悠，于是上前盘问，老人回答说他是高格非以前的老丈人，就想在这附近看看。开始的时候保安并没有太在意，毕竟医科大学只是一所高校，什么人都可以进来。不过慢慢地他们就发现有些不大对劲了：那位老人总是站在一处楼下朝着上面看，而且就那样一看就很久，后来老人还好几次上到了楼上去敲同一个门号的门。于是保安再次上前盘问，老人一下子就怒了："我女儿死得蹊跷，我来看看还不行啊？！"

保安朝老人伸出手去："把你的身份证拿出来看看。"

老人更怒："什么身份证？我女儿被你们学校的人害死了，我来调查情况还需要什么身份证？简直是岂有此理！"

保安认为老人的情况不大对劲，完全是无理取闹，于是就强制将他带到了保卫处。一路上老人都在大吵大闹，虽然学校放假但还是吸引了不少人的注意，到了保卫处后老人就吵闹得更厉害了："我女婿高格非可是你们这里以前的校办主任,现在他出事了你们就这样对待我?你们一个个都不是什么好东西!你们校长呢?去把你们校长叫来!"

保卫处长这才知道眼前的这位是谁,急忙温言相劝,同时还把那几个保安狠狠批评了一顿,老人这才悻悻地离开了。

想不到老人第二天又来了,四处打听女儿曾经的那几个邻居现在都住在什么地方,而且一见到人就说自己的女儿死得蹊跷。保安们被保卫处长批评过,也就不再去管他。想不到这件事情不知道怎么的就被校长滕奇龙知道了,一个电话打到了保卫处长那里就是一顿批评,保卫处长没办法,只好带着人将老人撵出了校门。

老人怒极,在校门外大吵大闹好一阵子之后就直接去了省政府。滕奇龙接到省政府办公人员打来的电话后才忽然意识到自己很可能是上了俞莫寒的当——高格非的这个前老丈人为什么偏偏在这个时候跑到学校里面来,而且还说他女儿死得蹊跷?

滕奇龙给副校长潘友年打了个电话,让他马上去省政府好言劝说高格非的前老丈人离开那个地方。此时潘友年已经知道了这件事情的具体情况,毕竟他除了分管后勤之外还分管保卫处的工作,他有些为难地道:"我去省政府劝说他离开没什么问题,可是万一他又跑到学校里面来闹事怎么办?"

滕奇龙也觉得头痛,说道:"告诉他,他随时都可以进到学校里面来,只要是不干扰学校的正常秩序就行。"

学校不是还没开学吗?人家哪里干扰正常秩序了?潘友年在心里腹诽着但是不好讲出来,想了想,说道:"那好吧,我尽量去做他的工作。"

潘友年到了省政府后花费了好大的功夫才将老人劝说通,随后还亲自送老人回了家。

"明天我还要去。"老人对潘友年说。

潘友年吓了一跳，急忙劝说道："您可千万别再去省政府了呀，我这每天还有一大堆的事情要做呢。当年要不是我把高格非推荐给滕校长，他根本就没有后来的翻身之日啊。老人家，这您是知道的，就算是我求求您了好不好？"

老人怒道："我有事没事跑到省政府去干吗？我是说，我明天还要到你们学校去。"

潘友年顿时松了一口气，说道："那是没有问题的，我还可以让人给您办一张饭卡，您天天都可以去学校的食堂免费吃饭。不过老爷子，学校里面有那么多的老师和学生，您可千万不能去干扰他们正常的教学秩序啊。"

老人的态度这才好了许多，说道："我才不会去吃你们的食堂呢。我就是想搞清楚我女儿当年死亡的真相，并没有其他别的什么想法。"

潘友年问道："既然您怀疑此事，完全可以去报警啊？"

老人道："警察已经在调查这件事情了，让我到学校去了解情况这本来就是那两个警察的意思。"

潘友年心里面一动，问道："那两个警察是不是一个姓俞，另一个姓冯？"

老人诧异地看着他："你是怎么知道的？"

潘友年笑了笑回答道："他们也来找过我。老人家，难道您真的认为您女儿当年的死另有原因？"

老人的神色黯然，说道："警察手上已经有了证据，我当然相信他们的话。"

老人的话让潘友年感到非常震惊，当然，他绝对不可能将当年白欣的死与滕奇龙联系在一起，反而觉得学校方面应该好好配合警方将此事调查清楚。所以，他在给滕奇龙打去电话的时候不但将情况都告诉了对方，而且还提出了自己的这个建议。

关于此事，滕奇龙早已清楚，而潘友年的这个电话恰恰证实了他先前的猜测，心里面不由得感到有些恐慌：那个叫俞莫寒的年轻人究竟都知道了些什么？接下来他会不会继续将这件事情调查下去？最终他还会寻找到其他的什么线索吗？他想了想，对潘友年说道："破案不是我们学校应该去做的事情，如果警方需要我们协助，我们尽量给他们提供方便就是。现在我担心的是白欣的父亲，毕竟当年白欣的死到目前为止还是真相不明，千万不能因为这件事情对学校造成不好的社会影响。所以，你要让保卫处的人将白欣的父亲看紧一些，免得到时候谣言四起不好控制局面。"

潘友年深以为然，说道："我这就亲自去给保卫处长谈，让他一定安排处理好这件事情。"

滕奇龙挂断电话后即刻给顾维舟拨打了过去："你那边的情况怎么样？"

顾维舟道："我让人分别给他父母、姐姐和女朋友都寄了照片，然而非常奇怪的是，似乎那张照片根本就没有起到任何的作用。这两天俞莫寒和那个姓冯的警察不见踪迹，其他的人毫无异样。"

滕奇龙斟酌着说道："看来他们已经意识到了我们的目的，如此一来我们也就没有了退路，接下来的事情你就看着办吧。"

顾维舟有些犹豫："我不希望对他采取过激的行动，他是一个非常优秀的年轻精神病医生……"

滕奇龙一下子就打断了他的话："总不能因为他的个人行为破坏了我们的大事情，你应该好好权衡一下才是。"

顾维舟说道："我倒是有一个想法，如果实施的话肯定会让他陷入自顾不暇的麻烦之中，而且还可以让我们始终掌握着主动与控制权……"

滕奇龙听完了对方的想法后问道："你确信能够做到吗？"

顾维舟非常自信地道:"我可是这方面的专家,只是顺势而为罢了,而且我的办法加上了双重的保险,肯定是没有任何问题的。"

滕奇龙叹息着说道:"如果你觉得方案确实可行,那就尽快实施吧,只要这个俞莫寒不再添乱,高格非的事情就会很快过去的,一旦舆论不再关注这件事情,今后俞莫寒也就基本上不大可能掀起什么风浪来了。我也不想把事情做得太绝,这何尝又不是一种菩萨心肠呢?"

这正是顾维舟的想法:只要最终没有毁掉这个年轻医生就行。他说道:"我这就给俞莫寒打个电话,让他最近抽空回医院一趟。"

俞莫寒醒来的时候警车已经行驶在高速公路上,他歉意地对小冯说道:"辛苦你啦,如果不是警车的话我还可以帮你开一段路程。"

小冯不以为意地道:"没事,我喜欢开车。"

俞莫寒发现他似乎并不是在客气,诧异地问道:"是吗?难道你因为喜欢开车就不会觉得累?"

小冯道:"是啊。我特别喜欢开车,特别喜欢这种掌控速度的感觉。"

掌控?他的这个词用得太好了。这其实是一种能力,也是我们每个人内心深处的渴望,或者说是野心。俞莫寒心里如此想道。与此同时,他也终于明白了自己内心烦躁的来源——其实说到底还是根本就没有能够掌控住自己所学到的知识,以至于到现在为止都没有能够寻找到有关沈青青下落的任何有用的线索。

靳向南对俞莫寒他们的一无所获倒是并没有说什么,毕竟这起越狱案从一开始就显得那么的诡异,而且警方已经动用了现有的所有手段却依然一筹莫展,如果事情变得太过简单反而有些奇怪了。

"虽然我也觉得薛云图不大可能是沈青青越狱案的幕后策划者,但这一条线索还是不能放弃不是?一步步来吧。我们先去吃午饭,然后你休息一会儿，下午我陪你去和薛云图见个面，万一他知道一些情况呢？"靳向南拍了拍俞莫寒的肩膀说道。

薛云图就是康东林说到的那位国企老总，这是到目前为止沈青青越狱案的唯一线索，然而俞莫寒并没有真正将他列为怀疑的对象，正因为如此，才使他的内心不由得产生出烦躁的情绪。俞莫寒心想也是，薛云图毕竟是目前唯一的线索，总不能就这样随便放弃。此外，他也觉得靳向南的考虑十分周全，毕竟薛云图的级别和身份在那里摆着，如果靳向南不亲自前往的话估计很难见到对方。

午餐后刚刚躺下就被手机铃声给吵醒了，俞莫寒感到非常恼火却又不得不接听，就听到电话里面顾维舟问道："小俞，最近你在什么地方呢？"

如今俞莫寒虽然知道了一些有关滕奇龙与顾维舟的情况，却没有因此而对自己的院长产生出厌恶感，反而还莫名地对他有些敬意，急忙回答道："最近一直在调查沈青青越狱的案子，前几天去了沈青青曾经工作过的地方做调查，今天刚刚回来。"

顾维舟道："辛苦了。小俞，你看什么时候有时间到我办公室来一趟，我们医院即将被划归医科大学，成为他们的附属医院之一，你是留德的精神病学博士，比其他的人更了解我们这门学科的前沿，所以我很想听听你对将来学科建设的一些意见。"

俞莫寒有些为难："顾院长，这件事情应该不太急吧？沈青青的案子还在调查之中呢，我这里……"

他的话未说完就被对方给打断了："花费不了你多少时间，而且这件事情确实有些急，关于我们学科建设的意见在这两天就必须报给医科大学，因为医科大学那边也要马上向国家教委报备，为明年新增精神病学专业的招生工作做准备。"

俞莫寒听到是这样的情况，想了想后说道："今天下午我要和靳支队去拜访一位非常重要的知情人，晚上的时间未知……那就明天上午吧,我也好花点时间思考一下这个方面的问题,您看可以吗?"

顾维舟笑道:"那行,就明天上午吧。"

挂断电话后俞莫寒的心里面忽然觉得这件事情好像有些不大对劲,却又在一时之间找不到不对劲的地方,思绪烦乱之下就再也没有了睡意。

在去薛云图那里的途中,俞莫寒将这件事情告诉了靳向南,靳向南思索了好一会儿才说道:"也许是对方准备拉拢你,比如让你今后做教授什么的,明天你去了后不就知道情况了?"

俞莫寒苦笑着说道:"做教授是不可能的,副教授还差不多。倒也是,明天去了再说吧。"

靳向南知道他心里担心什么,说道:"我再给顾院长打个电话吧,这样一来他应该就会有所顾忌了。"

俞莫寒这才觉得心里面安稳了许多,点头道:"那就多谢啦。"

靳向南瞪了他一眼,说道:"这么客气干什么?对了俞医生,到现在为止,你依然认为沈青青越狱案的策划者是另有其人而且还是沈青青的追求者吗?"

俞莫寒点头道:"我反复分析过很多次,觉得除此之外似乎就没有了其他的可能。而且从沈青青越狱之后一直到现在都没有任何消息的情况来看,我认为这个策划者应该就在她身边。"

靳向南问道:"你为什么如此肯定?"

俞莫寒回答道:"我一直将自己作为那个策划者进行假设,如果我就是那个人的话,能够做出这样的事情来肯定是在内心里面对沈青青有着足够的爱,甚至是爱到疯狂,否则根本就不可能做出如此疯狂的事情来。而疯狂的事情一旦做下并且取得了成功,在这样的情况下我怎么可能舍得离开她一分一秒呢?毕竟未来的情况凶险难测啊。"

靳向南喃喃自语般说道："可是，他们现在究竟躲藏在什么地方呢？"

这也正是俞莫寒在心里面反复思考并询问的问题，他说道："反正我不会相信一个活生生的人就这样忽然没有了踪影，也许是我们忽略了某个重要的地方。"

这时候靳向南忽然问了一句："俞医生，你觉得沈青青心理上最大的弱点是什么呢？"

俞莫寒顿时就明白了他的想法，摇头说道："你是想在沈青青的孩子和父母身上做文章，是吧？我觉得这样做的意义不大。既然她决定越狱，像这样的情况她很可能早就想过，说到底，她越狱的行为应该是她反复权衡未来长期自由与背井离乡从此与亲人再也不见面的结果。"

靳向南轻叹了一声，说道："是啊，她绝不会傻到主动前来自投罗网的，看来我还是抱着一些侥幸的心理。"

在来这里之前靳向南就已经给俞莫寒大致介绍了薛云图的个人简历。薛云图毕业于清华大学建筑学专业，大学毕业后被分配到省建筑总公司，随后从一名小小的技术员做起一直到后来成为这家国企的董事长。

眼前的这位国企负责人生得浓眉大眼，棱角分明，目光锐利，给人以不怒自威之感，他的上身是一件白色短袖衬衣，下身一条笔直的西裤，鳄鱼皮鞋擦得锃亮，手腕上的那块手表一看就知道是名品，价值不菲。见面之后，俞莫寒发现此人果然如同康东林所描述的那样确实是一位相貌堂堂、很有气场的人。

所谓的气场其实就是一个人的气质对周围其他人所产生出来的影响力。从心理学的角度来讲，当一个人有着坚定的信念及极强自信的时候，他所展现出来的气场也就越足。从此人的个人简历中就可以知道他的气场应该是来源于事业的顺利及对这家企业信心百倍的掌控。不过他对靳向南倒是非常客气，不但走出老板桌相迎，还特别吩咐男秘书说，从现在开始暂时不见其他任何的人，随后就客气地将靳向南和俞莫寒引到了会客区。他坐下后就跷起二郎腿说道："你们的来意我大致已经清楚了。说实话，我也没有想到青青会越狱。如果二位有什么问题就尽管问吧，靳支队请放心，起码的原则和法制观念我还是有的。"

俞莫寒禁不住对此人刮目相看。也许在平时，即使是像靳向南这样的人恐怕也很难见到眼前的这位国企负责人，而在现在这样的情况下此人却放低了姿态选择了坦然面对，这就足以说明他绝对是一个非常现实并且能够非常清醒地认识到自己眼前状况的人。就这一点就是许多人很难做到的，而且这更是一种大智慧——只有愚蠢的人才会刻意回避自己眼前的困难，因为回避的结果往往是让问题变得更加的复杂化，从而让自己陷入难以自拔的境地之中。

靳向南笑道："非常感谢董事长对我们工作的配合。"他将手伸向了俞莫寒，"董事长，这位是我们请来的精神病和心理学方面的专家俞莫寒博士，他曾经帮助我们破获过一起大案，此次沈青青越狱的案件也是由他在协助我们调查，接下来就由他向你提问，还希望董事长能够全力配合，如实回答。"

薛云图诧异地看了俞莫寒一眼："你是精神病学博士？"

俞莫寒点头道："我叫俞莫寒。无论是精神病学还是心理学，说到底研究的都是人们的精神世界，而我们每个人的行为都是受自己的精神世界所控制。所以，我是从这样的角度去分析犯罪嫌疑人所有行为的动机及预判出他们接下来最可能出现的状况。董事长，不知道我这样解释您能不能理解？"

薛云图点头道："听你这样一讲，我大致就明白是怎么回事了。那行，有什么问题你就尽管问吧，我一定如实回答。"

俞莫寒迎向他那锐利得让人感到有些威压的目光，说道："我的问题也许会涉及您的某些隐私，不过事涉这起重大案件，还请您能够理解和谅解。"

薛云图苦笑了一下，说道："事情都已经到了这一步，有些问题我已经回避不了，同时也无法回避了，这一点我还是很清楚的。"

俞莫寒对他更是敬佩："谢谢。我的第一个问题是，您知道沈青青目前的下落吗？"

薛云图直接就摇头，说道："我怎么可能知道呢？为了避嫌，自从她进监狱后我就根本没有去看过她，而且她越狱的事情我也是昨天才知道。"

俞莫寒看着他："那么，您是从什么渠道知道这件事情的呢？"

薛云图沉吟着回答道："作为集团公司的董事长，我的朋友可不少，其中也包括警方的人。"

俞莫寒道："也就是说，您的这个朋友是知道您和沈青青的关系的，是吧？"

薛云图回答得有些艰难："是的。不过知道我和沈青青关系的人并不多。俞博士，我并不希望将有些事情扩大化，毕竟这个社会比较复杂。你说是不是？"

俞莫寒点头，又问道："那么，您和沈青青究竟是一种什么样的关系呢？"

薛云图淡然一笑，回答道："就是你们以为的那种关系。"

俞莫寒没有想到他会回答得如此直接、明确，毫不忌讳，反倒有些迟疑了起来，想了想才继续问道："可是，您好像是有家庭的啊，难道您和她的这种关系一点儿都没有影响到您如今的地位？"

薛云图摇头："我妻子她患有精神分裂症多年，长期以来都在医科大学的附属医院住院，很多人都知道这个情况。"

俞莫寒很是惊讶，问道："那您妻子应该是属于精神分裂症久治不愈的情况，法律上是允许你们离婚的啊？"

薛云图苦笑着说道："我们是结发共患难的夫妻，而且我们又没有孩子，一旦我们离了婚，她还能不能活得下去呢？"

想不到他竟然是和秦伟一样的情况，而且都是多情的男人，只不过眼前的这位地位超然，由此也就更加显得难能可贵。与此同时，此人的婚内出轨当然也就能够让人理解、包容。俞莫寒在心里叹息，又问道："据您所知，追求沈青青的人多吗？"

薛云图愣了一下，摇头道："这个……我不大清楚，而且沈青青也从来没有对我讲过这样的事情。"

俞莫寒继续问道："也许存在着这样的一个人，他非常喜欢沈青青，一直在暗暗地追求着她，但是沈青青并不喜欢对方。您仔细想想，沈青青以前对您说起过这样的一个人吗？"

薛云图仰头想了数秒钟，摇头道："好像……我实在记不得了。"

俞莫寒心里一动，暂时将刚才的那个问题放下，继续问道："那么，您和沈青青究竟是如何认识的呢？"

薛云图想了想，回答道："那是八年前的事情了，当时我们单位定点扶贫沙田县，这是一项政治任务，每年我都会亲自前往，主要是为了考察扶贫项目的具体情况……"

薛云图一直以来对这样的事情都是非常重视的，而且在这样的事情上面还特别高调，每一次前往沙田的时候都是带着长长的车队，浩浩荡荡，而且极尽奢华。有人曾经对此提出异议，薛云图却说："这有什么？我们是国企，负有社会责任，要扶贫就应该展示出我们的实力，不但要拿出真金白银而且还要踏踏实实地去做。"

是的，随着改革开放的一步步深入，城市化的进程不断深化，省建筑集团公司也同时在飞速发展，由于该公司拥有数十个管理先进的建筑分公司，他们在房地产领域的开拓也就越来越显示出优势来，企业的利润年年巨额攀升，几百上千万的扶贫资金对他们来讲完全就是九牛一毛。但即便是这样，薛云图也坚持必须亲自考察扶贫项目，让其中的每一个项目都能够对当地经济的发展起到最大的辐射作用并具有广泛的社会意义。

八年前的那一次沙田之行依然是由薛云图亲自带队，依然像以前那样高调，也依然是和往年一样，当地的县委县政府一把手亲自迎接、接待。而就是在那一次的欢迎宴会上他认识了刚刚下派去沙田挂职的沈青青。

最开始的时候薛云图对沈青青的印象并不是特别的深，作为省建筑集团公司的董事长，随时都会遇到各种各样的诱惑，漂亮的女人当然也见过不少，然而能够让他真正动心的却几乎没有。因为他深知职场的险恶，稍有不慎就会因此而身败名裂，多年的努力就会因此而毁于一旦。

然而就在那一次的晚宴上，沈青青的表现却让他大为惊叹。他没有想到这个年轻漂亮的女人竟然有着那么大的酒量，而且在面对满桌黄段子乱飞的情况下神情自若、巧笑盈盈。后来有人要求沈青青也讲一个笑话，沈青青也并没有拒绝："我的一个男同学过生日，我们四个人商量在零点的时候用QQ给他发一条'生日快乐'的祝福语，每个人发一个字，结果我抽到了第二个字。"

众人一愣，顿时大笑。就听她继续说道："最可恨的是，除了我之外他们都没有发。"

所有的人更是大笑。其实女人在这样的场合讲黄段子往往会被人轻视，却又是男人们的一种心理需求，职场上的女人也会因此遭到许多不必要的麻烦。当时薛云图虽然也在大笑，不过心里面却在暗暗皱眉，觉得这个女人固然漂亮却实在是轻浮了些。正这样想着，却听到她又继续说道："估计是那个男同学觉得奇怪，或者是为了试探，他在QQ上问我，什么意思？我回复，哦，我是她爸爸，我是来偷菜的。"

众人又是一愣，随后哄然大笑。薛云图这才明白刚才所讲的很可能并不是她现实中的事情，而且这样的结局一下子就冲淡了段子里面暧昧的氛围，反而显示出了她别具一格的机智。这个女人很有意思。从此之后他就开始特别留意起这个女人来。

那一次薛云图在沙田县考察了三天，县里面安排沈青青全程陪同。在那三天的工作接触中薛云图发现，这个不到三十岁的挂职女县长有着截然不同的迷人风采，临别时竟然还生出了一种依依不舍的感觉。

半个月后，沈青青回省城办事，她主动给薛云图打了个电话，询问省建筑集团公司本年度的扶贫资金落实情况，薛云图笑着告诉她说："如果你现在有空的话就到我办公室来一趟，我当着你的面将今年的扶贫资金划到你们的扶贫办。"

沈青青很快就到了，不过她却向薛云图提出了一个请求：将修建希望小学的那笔资金直接划到县教委。薛云图诧异地问她为什么，她回答说："因为你们的资金到了县扶贫办后他们会克扣下百分之十到百分之二十的钱作为工作费用。我希望你们的这一笔扶贫资金能够用到刀刃上。"

原来是这样，薛云图对她更是刮目相看。不过薛云图还是比较能够理解下面的有些做法，毕竟地方太穷了，雁过拔毛也是没办法的事情，他对沈青青说道："你的建议虽然很有道理，但是以你目前的身份不应该提出这样的请求。你想过没有，一旦县里的扶贫办知道了这是你的提议，今后他们会如何看待你？地方的情况非常复杂，他们做事情也很难，关于扶贫办的工作经费问题不大可能是他们部门自己的决定，很可能是县政府出于工作需要的角度在考虑，所以我建议你不要随便去改变人家的规矩，否则很容易成为众矢之的。"

沈青青愣了一下，轻叹着说道："我本来是想多做些事情，有所作为的，现在看来还真是很难啊。"

薛云图微笑着，用一种真挚的语气对她说道："小沈啊，我说一句话你可不要不爱听。下派干部其实只不过是一种过渡，你想想，一年的时间究竟能够做多少事情？所以，你根本就不用太较真，平平稳稳将这一年的时间度过去就可以了。"

沈青青不以为然，反驳道："那怎么行？如果我的工作没有成绩，到时候岂不是无功而返，而且还要回到原来的单位去？"

薛云图诧异地问道："高校不是很好吗？你为什么不想回原来的单位？"

沈青青的眼睑下垂，说道："其实高校并不像你们以为的那么好，它早已不是人们心目中的象牙塔。"

薛云图从她的表情中感觉到了她内心的压抑与不痛快，再次真挚地对她说道："如果今后你不想回去，到我这里来也是可以的嘛。如果你信得过我的话，可以告诉我如今的高校究竟是一个什么样的状况吗？"

沈青青有些犹豫，不过她从薛云图的眼神中感受到了一种真诚的关怀，说道："其他学校的情况我不是特别了解，不过我们学校的情况确实是糟透了。单位里完全是一个人说了算，教学、科研、学生管理等，外行人领导内行，下面的人稍有意见就会被打压，甚至会因此毫无缘由地被免职。从上到下都不讲游戏规则，随心所欲。中层管理干部、教研室主任一切以上级的想法为中心，奴性十足。老师鼓励学生相互告状，教师与教师之间也是这样的风气。职称评定、科研项目都是以职位大小排序，胸无点墨的人只要有了一定的职务一样可以做副教授、教授，还会因此成为硕导、博导，科研经费也会优先考虑……"

也许是内心被压抑得太久，沈青青一口气说了好一会儿，她的语言并没有经过好好组织，完全是想到哪里就说到哪里，而且情绪中充满着深深的怨艾,不过在薛云图听来却觉得更加真实,一直待她说完之后才禁不住地感叹道:"想不到你们学校竟然是这样的情况。在我们单位,虽然我的意见占据着主导,不过在很多大项目上面我还是要充分听取下面那些人的意见,也会适当给自己的副手放权。不过仔细想想也是,高校毕竟不同于我们国企,我们国企需要盈利,要养活那么多的人,还要肩负社会责任,搞不好就会亏损,就会破产,而这些风险高校都不存在。早知道是这样的话我还不如去你们高校任职呢,那过的简直就是土皇帝的日子嘛。哈哈!"

沈青青禁不住也笑,说道:"要是您去我们学校任职的话就好了,我也就不用跑到沙田那么远的地方受苦受累了。"

薛云图若有所思地道:"我明白了,想来你是你们学校前任领导的人,如今新的领导上任了,于是你就只好去走这一步。是不是这样的?"

沈青青点头:"上边的组织部门给我们学校下达了一个去沙田县挂职锻炼的指标,想不到学校竟然非得安排我去。学校组织部找我谈话的时候我心里就想,如果我不去的话说不定就会马上被免职,与其继续待在学校里面做刀板上的鱼还不如先下去再说,说不定到时候还有机会另图发展,所以我就毫不犹豫地同意了。薛董事长,如果到时候我真的无路可走的话,您可一定要接纳我啊。"

薛云图道:"我们能够认识也算是有缘,如果到时候你愿意屈就的话就到我这里来做集团公司的办公室主任吧,年薪三十五万左右。"

沈青青一下子就瞪大了眼睛:"真的?你现在就可以决定这件事情?"

薛云图"哈哈"一笑,手指轻轻敲着桌面,说道:"这个地方由我说了算。"

"就是从那天开始,我们俩的私下交往才正式开始。"薛云图说道,"也就是在那天我对她说,与其待在下面无所事事还不如就留在省城帮县里面协调一些事情,特别是代县里面去开一些会议,免得下面的人车马劳顿,这样一来岂不是皆大欢喜?她听从了我的建议,在接下来的时间里面就几乎没有再下去过了。"

俞莫寒沉吟着问道:"您的这个建议其实并不完全是为了她,而更多的是为了您自己,因为从那个时候开始您就已经对她动心了,是吧?"

薛云图点头:"是的。其实在沙田的时候我就已经对她动心了,回来后我通过朋友大致了解了一下她的情况,得知她刚刚离婚不久,这个消息对我来讲非常重要。"

俞莫寒又问道:"其实你们俩的感情只不过是一种交换,我可以这样理解吗?"

薛云图正色道:"不,不完全是这样。在接下来的很长一段时间里面,我和她的交往完全是纯粹的朋友关系,虽然我们经常在一起吃饭、聊天,甚至还一起出去旅游过,但我们都保持着最起码的距离。那是我人生中最美好的时光,因为我发现自己又恋爱了。而且我也能够感受得出来,沈青青的心情也一直很好,我们俩最终走到那一步完全是顺其自然,就如同大多数男女的感情发展一样。"

俞莫寒问道:"沈青青知道您妻子的事情吗?"

薛云图点头道:"当然。这其实也是我和她都感到痛苦的地方,因为我不能割舍掉与妻子之间的最后那一份情感,而她却只能忍受这样的结果。"

"所以,你们俩经常为此发生争吵?"

"是的。"

"她是否曾经因此有过移情别恋的情况?"

"不知道,不过有一段时间她几乎断绝了与我的联系,后来还是我主动去找到她并向她道歉才让她再次回到了我身边。"

"先前的时候我问您可能存在一个在暗地里喜欢着沈青青的人，您回答说记不起来了。也许我可以这样理解：在您的脑子里面似乎有着那样的记忆，只不过是一时之间想不起来罢了。是这样的吗？"

"……好像是有那么一丝丝的记忆，但一时之间确实是想不起来了。"

前面的时候俞莫寒转移话题就是为了让对方的思绪处于自由的状态，在这样的情况下他或许能够记忆起这件事情来，而刚才的提醒只不过是再次加强对他记忆的刺激。所以，接下来俞莫寒又一次转移了话题："后来沈青青为什么没有来您这里上班，而是去了那个县级市任职了呢？"

薛云图回答道："原因很简单，因为我们俩的关系已经发生了改变，我不希望一个与自己特别亲近的人在身边工作，这可是职场上的大忌。所以，我就通过各种关系替她谋取了那个职务。其实一个县级市的副职对她来讲很不划算，毕竟她本来就已经是正处级的待遇。当然，沈青青对这样的安排还是比较满意的，因为她当时一心想离开原来的单位。"

俞莫寒点头，又问道："可是，她在那个地方任职了那么多年却并没有得到提升，这又是为什么？"

薛云图苦笑："她还是太单纯了些，地方上太复杂了，一直以来她都有些不大适应。"

俞莫寒问道："我可不可以这样理解，其实是她的能力实在有限？"

薛云图不以为然："这是一个男权社会，留给女性的机会本来就不多。我们大多数人都比较平庸，真正优秀的人少之又少。"

他的这句话说得四平八稳，似乎很有道理，俞莫寒也就不再继续问这个问题了，毕竟他真正的目的是前面那个最为重要的线索，他必须留给对方更多记忆起来的时间，而其他的问题只不过是为了了解到更多有关沈青青的情况而已。俞莫寒的目光看向薛云图手腕处那块名贵的手表，问道："薛董事长的年薪想来不低，平时送给沈青青的东西也应该不少，沈青青为什么会因为那样的事情去坐牢呢？"

薛云图苦笑着说道："就是因为我送她的奢侈品太多，所以她才没有把那样的事情当成一回事。习惯了也就麻木了，她当时根本就没有多想。"

俞莫寒心想：消费观念果然可以彻底改变一个人。他又问道："有人说沈青青只不过是您和某个人斗争的牺牲品，对于这样的说法您怎么看？"

薛云图长长地叹息了一声，点头道："确实是这样。一年前，上面本来是想让我挪动一下位子，到国资委去主持工作，这时候另外一个竞争者就抓住了沈青青的这个把柄将她送进了监狱，以此来威胁我放弃竞争。说起来还是我对不起青青啊，是我害了她啊。"

俞莫寒很是不解："既然是这样，那你就更应该去和他竞争才是，为什么就放弃了呢？"

薛云图苦笑着摇头，说道："看来俞博士也是一个非常单纯的人啊。人家那是下了一步棋在给我看，如果我不退出竞争的话，接下来就很可能是我身边其他的人会出问题，而我这个人又不屑去做同样的事情。话又说回来了，即使是我想要那样去做，一时之间又哪里能够找到对方的把柄？人家是有备而来，而我却是仓促应战，岂有不败之理？"

想不到官场上的争斗如此残酷。这一刻，俞莫寒一下子就想起自己的事情来，顿时就觉得自己的遭遇和这样的事情相比根本就算不上什么了。俞莫寒轻叹了一声，又问道："其实您并没有因此而放弃沈青青，只不过是为了避嫌才没有去看望她？"

薛云图也叹息了一声，点头道："是的。我本来是想再过一段时间去看望她的，我想告诉她说，无论她什么时候出来我都会像以前一样对待她，这辈子一直和她在一起。但是我不能因此而放弃自己现有的一切，因为我不能倒下，一旦我倒下了，我那住在医院里面的妻子及沈青青也就没有了希望。"

俞莫寒不解："您的待遇并不低，想要让她们过上好日子似乎并不难吧？"

薛云图苦笑着说道："我的年薪也不过一百万左右，内地国企的一把手最多也就是这样了。这一百万看似不少，不过在扣税、扣除各类保险及廉政基金之后所剩下的也就不多了，更何况这些年来我的花费也不小。如今我已经是五十多岁的人了，能够继续待在这个位子上的时间已经不多。所以，为了能够让她们今后过上更好的生活，我还必须继续工作下去。国企一把手这个位子不好坐啊，待遇也就那样，但受到的诱惑却非常多，这些年来我在经济上谨小慎微，不敢越雷池半步，本想能够在国资委的位子上平稳过渡，想不到还是有人找到了我的弱点，竟然让青青因为我遭受到那样的惩罚。我更没有想到的是，青青她竟然会越狱，而且直到现在我都不明白她究竟是如何做到的。"

俞莫寒看着他，说道："当然是有人在帮她。"

薛云图并没有回避他的目光，摇头道："我没有做那样的事情，也不会那样做。"

俞莫寒点头道："关于这一点，我完全相信您刚才的话。不过您似乎一直在刻意回避我前面所提到的那个人的情况，因为您并没有对那个人的情况感到一丝一毫的好奇。薛董事长，能否请您告诉我这究竟是为什么呢？"

薛云图淡淡地道："我真的想不起来了。"

俞莫寒直视着他："不，您刚才已经想起来了，只是不愿意讲出来罢了。"

薛云图摇头："我真的想不起来了，信不信随便你们。"

俞莫寒叹息了一声："薛董事长，虽然我能够理解您，却并不认为您拒绝承认这一点就是一种明智的选择。"

薛云图依然在摇头："我想不起来了，如果你们不相信的话可以随时去控告我。"

俞莫寒不再说话，他将目光看向了靳向南。靳向南起身朝薛云图伸出手去："薛董事长，谢谢你对我们工作的支持。如果你再想起了什么新的情况，请你务必在第一时间告知我们。"

薛云图也客气地道："我所知道的情况十分有限，请靳支队务必谅解。"他的目光随即投向了俞莫寒，"俞博士年轻有为，如果哪一天俞博士想要转行的话，我们集团公司人事部主管的位子随时都可以为你空着。"

俞莫寒朝他递过去一个意味深长的笑容，说道："谢谢。"

薛云图也朝他微微一笑却并没有说话。俞莫寒忽然就问了一句："或许从今往后你再也见不到她了，难道你就不觉得遗憾？"

薛云图淡淡地道："那是她自己的选择，我没有权利去干涉。但愿她一切都好，这是我现在唯一的祝愿。"

俞莫寒看着他："可是，往往我们的愿望是美好的，而现实却非常残酷。"

薛云图道："再残酷的现实也只能去承受，这就是人生。"

俞莫寒朝他拱了拱手："有道理，受教了。"

薛云图道："不用客气。"

"刚才你们俩的对话是什么意思？"从省建筑集团总公司大楼里面出来后，靳向南问俞莫寒道。

俞莫寒感叹着说道："看来薛云图和沈青青之间确实是真感情。"

靳向南问道:"听你刚才的问话,难道薛云图已经知道了沈青青现在的下落?"

俞莫寒回答道:"至少是他已经想起来了沈青青的那个追求者是谁。刚才我在询问他的过程中,忽然发现他在中途的时候眉头轻微扬了一下,也许就是在那一瞬间他忽然想起了什么。后来我才意识到,他竟然从头到尾都没有对那个可能存在着的沈青青的追求者表现出丝毫兴趣,这就有些不大正常了。"

靳向南停住了脚步,问道:"你能够肯定他知道那个人的情况吗?"

俞莫寒苦笑着说道:"我当然能够肯定。可是我肯定又有什么用处呢?他刚才已经表明了态度,希望沈青青今后一切都好,即使是从此再也见不到她也深感欣慰。假如沈青青再次落网他也只能接受那样的现实。总之,他目前的想法就是,我虽然知道那个人是谁但就是不说出来,至于今后究竟是一种什么样的情况就让上天去决定好了。"

靳向南轻轻拍了拍额头:"这件事情真是麻烦啊……"

俞莫寒却摇头说道:"不,今天我们还是很有收获的。至少我们清楚了一点,那就是我们以前的分析是完全正确的。也就是说,在沈青青越狱案的背后确实存在着那样一个人。"

靳向南郁郁地道:"可是一直到现在我们对这个人的情况依然是一无所知,薛云图也根本就不会承认他知道些什么,接下来我们究竟应该从何入手呢?"这时候他忽然想起了什么,"俞医生,你说薛云图的老婆有没有可能知道沈青青背后那个人的情况?"

俞莫寒愕然:"她怎么可能知道呢?"

靳向南分析道:"据我所知,有些精神病人有些时候还是有着比较清醒的意识的,我就不相信她一点儿都不知道薛云图和沈青青之间的事情,至少是有过怀疑。如果真的是这样的话,她就很可能当面去询问薛云图，在这样的情况下你觉得薛云图会如何解释他与沈青青的关系？"

俞莫寒沉吟着说道："如果真是这样的情况，薛云图肯定不会承认自己与沈青青之间的那种关系，因为他并不希望妻子受到刺激而造成病情加重。"这一刻，他似乎有些明白了："你的意思是说，在这样的情况下薛云图很可能会告诉妻子说沈青青本来就有男朋友……靳支队，我觉得这样的可能性并不大，因为前面假设的前提条件实在是太薄弱了。"

靳向南朝他摆手道："你想过没有，薛云图与沈青青的关系可不是一天两天，而是接近八年！如此漫长的时间，我就不相信作为妻子的她一点儿都不知道。"

俞莫寒默然，他不得不认同靳向南刚才的分析。作为一名精神病医生，他比其他任何人都清楚，患有精神性疾病的女性不仅依然有着女人的特质，甚至还比普通的女性更敏感。此外，许多男人在面对妻子怀疑的时候确实习惯于采用靳向南所说的那种方式，因为那样的谎言不但简单而且最有说服力。

面对俞莫寒的沉默，靳向南轻轻拍了拍他的肩膀，叹息了一声后说道："我知道你的顾虑，甚至还知道你对我的这个想法有些反感，毕竟这样做的结果很可能对薛云图妻子造成巨大刺激，从而使其病情加重。不过到现在为止沈青青依然在逃，而这又是我们目前唯一的线索。俞医生，如何去规避对病人的刺激同时又能够询问出我们需要的信息，你作为这方面的专家，应该是有办法的，所以，一切都只有拜托你了。"

俞莫寒无法拒绝："我尽量吧，不过前提必须是不能对病人造成任何伤害。"

靳向南的手离开了俞莫寒的肩膀，在他的胳膊上轻轻拍了两下，说道："那就拜托了。走吧，我们现在就去。"

靳向南说完后就朝警车走去，几步之后却发现俞莫寒依然站在刚才的那个地方没有动，便走了回去问道："俞医生，怎么了？"

俞莫寒抬起头来看着他："也许还有一条线索被我们忽略了。"

靳向南精神一振，急忙问道："哪一条线索？"

俞莫寒缓缓地说道："徐健。"

靳向南不大明白："徐健不是已经死了吗？而且你也并不认为他就是那个幕后策划者。"

俞莫寒道："问题是，他为什么甘愿替那个策划者做事？他的死因究竟是什么？这些问题一旦真的搞清楚了，说不定新的线索也就有了。"

靳向南点头："是啊，看来我们确实是忽略了这个问题。"说到这里，他仿佛明白了俞莫寒刚才那个提醒的意图，看着他又说道，"不过薛云图妻子那里还是不能放弃，对我们来讲，线索当然越多越好。"

确实也是，俞莫寒从内心里面不想去找薛云图的妻子调查沈青青的事情，因为这实在有违他的职业原则。此时见靳向南如此坚持，只好应承着说道："那好吧。不过这件事情就不用麻烦你陪着我去了，我得先去找她的主治医生了解一下情况。"

靳向南想了想，说道："那就还是让小冯陪着你去吧，毕竟薛云图的身份比较特殊，万一到时候他将怒气全部发泄到你的身上，说不定会对你造成非常不利的影响，有我们的人出面也就能够充分说明你的调查完全是警方的意思，这样的话一旦他责问起来你就大可一推了之。"

俞莫寒犹豫了一下："那好吧。不过我必须在保证尽量不对病人的病情造成影响的前提下才会对她提出相关的问题，所以我现在并不能向你做出任何的保证。"

靳向南笑了笑，说道："你一定能够做到的，我充分相信你的能力。"

　　面对他这种特别的鼓励方式，俞莫寒唯有苦笑。靳向南发现他的脸抽动了一下，"哈哈"大笑着说道："那就这样吧，徐健那边的情况我会尽快调查清楚的。"

第九章
洪老幺寄来两副手镯

天气依然炎热。这个城市夏天的气候非常特别，炎热总是骤然而至，随后就是长达近两个月的艳阳高照、持续高温，中途也许会因为降雨偶尔降温，却并不影响气温逐渐攀高的趋势，一直到人们觉得难以忍受的时候，就会骤然来一场连续半个月的绵绵细雨，然后进入秋天的模式。所以，周边的农民每一年都会因此而心惊胆战担心着一年来的收成。因此，俞莫寒怀疑这座城市及周边很多人内心的浮躁与这种特有的气候有关。比如说他自己，虽然非常善于进行自我心理调节却依然逃脱不了这种情绪的侵袭。

靳向南的请求真的让俞莫寒感到非常为难。

与靳向南分手之后，俞莫寒一路步行到附近的地铁站，十多分钟的时间倏忽而过，而他的思绪却一直在纷繁着：我原本最应该关心的是高格非这个非常特别的病例，为什么最近却将主要精力都用在破案上面去了？难道我的初心已变、不再执着于当年的理想了？不，这仅仅是暂时的，高格非的这个病例我还会继续调查下去的，无论遇到何种困难我都绝不会放弃……这一刻，他忽然就想到了自己的姐姐。是的，她其实和自己完全是一种类型的人，我们都执着于理想而且都是从不会轻言放弃的人。

想明白了这一点，俞莫寒的心里也就释然了。地铁站里面人流如织，却因为空调和新风系统让这个地方清凉如春。人类社会发展到了今天，地上和地下逐步形成了一个3D的世界，就如同一件事情的两面，明面上的、暗地里的，它们其实是完全相通的，只不过我们每个人身处的位置有所不同而已。由此，俞莫寒极其自然地就想到了沈青青如今的所在。是的，她绝不会像传说中的青烟一样消失于无形，只不过她现在正躲藏在某个不为我们所知的地方罢了，而现在我们需要做的事情就是寻找到那个通往她隐藏之地的入口，也许薛云图的妻子真的知道一些有关那个入口的线索。

小冯在医院的大门口处等着，旁边停着一辆警车，一见到俞莫寒他就变戏法似的拿出了一罐饮料："冰的，你解解渴。"

俞莫寒一口气就喝光了那一罐饮料："真舒服。谢谢。走吧，我们直接去精神科。你这车停在这里合适吗？"

小冯道："车库没位子了，每天来这里看病的人太多了。沈青青也真是的，这么好的单位，为什么就不知足呢？"

俞莫寒笑道："医院的收入是独立核算的，与学校那边没有任何关系。即使沈青青是这个医院的工作人员，她也一样会做出同样的选择。"

小冯依然不解："既然她早已在婚内出轨，而且滕奇龙又是好色之人，为什么……"

不待他的话讲完，俞莫寒就即刻正色说道："沈青青并不是妓女，她也有自己的底线和尊严，也许她和医科大学的前任校长之间并不是人们以为的那种关系。从另外一个角度来讲，即使她真的和那位校长的关系比较暧昧，滕奇龙也不大可能会接纳她……如果我预料得不错的话，滕奇龙到了医科大学之后是绝对不会使用他前任的那间办公室的，这其实就是几千年来迷信基因的传承在起作用，这样的人对迷信的信奉近乎洁癖。"

小冯想了想，笑道："听你这样一说，我好像有些明白了。"

两个人说话之间就到了医院精神科，和上次一样，按了门铃后小冯将警官证递了进去，铁门很快就打开了。这次出现在俞莫寒面前的是一位护士，她问道："你们这是？"

俞莫寒道："我们准备向你们这里的一位病人了解一些情况。对了，这个病人叫张琴。"

护士一下子就瞪大了眼睛，不住摇头道："不行，这个病人是胡主任亲自在管，你们要找她的话必须得经过胡主任的同意。"

护士所说的那位胡主任也是高格非案司法鉴定小组的成员之一，俞莫寒当然是认识的，不过一直以来他都有些刻意回避这个人，因为他觉得这个人应该与滕奇龙之间有着某种特殊的关系，所以来到这里提出的任何请求都很容易被其拒绝，最终让自己变得狼狈以至下不来台。不过现在这样的情况却让他没有了退路……想想也是，以薛云图的身份地位，妻子在这里住院会受到特别的关照才正常。

然而现在这样的情况，俞莫寒也就只好硬着头皮去找那位胡主任了。他对护士说道："胡主任认识我，麻烦你带我去见见他。"

护士看着他："请问你是？"

俞莫寒自我介绍道："我是省精神病医院的医生俞莫寒，你告诉他我的名字就可以了。"

护士点头，转身朝最里面去了。俞莫寒给了小冯一个眼神，慢慢跟在了护士身后。护士进到主任办公室，一会儿后出来对他们俩说道："胡主任正在忙，让你们等一会儿。"

俞莫寒没想到对方竟然不给自己面子，一时愣在了那里。小冯的脾气一下子就上来了，目光直直地看着护士说道："我们是来办案的，你们主任这是什么态度？"

护士躲避着他的目光，怯怯地道："我们主任他……"

这时候办公室的门被人从里面打开了，胡主任出现在了门口处："原来是小俞来了啊，快请进。对不起啊，我手上一大堆的事情，怠慢你们了。"

进去后俞莫寒没有发现办公室里面有其他的人在，虽然心里暗暗恼火，不过却并没有表现出来，说道："我也是受警方的委托，特地来找这里的一个病人了解一下相关情况。胡主任，给您添麻烦了。"

胡主任皱着眉头说道："俞医生，你也算是我们这一行的专家了，应该知道精神病人并不适合接受警方的调查，万一病人受到刺激后病情加重了怎么办？"

俞莫寒点头道："这一点我当然清楚，所以我只是想先了解一下病人的基本情况，看看是否可以在不刺激病人的情况下了解到一些有用的东西。"

胡主任依然摇头，说道："虽然我是科室主任，一样没有让你们接触病人的权力，这件事情必须经过病人的监护人同意才可以。"他指了指办公桌上面的电话，"就在刚才，我已经给病人的监护人打了电话，对方坚决反对这件事情。所以，我只能向你们表示抱歉。"

小冯正准备发作却被俞莫寒用手势制止住了。这一刻，俞莫寒忽然觉得眼前似乎正有一个十分重要的机会可以利用一下，他说道："既然胡主任已经给病人的监护人打了电话，那我们就只能放弃了。对了胡主任，听说医科大学准备接纳我们医院成为附属医院，今后你们科室会不会与我们医院合并呢？"

胡主任似乎对这个话题很感兴趣，说道："合并是肯定的，说不定还会因此新增一个精神病学专业呢。"

俞莫寒点头:"如果真是那样的话就太好了。可是今后这个专业究竟由谁来负责呢?是您还是我们顾院长?"

胡主任急忙问道:"小俞,你是不是听到了些什么消息?"

俞莫寒说道:"从目前的情况来看,我们医院并入医科大学基本上已经确定了,您是这个专业的资深教授,我们顾院长的专业水平也不差,想来今后您和他应该都是这个专业的负责人吧。"

胡主任看着他,心里想道:他刚才主动向我提起这件事情,应该是不想白跑这一趟。他沉吟着说道:"张琴目前的病情还算是控制得比较好,不过她的监护人那里……"

俞莫寒朝他摆手道:"胡主任,如果您觉得为难的话我也就不再多说什么了。其实我也非常关心我们这个学科未来的发展,只是想和您交流一下。"说到这里,他侧过身去对小冯说道,"冯警官,麻烦你给靳支队讲明一下这里的情况,我和胡主任说会儿话就出来。"

小冯当然已经明白俞莫寒打的是什么主意,他点了点头后就出去了。胡主任惊讶地看着俞莫寒:"想不到你在警方的威信那么高。看来你确实是一个有真本事的年轻人,也许我以前轻看了你。"

俞莫寒知道此时并不是谦虚的时候,笑了笑说道:"我帮助他们破获了一起案子……"

听完了魏小娥的案子后胡主任也禁不住有些佩服起他来,说道:"原来是这样。小俞,你还真是了不起,像这样的事情想来我都不一定能够做得到。"

俞莫寒朝他摆了摆手,说道:"运气罢了,根本就不值一提。胡主任,我实话对您讲吧,上次的司法鉴定,你们把我推出去的目的现在我已经心知肚明,当然,我对您是没有多少怨言的,毕竟在这件事情上面您也只不过是顺势而为。"

胡主任毕竟是一位教授级别的专家,是一位高级知识分子,此时忽然听到俞莫寒说起此事禁不住有些脸发烫，想要解释一番又不知道说些什么才好，却听对方继续说道："不过我对我们顾院长就很有看法了。胡主任，您说他一个当院长的，怎么能那样对待自己下面的年轻医生呢？"

他这是什么意思？想来投靠我？胡主任这样想道，嘴上却不愿意承认此事，说道："你说的那件事情我还真不知道。小俞，你是不是太敏感了？"

俞莫寒苦笑了一下，说道："本来事情已经过去，我不应该再去计较才是，不过像这样的事情真的是让人感到心寒啊。我也想过，与其继续在那样的环境里面待下去还不如离开，世界那么大，我也不是非得死皮赖脸地留在这家医院不可。不过最近听说了医科大学将要合并我们医院的事情，我觉得还是应该暂时留下来，毕竟我的父母在这座城市，而且今后您还可能成为我的上级。唉！现在想起来当初没有选择在您手下工作确实是一个巨大的失误啊。"

胡主任当然还记得俞莫寒几年前准备来这里工作的事情，因为当时就是他亲自考核的，只不过俞莫寒最终选择了省精神病医院并没有让他感到有太大的遗憾，毕竟如今手持博士学位的人才并不稀罕。不过俞莫寒的话在胡主任此时听来却备感亲近，微笑着问道："哦？这么说来，你对我今后成为精神病专业的负责人很有信心？"

想不到俞莫寒却摇头说道："信心谈不上，不过我觉得您还是很有机会的。首先，您本来就是医科大学这门学科的首席专家，其次，您参与了全国《精神病学》教材的编撰工作，而且还是博士生导师，这些条件都是我们顾院长无法比拟的。不过顾院长在某些方面却似乎更有优势，比如他有多年从事医院管理方面的经验，而且更为重要的是，他是你们滕校长的同学。胡主任，您应该明白的，如今可是一个人情占主体的社会，您的长处在这样的人情社会下恐怕并不占优势啊。"

这一刻，胡主任当然已经完全相信并明白了俞莫寒今天前来的真正意图了，皱眉问道："对此，你有什么好的建议吗？"

俞莫寒似乎有些犹豫。胡主任看着他，真诚地说道："小俞，你应该是知道的，其实我真正在乎的并不是今后精神病专业负责人的那个位子，而更多的是自己的尊严。正如你刚才所说的那样，我不但多次参与全国《精神病学》教科书的编撰工作，而且还是一位博士生导师，这个脸我可丢不起。而且从未来专业前景的角度考虑，我们这门学科今后的发展也不能由顾维舟那样的人去主导。"

俞莫寒点头："胡主任，我的想法和您是完全一致的。我们顾院长从事行政工作多年，专业知识早已老化而且几乎是远离临床，由他来主导这门学科未来的发展肯定是不合适的。可问题是，他有滕奇龙这个在位医科大学校长的支持，除非是……"

胡主任皱眉："那几乎是不可能的事情啊。"

俞莫寒笑了笑，说道："其实也没有什么不可能的，也许您并不知道，一直到现在为止我都还在继续调查高格非这个非常特别的病例，然而奇怪的是，无论滕奇龙还是我们顾院长似乎都对这件事情非常敏感……"

在俞莫寒讲述的过程中胡主任的脸色变化了数次，最后变成了不可思议、满脸惊骇的表情："真的是这样？"

俞莫寒点头："如果不是最近发生了沈青青越狱的事情，也许我就已经接近整个事情的真相了。"

胡主任看着他："其实当时在给高格非做司法鉴定前，滕奇龙曾经给我打过一个电话，虽然他并没有明说什么，不过其中的暗示我还是听懂了的，只是后来的情况并不需要我在其中去做些什么。"

这已经是对方在向自己表明态度了，毕竟如此隐秘的事情一旦被传扬出去就会极大地影响到他的声誉。俞莫寒点头道："我分析过这件事情，想来也应该是如此，而且顾院长才是滕奇龙真正信赖的人，他们两个人之间才会把有些话直接讲得那么明白。更何况您当时并没有录音，而且对方那种暗示性的语言本来就可以做出多方面的解释，这并不能成为有效的证据。"

胡主任也认同这种说法，与此同时，他其实并不想直接去与滕奇龙为敌，他问道："也就是说，只要你找到了沈青青的下落，接下来就会继续去调查高格非的事情？"

俞莫寒回答道："是的。其实我更感兴趣的是高格非这个病例本身。"

胡主任即刻起身："小俞，你跟着我来。"

俞莫寒跟着胡主任上到楼上的病房，然后直接进了张琴所在的房间。胡主任对俞莫寒说道："你自己看着办吧，我相信你会处理好一切的。"

这一刻，俞莫寒的心里忽然涌起一阵感动，说道："谢谢胡主任，我会注意的。"

胡主任朝护士低声吩咐了几句然后就离开了，俞莫寒也没有再多说什么。有护士的陪同这本身就是对他的一种保护。

眼前的这个病人看上去有着与她年龄不相符的年轻，也许是精神病人所在的那个世界本来就比较简单而且单纯的缘故。

张琴以前从来没有见过俞莫寒，此时正好奇地看着他。俞莫寒发现这个病人的双眸灵动，很有神采，这说明此时的她完全处于正常的状态。他朝着张琴和蔼地笑了笑，自我介绍道："你好，我叫俞莫寒，也是医生。"

张琴顿时就明白了："你是新来的医生？今后由你来管我？"

俞莫寒摇头："我不是这家医院的医生，今天就是来看看你。"

张琴似乎又明白了，问道："是我们家云图让你来看我的？"

即使是在正常的情况下，精神病人的思维也相对来讲比较简单和直接，因为他们的内心有着孩童一般的纯真，而恰恰是这样的纯真往往让很多正常人在面对他们的时候感到不知所措。俞莫寒的脸上依然带着微笑："不，我是医生，就是想来和你说说话。张琴，你愿意和我说话吗？"

张琴想了想，说道："你这个人看上去好像不是坏人，所以我愿意和你说话。"

俞莫寒正色道："我是医生，当然不是坏人了。"

张琴点头："嗯，你的话很有道理。"

俞莫寒暗暗松了一口气，心想，看来是不需要通过玩魔术的方式去和她建立起信任关系了。他打量了一下病房里面，发现处处都是那么的整洁，赞道："你是一个很爱干净的人。"

张琴的脸上露出了纯净的笑容，说道："我在家里的时候就特别喜欢收拾东西，喜欢把所有的一切都收拾得干干净净。"说到这里，她皱了皱眉，"可是现在我回不去了，他们非说我有病。医生，我真的有病吗？"

缺乏自知力，不承认自己有病，这也是精神性疾病的特征之一。俞莫寒看着她，点头道："是的，你确实生病了，不过你现在的情况还算不错，所以你应该配合医生接受治疗，争取早些时候回到家里去。"

张琴摇头："我真的没有病，为什么连你也不相信我说的话呢？"

俞莫寒的脸上带着和煦的笑容，温言问道："你丈夫特别爱你，是吧？"

张琴点头："他是个好人。"

俞莫寒道："是他送你到这里来接受治疗的，所以你应该相信他才是。"

张琴歪着头想了想，说道："你说得很有道理，也许我是真的生病了。"

是时候了,看来她并不曾怀疑自己的丈夫,所以接下来的方式也就不会对她产生任何的刺激。俞莫寒拿出一张照片放到她的面前,问道:"你认识这个人吗?"

张琴接过照片,仔细看了看后说道:"这个女人长得好漂亮,可是我并不认识她呀。"

也许她是真的不认识。俞莫寒提示道:"她叫沈青青。你听说过这个名字吗?"

张琴摇头:"我不知道这个女人是谁。"

俞莫寒不想就此放弃:"你再仔细想想。"

张琴想了想,依然摇头:"我真的没有听说过这个名字。她是谁?"

俞莫寒道:"她不见了,我正在找她。"

张琴似乎明白了,满脸的同情:"原来她是你的妻子啊,你真可怜。"

俞莫寒摇头:"她叫沈青青,她不见了,我在找她。听说她有个男朋友,我也想找到她的那个男朋友。"

这其实是在进行进一步的提示。然而张琴却没有因此而有所反应,她脸上的同情更甚:"原来她是跟着别人私奔了啊,那就说明人家不喜欢你了呀。你和她有孩子没有?我和云图没有孩子,我对不起他。我和云图是有过孩子的,可是我们的孩子不见了,我们的孩子不见了……"这时候她的目光开始变得迷离、呆滞起来,说出的话也如同呓语一般。

俞莫寒也就因此明白了眼前这个病人的病因,他从身上拿出一枚硬币放在手心上,手掌一翻那枚硬币就不见了,当张琴正露出惊讶表情的时候,就只见他的手掌微微一动,那枚硬币竟然又出现在了他的手心里面。俞莫寒温言说道:"你的孩子就像是这枚硬币,他只是暂时不见了,总有一天他会回来,会回到你身边来的。"

张琴惊喜地问道："真的？"

俞莫寒点头："真的。"说着，他朝张琴伸出手去，"把照片还给我吧，我还要继续去找她，她叫沈青青。"

然而，俞莫寒这最后一次的提示也依然没有起到任何的作用，张琴又看了看照片上的沈青青，然后将照片递还给了他："她长得真漂亮，可是她不再喜欢你了。"

俞莫寒轻叹了一声，对旁边的护士说了一句："她该服药了。"说完后就朝张琴和蔼地点了点头，然后朝着病房外面走去，这时候他忽然听到身后传来张琴轻柔的歌声："绿草苍苍，白雾茫茫，有位佳人，在水一方……"

"情况怎么样？"胡主任问道。

俞莫寒苦笑着摇头："她好像并不知道我所问问题的答案，当然，还有一种可能就是她忘记了。除非对她进行催眠，否则很难知道这个问题的明确答案。当然，我也就只是说说而已，像她如今这样的情况，催眠是存在一定危险的。"

胡主任沉吟着说道："确实是这样。不过这个病人的情况一直都不怎么好，估计想要恢复正常很难。"

俞莫寒当然明白对方的暗示，不过他并不准备那样去做："胡主任，这个病人应该是在多年前失去孩子后就出现了精神异常，是吧？"

胡主任没想到他才这么一小会儿就搞清楚了张琴的病因，点头道："确实是这样。张琴的体质有问题，习惯性流产，后来终于生下了一个孩子，想不到生下来的竟然是个死胎，丈夫担心妻子承受不了，就悄悄找人抱来了一个女婴，从生产剧痛中昏迷后醒来的张琴并不知道这样的情况，一直都认为那就是她自己的孩子。后来，孩子三岁多的时候竟然被人贩子拐走了，张琴承受不了那样的打击就出现了精神分裂。"

原来是这样。由此可见薛云图确实是一个非常不错的丈夫。俞莫寒问道："如果再去孤儿院找一个女孩子来冒充她的女儿，这样会不会对她的病情有帮助？"

胡主任道："我们尝试过这样的方式，可是当孩子长得稍微高些了之后病人就非得说那孩子不是她的了，而且病情反而还变得更加严重了。"

俞莫寒又问道："假如将她催眠，封闭住她孩子丢失的那段记忆呢？"

胡主任的眼睛顿时闪亮了一下，不过随即就摇头说道："那个女孩后来就不得不又被送回到了孤儿院里面，对那么小的一个孩子来讲，这多多少少都是一种伤害。也许你刚才的建议对病人来讲是一种机会，但是对孩子公平吗？"

是啊，医学伦理的问题随时都会出现。俞莫寒顿时汗颜无比，说道："对不起，是我考虑不周。"

胡主任再一次诧异地看了他一眼，忽然意识到自己以前有些小看了眼前的这个年轻人，说道："这不是你考虑不周，而是我们随时都在面临着选择。鱼与熊掌……这个世界上本来就很难有两全的事情。"

俞莫寒明白了对方的意思，说道："可是我们却必须选择。胡主任，现在我几乎是在孤军战斗，如果可能的话还希望您能够帮帮我。"

胡主任笑了笑，说道："帮你就是帮我自己嘛，我会尽力的。"

他说的倒是实话，只不过太直白了些，听起来让人觉得有些刺耳。俞莫寒朝他伸出手去："谢谢！"

胡主任握住了他的手："不用客气，上次的事情……抱歉啊。"

能够主动认错，这本身就是一种良好的品格。俞莫寒惊讶了一下,向他投去了尊敬的目光,微笑着说道:"没事,事情都已经过去了。"

这是一个非常现实,同时又比较学究气的人。俞莫寒暗自庆幸自己刚才的那一把赌对了。可是,接下来他究竟会怎样帮助自己呢?俞莫寒的心里充满着期待。

小冯见到俞莫寒在朝自己微微摇头,就知道刚才又是白跑了一趟。不过他反而安慰俞莫寒道:"没事,想从一个精神病人那里得到有用的线索这本身就是一件异想天开的事情。"

俞莫寒禁不住就笑了起来:"倒也是。"

就在此时,靳向南那边的调查工作已经取得了很大的进展。经过走访调查,警方得知徐健死去的父亲曾经在郊外有一栋两层楼的老屋,随后警察就在那栋老屋的屋后挖出了一个瓷坛,瓷坛里面装有一些看上去价值不菲的翡翠饰品。此外,徐健所驾驶车辆的鉴定结果也出来了:出事车辆并无人为损坏的痕迹。也就是说,造成徐健车祸的原因很可能是其本人驾驶失误。

当靳向南看到瓷坛里面那些东西的时候也就更加确信了俞莫寒曾经的分析与判断,随即就给俞莫寒打去了电话。

俞莫寒和小冯很快就回到了刑警支队,等候了大约半小时才见靳向南和几位警察兴冲冲地进了办公室。靳向南将瓷坛里面的东西取出来放到了办公桌上,对俞莫寒说道:"果然如你所料,这些东西极有可能就是沈青青越狱案的策划者送给徐健的。这东西可是比现金安全而且还保值啊。"刚刚说到这里,他忽然发现俞莫寒的双眼瞪得大大的,笑着问道:"想不到你对古玩也有研究啊,那你说说,这些东西究竟价值多少?"

俞莫寒并没有回答他,而是伸出手拿起那枚乳白色的手镯来仔细观看。他越看越觉得这件东西和倪静手上的那一只非常相像,轻轻放下后对靳向南道:"靳支队,你能不能马上找一位懂行的专家来?"

靳向南疑惑地看着他:"你怀疑这些东西是假的?"

俞莫寒摇头道:"不,我根本就不懂这东西。"他指了指刚才拿在手上的那只手镯:"倪静手上也有一只同样的手镯,我非常怀疑它们很可能就是一对……"

靳向南听完了他的话之后眼睛一下子就变得晶亮起来:"你的意思是说,那个老人很可能就是那个幕后策划者?"

俞莫寒道:"如果倪静手上的那枚手镯和这东西真的是一对的话,至少说明那个老人和沈青青的越狱案有着紧密的关系。"

靳向南觉得有些不可思议:"这也太凑巧了吧?"

俞莫寒却摇头说道:"如果事情真的是我以为的那样,其实也不是什么凑巧。据当时送老人到我们医院来的那个人讲,他只不过是受人指使,后来警方也证实此人与受伤的老人没有任何的关系。而沈青青所在的监狱就在我们精神病医院所在的这座山另外那一面的半山腰,所以,老人出现在我们医院似乎并不是什么凑巧,如果真的要说是凑巧的话,那就是当时正好是我接诊了这个奇怪的病人。"

靳向南斟酌了片刻,说道:"嗯,这件事情确实很有意思。俞医生,那就麻烦你马上给你女朋友打个电话,我这边现在就联系省文物局的专家。"

虽然只有两天没有见面,当俞莫寒看到倪静的时候却觉得时间似乎过了许久,但这并不是"一日不见如隔三秋"的那种感觉。准确地讲是他完全忘记了倪静,当然,同时被忘记的还有苏咏文。不是他用情不专,而是这两天他的心思完全没有在个人的感情上面,特别是他竟然彻彻底底地忘记了向倪静解释那张照片的事情。

"对不起。"俞莫寒低声对她表达着自己的歉意。

然而他并不知道此时倪静的心里已然不再那么生他的气了,这其中的原因很简单——就在先前俞莫寒给她打电话的时候,他所表现出来的语气是那么的自然:"倪静,我在南城刑警支队,你马上把那个手镯拿过来。"

恰恰就是这样一种因为忘记而表现出来的坦然让倪静相信了所有的一切也许只不过是一场误会,而刚才他的那一声"对不起"却又一下子让倪静发现自己刚刚涌起的信任只不过是一种幻觉。

倪静的脸上瞬间布满了寒霜。俞莫寒心里暗道"糟糕"。也就在这一刻,他忽然明白,其实自己的忘记只不过是潜意识在回避,而自己这样的潜意识根本就不能解决任何的问题,他依然必须去面对。

在场的人并没有注意到这一对情侣内心和表情上的变化,他们的注意力都集中在了那位专家及眼前的这两只手镯上面。

省文物局的这位专家五十多岁年纪,中等身材,身着朴素但处处透出一种干净。他一进入靳向南办公室,目光就立即到了办公桌上的那些东西上面,对靳向南的打招呼恍若没有听见,就直接拿起桌上的那些东西仔细瞧了起来,鼻翼还微微动了好几下。

俞莫寒记得自己曾经看过的一篇文章里面说过,电视上面那些戴手套鉴定文物的人都是假专家,因为戴着手套根本就感觉不到东西的质感。

眼前的这位专家将桌上的东西一一仔细看了一遍,中途的时候还从口袋里面取出了一只放大镜。然而奇怪的是,他最后看的竟然是那一对比较显眼的白玉手镯。他用手分别触摸了一下两只手镯,又拿起放大镜看了看,随后就将两只手镯轻碰了一下,在场的所有人顿时就听见一个细微清脆的声音在耳边响起。专家皱了一下眉,分别将两只手镯放到鼻子下面闻了闻,又俯下身去闻了一下桌上其他的东西。整个过程起码在半小时以上,然而此时屏气凝息的氛围却让大家觉得时间非常短暂。

终于，这位专家站直了身体，他的目光转向靳向南那里，问道："这些东西是在什么地方被发现的？"

靳向南大致讲了一下情况。专家皱眉："我问的是，这些东西究竟是从什么地方被挖出来的？"

靳向南摇头："这个目前还不清楚。现在我们想知道的是，这两只手镯究竟是不是一对？"

专家道："当然是一对了，它们肯定是从同一个墓葬里面取出来的。"他指了指倪静带来的那只，"只不过这一只被处理了一下，所以它上面的尸气不是那么的重。"

靳向南顿时明白了，问道："您的意思是说，这些东西其实是刚刚被人从某个墓地里面取出来不久？"

专家点头："是的，时间应该不会超过一个月。靳支队长，这些东西可是非常重要的国家文物，你们应该将它们送到我们文物局妥善保管才是。"

靳向南歉意地道："现在还不行，这些东西可是一起非常重要的案件的证据。当然，我们一定会妥善保管好它们的，等这起案件了结之后我们再与你们联系。"

专家严肃地道："那我们也必须要先行备案。"他指了指桌上其中一块小小的玉，"这东西可了不得，是死者含在嘴里下葬的，由此可以看出这个墓葬的主人身份非同寻常，希望你们能尽快破获此案，以便我们马上对这一处墓葬进行抢救性挖掘。"

靳向南亲自将那位专家送到了刑警支队的大门外，俞莫寒和倪静也跟随在后面，趁此机会俞莫寒低声对倪静说道："那张照片是一个误会，我和她真的没有什么的。我承认自己当时确实是有些动心，而且心存犹豫，不过现在我想明白了，真正适合我的那个人就是你。"

倪静轻声说道:"她确实很漂亮,而且我感觉得到,她是真的喜欢你。"

俞莫寒点头:"是的。可是我们都有变老、变丑的那一天。婚姻是两个人长时间在一起生活,所以,两个人同时都具备幸福感才是最重要的。倪静,请你相信我,我不会再犹豫了。"

倪静却摇头说道:"我不急,我愿意再等一段时间,等你彻底想清楚后再说。"此时她见靳向南已经送走了那位专家,正转身朝他们两个人看,便即刻说道:"我知道你最近很忙,等你忙完了我们再慢慢说吧。"

俞莫寒还没有来得及回答,就听到靳向南说道:"俞医生,让你女朋友也留下来吧,我们一起吃饭,顺便讨论一下案情。"

倪静朝着靳向南温婉一笑,说道:"你们的事情重要,我就不影响你们了。"

靳向南顺势说道:"那就改天吧,改天我请你们俩吃饭。"待倪静离开后,他拍了拍俞莫寒的肩膀说道:"你这女朋友还真是不错,今后一定会是一个好妻子。对了,你另外的那个怎么处理的?"

俞莫寒苦笑着说道:"什么叫另外的那个啊,我只不过是当时有些犹豫罢了。"

靳向南点头道:"我觉得这个就挺好,女人长得太漂亮并不一定是好事,盯着的人多着呢,你想想沈青青……"

俞莫寒并不认同他的这种说法,即刻道:"难道长得漂亮也是女人自身的错?"

靳向南愣了一下,又拍了拍他的肩膀咧嘴说道:"这当然不是女人自身的错。好了,我们不要在这个无聊的问题上纠缠了。走,我们先去吃饭。"

这时候俞莫寒才忽然意识到了些什么,问道:"没查到洪老幺这个人?"

靳向南点头:"我打过快递上面那个寄件人的电话号码,结果发现是一个空号,所以,我估计'洪老幺'也应该是一个假名,这其实也很正常。作为一个盗墓贼,他肯定不会轻易泄露自己的真实身份。"

俞莫寒觉得"盗墓贼"这三个字有些刺耳,说道:"不过此人似乎并不像你以为的那么坏,至少他比很多的人懂得感恩。"他想了想,继续说道:"由此我也就可以大致分析出有关沈青青越狱事件的基本情况了——很显然,那个暗恋着沈青青并策划了这起越狱事件的人很可能就是洪老幺的儿子。当时导致洪老幺受伤的情况也许有两种:儿子要求他通过盗墓的手段打洞将沈青青救出来,结果被洪老幺拒绝。或者是,因为需要贿赂徐健,儿子让父亲去盗墓结果被拒绝。我记得当时洪老幺脑后的伤口已经结痂,这就说明当时这父子二人就住在我们医院不远的地方,由于老人的病情慢慢加重所以才让他就近就医。"

靳向南提醒道:"可你们那是精神病医院,那个人怎么会将洪老幺送到你们那里去呢?"

俞莫寒道:"从沈青青越狱的方式来看,制定这个方案的人极其疯狂,根本就没有考虑到各种失败的可能,而且徐健后来的死纯属意外,也许是他在内心恐惧之下心神不定才造成了车祸,而并不在策划者的计划之内。所以,我认为洪老幺的这个儿子很可能在精神上存在着问题。疯狂、执着、不顾一切后果,为了达成目的就连自己的亲生父亲也要伤害,这本身就是精神异常的表现。此外,从洪老幺的角度来讲,虽然儿子伤害了他,可是他后来却改变了态度终于出手去帮助儿子完成了那个疯狂的计划,这似乎也可以证明这个结论,因为他知道,儿子对他的伤害并不是出于本心,而且他还明白,即使自己不出手,儿子也依然会继续去实施那个疯狂的计划,结果也就只能是计划失败,儿子最终身陷囹圄。与其如此还不如和儿子一起疯狂一次，至少那样做还有成功的希望。父爱如山，莫过于此啊。"

靳向南怔在那里好一会儿，后来终于点头道："也许情况就是如此。可是，现在我们如何才能够快速找到这个人呢？"

俞莫寒问道："想来你们已经有了洪老幺和他儿子的画像了吧？"

靳向南叹息了一声，说道："可是我们将他们的画像通过电脑进行了比对，依然没有得到有用的线索。也就是说，我们的资料库里面根本就没有这两个人的信息。此外，当时洪老幺从医院里面跑出来之后是和医院外面那个算命的人一起离开的，我们也去调查过那个算命的人，却没有得到有关这个人的任何信息。"

俞莫寒沉吟着说道："也许是这两个人的相貌发生了很大的变化，毕竟一个人的相貌与指纹不一样。当然，也可能与你们资料库的信息不健全有关系。对了，最近的一次人口普查好像就是在上个月吧？我记得当时派出所的人还特地到我家里去登过记的，也许这两个人当时并不在家，所以他们的资料根本就没有得到更新。"

靳向南皱眉道："很可能就是这样的情况，如今人口的流动情况非常复杂，特别是偏远山区，误报、漏报的情况并不少，如果我们试图通过这样的方式将这两个人找出来几乎不大可能……"

"你等等。"这时候俞莫寒忽然觉得脑子里面灵感一闪，可是随即又转瞬即逝，"对不起，刚才我好像想到了什么……"

靳向南急忙道："那你再好好想想啊。"

俞莫寒皱眉想了好一会儿，苦笑着说道："实在想不起来了。靳支队，我还是回家去吃饭吧，我实在有些累了。对了，明天上午我要回医院一趟，到时候我们再联系吧。"

靳向南也没有强求，说道："你一定要注意身体，如果你想到了什么就马上与我联系。你等等，我让小冯开车送你。"

俞莫寒朝他摆了摆手："不用了，我想一个人走走。"

也许他刚才真的想到了什么。像这样的情况靳向南也不止一次遇到过,而且他知道,那些一闪即逝的灵感大多是一个人智慧的闪现,它的出现也就意味着距离真相不再遥远。但是要抓住它并不容易,那需要时间和机会,更需要智慧的再一次骤然迸发。所以,无论是靳向南还是俞莫寒都只能等待。

"希望就在今天晚上,但愿最迟明天。"靳向南看着那个逐渐消失在大门外的背影,低声说了一句。

第十章
被催眠

　　傍晚时分的气温依然很高，那是因为大地吸收了整整一个白天的阳光，一直要到午夜之后才会开始慢慢释放。其实俞莫寒并没有在这样炎热的气温下散步的想法，他只是想借去地铁站的这段路程去捕捉刚才那一闪即逝的灵感。

　　可惜的是他再也没有了那样的感觉，先前出现的那一丝灵感就如同骤然降下的一片雪花般在这样的天气中被蒸发掉了，再也寻找不到它存在过的一丝一毫。回到家里后第一眼就看到了父亲探寻的目光，急忙道："您别问我那件事情，今天我已经和倪静见过面了，所有的事情我都向她解释清楚了。"

　　这时候母亲却在旁边说了一句："莫寒，我们可是好人家，我们可不能当陈世美。"

　　俞莫寒哭笑不得："妈，我还没结婚呢，总还有选择的权利吧？怎么就变成陈世美了？"

　　母亲道："你都把人家带回家里来了，现在又不要她了，这不是陈世美是什么？"

俞莫寒更是无语，说道："倪静可是早就到过我们家里好不好？更何况……谁说我不要她了？"

母亲惊讶了一下，瞪着他问道："那你说说，你和另外那个姑娘究竟是怎么回事？"

俞莫寒最不想解释的就是这件事情，急忙道："我和她就是普通的朋友。"

母亲怎么可能相信？质问道："普通的朋友？人家都将头靠在你的肩膀上了！莫寒啊，你可不能去做那种脚踏两只船的事情……"

俞莫寒觉得自己有些解释不清楚了："妈，我没有，真的没有。唉！我可是要累瘫了，我得先去睡一会儿。妈，吃饭的时候别叫我，我醒来后再吃。"

母亲当然是最心疼儿子的，听他这样一说也就马上不再多说什么了。父亲却随即去了他的房间，问道："你真的和倪静说清楚了？"

俞莫寒点头道："是啊，我们俩刚在城南刑警支队见了面。"

父亲又问道："那她怎么说？"

俞莫寒觉得有些难以启齿，不过最终还是说道："我在她面前承认了自己曾经有过犹豫，但是现在已经不再犹豫了。她说她可以继续等我最终的选择。"

父亲看着他："你真的不再犹豫了？"

俞莫寒点头："嗯，不再犹豫了。"

父亲又问道："那，另外的那个女孩子怎么办？"

俞莫寒急忙解释道："什么怎么办？我从头到尾都没有答应她好不好？虽然我确实心动过，也确实有些喜欢她，不过我最终还是觉得她并不适合我。"

父亲问道："为什么？因为她长得太漂亮？"

俞莫寒摇头："不是，我只是觉得她的性格不适合我。"

父亲点头:"这是你自己的事情,我们本不应该过多干涉……那么,高格非的事情你调查得怎么样了?"

俞莫寒苦笑着说道:"这两天一直在调查另外的一个案子,我根本就没有时间去继续调查那件事情。"

父亲又问道:"你姐呢?她还是没有放弃?"

俞莫寒反问道:"爸,您觉得我姐的坚持是对的吗?"

父亲轻叹了一声,说道:"从理论上讲她是对的,可是现实……不过我是支持你们的,我们国家的法制建设能够走到今天,说到底就是无数法律人坚持和努力的结果。好了,你先休息吧,听了你刚才的那些话,我也就放心了。"

俞莫寒本想告诉父亲另外的一些情况,然而他实在是太累了。一觉醒来的时候已经是半夜,饥肠辘辘,悄然起床去到厨房,发现灶上开着微火,揭开锅盖后里面的饭菜热气腾腾。这时候母亲出现在了厨房的门口处:"你终于醒了,我每隔一会儿都要起来看看这锅里。"

虽然母爱时时刻刻都在身旁,却往往容易被人忽略。这一刻,俞莫寒顿时被母亲的无微不至所感动,禁不住对自己先前在母亲面前的不耐烦愧疚不已。

母亲就站在一旁看着儿子吃东西,俞莫寒并不觉得别扭,一直在享受着这一刻的美好。记得小时候母亲就特别喜欢像这样看着自己吃饭。母亲这一辈子似乎很简单,却很幸福,因为这个家里有父亲,还有两个孩子,这些就是母亲的全部。其实仔细想想也是,人这一生最大的意义就是幸福和满足,除此之外其他所有的一切都似乎不再重要。

"我吃好了。"俞莫寒放下了筷子,笑着对母亲说道。

"那你继续去睡吧。"母亲慈祥地看着他,开始收拾桌上的碗筷。

"我来吧。"俞莫寒急忙道。

"快去睡，你哪里会做家务事？一会儿弄出声响来会把你爸吵醒的。"母亲自顾自去了厨房。

回到房间后俞莫寒觉得眼睛有些湿润，一时半会儿竟然不再有睡意。拥有这样的一个家真好。其实，倪静在某些方面特别像妈妈。苏咏文呢？嗯，她有些像姐姐……

人体内的生物钟不仅仅依靠习惯养成，更多的是意志在起作用——只要第一次闹钟响后不起床，此后我们的潜意识就会将闹钟的声音屏蔽掉。生物钟也是如此，懒惰是人类的天性之一，而意志是与它抗争的最大力量。第二天早上俞莫寒依然准时醒来，然后快速起床。他不想改变自己多年来所养成的这个习惯，而且他更知道惰性的巨大威力。

眼睛酸胀得厉害，双肩及背部酸软得难受，洗漱后稍微好了些，在家里吃了早餐后出门直接乘坐公交车去往医院。顾维舟还没有到，俞莫寒在他办公室的外边等了近十分钟才见到院办主任正陪着他走来，两个人似乎还在说着什么。

顾维舟看到了俞莫寒，朝他点了点头："这么早啊？"

这一刻，当俞莫寒看到此人的时候发现自己竟然一点都恨不起他来，内心里面反而和以前一样充满着尊敬，他急忙说道："我一会儿还要去城南刑警支队，那个案子可能还需要一些时间。"

顾维舟抬手看了看时间："这样，你先去一趟科室，我还有一些事情需要处理一下。半个小时，半个小时后你再来吧。"

俞莫寒当然不好多说什么，毕竟眼前的这位是医院的院长。回到科室后看了一圈病人，那个叫刘亚伟的病人双重人格已经完全融合，而且情况稳定。这个病人对他说道："俞医生，我听说像我这样的病很难治疗的，如果不是你，我现在肯定还是像以前那种状态。谢谢你。"

俞莫寒心里也很高兴，说道："我也是第一次遇到像你这样的病例，也许是我俩的运气都不错，所以我的治疗方法才这么有效果。当然，我更愿意相信你内心试图逃离现有生活状况的动机并不是特别强烈。"

病人却摇头道："不，我不想再像以前那样生活下去了，太累了。出院后我准备卖掉现在住的那套房子，换一个小户型然后开一家超市，不求赚太多的钱，足够养家糊口就可以了。"

俞莫寒倒是并不反对，问道："可是你妻子会同意吗？"

病人淡淡地道："那就看她究竟是要钱还是要我这个人，还有我们这个家了。"

俞莫寒的内心很是感慨：有些人就是如此，非得要在大病一场之后才能够想明白一切。

半小时后俞莫寒再一次来到顾维舟的办公室，敲门进去后发现里面没有开空调，空气中有一股淡淡的来苏尔气味，而窗户却是关着的，禁不住就问道："顾院长，您这办公室里面……"

顾维舟正在书写着什么，随意般说道："前几天老是闻到这里面有一股臭味，后来才发现沙发后面有一只死耗子，昨天才将办公室清扫了一下，顺便消了消毒。"他放下了手中的笔，指了指沙发，"坐吧。"

俞莫寒坐下后顾维舟就问道："关于我们医院合并到医科大学的事情，小俞你有什么样的看法呢？"

俞莫寒道："像这样的大事情，我一个小小的医生哪有什么看法？"

顾维舟看着他，说道："你和其他的医生可不一样，你是我们医院唯一一个有过留学经历的博士，不仅基础知识掌握得牢固，而且临床能力也非常强。在短短数天的时间里就治疗好了一例双重人格的病人，这就充分证明了你的能力嘛。所以，关于我们医院并入医科大学之后的学科建设问题，我很想听听你的想法和建议。"

我是不是错怪他了？此时此刻，俞莫寒的心里诧异并惭愧地想道，与此同时就感到背上和手心都在微微冒汗，倒不是因为紧张，确实是因为有些热，再加上最近的劳累，本来有些酸涩的眼睛就更加疲惫起来，脑子也有些昏昏沉沉的。他想了想，说道："顾院长，这件事情虽然您已经提前给我讲过了，但这两天实在是太忙了，我根本就没有来得及思考。您也知道，我这个人做事情有些较真……所以，如果您不是特别急的话，看能不能再给我一些时间思考一下，然后以书面的形式提交给您？"

顾维舟凝视了他一眼，笑了笑说道："你不是较真，是认真。好吧，那就请你好好思考一下，一定要在学校那边开学之前把你的想法和建议提交给我。小俞啊，你虽然还很年轻，但也得注意身体才是，我看你眼圈都发黑了，是不是最近没有休息好啊？这样下去可不行，该休息的时候一定要休息，别硬撑着。"

顾维舟的声音温和动听，充满着某种诱惑，俞莫寒觉得疲惫之感更甚，连眼皮都有些抬不起来了。心里面忽然觉得不大对劲，急忙准备站起来告辞，却听到那个动听的声音继续在耳边回荡："没事，如果你确实累了就在这里好好睡一觉吧，睡一觉吧……"

这一瞬，俞莫寒感觉到自己仿佛在刹那间被汹涌而来的黑暗彻底吞噬。所有的一切都不再存在，他的世界变成了永恒的停顿与宁静……

时间已经过去了半个多小时，而对于俞莫寒来讲，他却对自己所丢失的这半个多小时浑然不知。

俞莫寒没想到眼前的这个人如此好说话，心里面又一次愧疚于自己曾经对他的那些怀疑和猜测，急忙起身告辞。

从顾维舟的办公室出来后俞莫寒第一眼就看见了医院办公室主

任,他正站在前面不远的地方。俞莫寒朝他打了个招呼,办公室主任羡慕地看着他,说道:"俞医生还真是年轻有为啊,我们顾院长如此重视你,你可要好好珍惜哦……"

话未说完,就听到顾维舟在办公室里面大喊了一声:"李主任,你来一下。"

办公室主任急忙朝里面跑去,俞莫寒觉得有些莫名其妙:他刚才的话究竟是什么意思?然而一时间却没有想明白,于是也就不再去想这件事情了。他对这样的事情向来都不是特别感兴趣,当然也就不会在那上面花费太多的时间和精力。

从医院里面往外走,医院里面的一切,这条路,以及这里空气中的味道,他都是如此熟悉。他是真的喜欢这里。

"也许,顾院长在这一点和我是完全一样的。"俞莫寒转身看了一眼医院的大门,在心里面如此想道。

在下山的公共汽车上,俞莫寒接到了苏咏文的电话:"喂!你为什么不回我的微信?"

俞莫寒问道:"是吗?你什么时候给我发的微信?"

苏咏文有些气急败坏:"就在刚才,二十分钟之前。你千万别告诉我说你现在忙得根本就没有时间看手机!"

俞莫寒禁不住就笑了起来,说道:"还别说,我还真的像你说的那样忙得没时间看手机呢。刚才我们顾院长在和我谈话,出来后就直接上了下山的公交车,根本就没来得及看手机。苏记者,你找我有什么事情吗?"

苏记者?苏咏文的心里顿时一黯,幽幽说了一句:"莫寒,想不到你和我还是那么生分。既然如此,那就算了吧。"

她这话是什么意思?俞莫寒觉得莫名其妙,急忙说道:"苏记者,我并没有别的什么意思,最近实在是太忙了,脑子里面一塌糊涂。对了，你是不是有什么重要的情况要告诉我？"

难道他女朋友此时正在他身旁？苏咏文似乎明白了，心里面的幽怨也一下子消除了许多，说道："我确实是有事情想要对你讲，不知道你什么时候方便？"

俞莫寒想到一直到现在靳向南都没有给他打来电话，这说明到目前为止还并没有出现新的线索，说道："正好我现在就有空。你在什么地方？我这就过来。"

估计是倪静马上要去上班了，他的心思还是在他女朋友那里……苏咏文的心里一下子涌起一阵凄苦，却又不愿就此放弃，说道："你下山到山脚下的公交站，附近有一家茶楼，我们就在那里见面吧。"

俞莫寒搜索了一下自己的记忆，并没有丝毫有关那家茶楼的印象，不过还是应承道："那行，一会儿我们就在那里见面。"

下车后俞莫寒果然就看到了公交车站斜对面的那家茶楼，进入里面后发现苏咏文还没有到，而且也许是因为还是上午，这里面除了他之外根本就没有别的顾客，空调和灯都没有打开，服务员的态度也不大好，似乎在责怪他来得太早了些。

"开个单间吧，来一壶绿茶，麻烦把空调打开。"俞莫寒朝服务员吩咐道。也不知道是怎么的，当他想到自己马上就要和苏咏文见面，心里面刹那间就升腾起了一种美好的情绪，与此同时，脑海里面对那个面容的记忆也一下子变得完美而生动起来。

空调打开了，小小的空间里面很快就变得凉爽起来，透明玻璃茶壶里面的茶叶开始随着刚刚注入的开水翻滚，嫩叶缓缓舒展开来，一缕淡淡的清香很快弥漫在这个小小空间中，沁人心脾。

苏咏文终于来了。虽然等待的时间还不到十分钟，但对俞莫寒来讲却是感觉如此的漫长。

高挑的身材，白皙的肌肤，以及直发下那动人的模样，她的美丽与俞莫寒记忆中一模一样。俞莫寒站了起来朝她迎了过去："咏文，对不起啊，我确实没有注意到微信。"

苏咏文听到他如此亲热地称呼自己，心里面所有的不高兴与哀怨顿时就化为了乌有，瞪了他一眼之后嫣然一笑："算了，这次我就原谅你好啦。"

俞莫寒并不觉得高兴，反倒认为苏咏文的这个态度是理所当然，问道："最近你都在忙些什么？网络上高格非的案子有什么新的情况没有？你的那位同事呢？他叫什么来着？我想起来了，林达，他最近又发微博没有？"

苏咏文听到他这一连串的问话之后更是高兴——这才几天没见面啊？难道他真的就有了一日不见如隔三秋的感觉？她笑吟吟地回答道："我还不是和往常一样，采访、写稿子，有空的时候看看书。看来你最近是真的忙，连上网的时间都没有。高格非的案子已经慢慢冷下去了，讨论的人少了许多。林达……人家现在已经是大V了，两天前发了一篇微博说某某厂环保有问题，几个小时后就删掉了，估计是收了人家的钱。高格非这个案子对他来讲只不过是一个获取话语权的跳板，如今他的目的已经达到，当然就不会再管了。"

俞莫寒感叹道："他其实是一个很了不起的人，非常善于抓住和利用机会，不过像这样的人迟早都会出问题，太没有底线了。"这时候他才忽然想起了什么，"对了咏文，你不是说有什么重要的事情要对我讲吗？"

苏咏文的脸一下子就红了。她哪里有什么重要的事情要对他讲？明明是因为好几天没有见到俞莫寒所以才有些情不自禁了。当然，她是绝对不会轻易承认这一点的，说道："本来确实是有事情要对你讲的，可是现在，现在我好像把想要讲的事情给搞忘了。"

俞莫寒目瞪口呆。不过与此同时，苏咏文从未有过的小女儿姿态一下子就让他痴迷得差点神魂颠倒，双目直直地看着她根本就不想转眼。苏咏文的脸更红了，瞪着他，低声道："你干吗这样看着我？"

俞莫寒喃喃地道："咏文，你太漂亮了。"

这一刻，苏咏文却忽然想起自己面前的他是一个已经有女朋友的家伙，幽幽轻叹了一声，说道："我长得漂亮，就是我喜欢你又有什么用呢？谁让我们俩认识得太晚了呢？"

俞莫寒怔了一下："你在说什么呢，你不就是我的女朋友吗？"

苏咏文简直不敢相信他的这句话，一下子就瞪大了眼睛："你刚才说什么？我什么时候成你的女朋友了？"

俞莫寒觉得她的话有些不可思议，回忆了一下："我们上次在一起的时候不就说好了吗？你忘了？"

上次？我们说好了吗？哦，难道当时让我靠着他的肩膀其实就是一种默许？苏咏文，你真笨……这一刻，她似乎明白了，不过心里面却依然有着一个大大的疑问："可、可是，倪静怎么办？你和她都谈好了吗？"

"倪静？"俞莫寒皱眉，"我和她之间什么事情都没有发生过啊。咏文，你就是我的女朋友，难道你现在反悔了？"

他的意思是说，他和倪静之间并没有发生过那样的关系，所以当他提出分手的时候对方才没有太多的痛苦与纠缠？这一刻，苏咏文仿佛明白了一切，随之而来的当然是满满的惊喜与幸福感，脸上绽放出灿烂如花般的笑容："莫寒，今天我们都去请个假吧，明天和后天是周末，我们可以利用这三天的时间出去旅游一趟。"

俞莫寒犹豫了一下，摇头道："最近恐怕不行，我手上的案子还没了结呢。"

苏咏文有些不高兴："破案是警察的事情，你从旁协助就是。"

俞莫寒摇头道："我本来就是在从旁协助啊，但是也不能完全什么都不去做跑到外面旅游去吧？咏文，等这个案子了结后我一定抽时间陪你出去好好玩几天,可以吗?"

也许是她刚才太高兴了,高兴得有些昏了头,苏咏文这才忽然想起眼前的这个人是一个做事非常认真的家伙,嘟着嘴说道:"好吧。你这个人,去德国留学倒是把他们的较真学了个实打实。"随即就朝他嫣然一笑,"那,今天晚上我们一起吃饭吧。这件事情你可是不能再推却了,不然的话我就真的生气了啊。"

俞莫寒还是犹豫了一下,笑着说道:"好,如果没有遇到什么非常特别的事情的话。"

苏咏文倒是理解,说道:"好吧,那你先去忙。莫寒,今天我感到特别高兴,也觉得非常幸福。我想继续在这里坐一会儿。"

对于苏咏文来讲,这一天,此时此刻,是她人生中的一个非常重要的日子,是值得终生回忆的时刻,她不想就这样马上离去,她想继续待在这个地方回味并慢慢感受。俞莫寒并不知道苏咏文心里面的这种想法,也没有特别在意。他朝苏咏文点了点头,起身朝外面走去。不过他的心里也是非常不舍的,到了茶楼下面后禁不住转身朝上面看去,只见窗户中的她正朝着自己嫣然浅笑。美人如画。

"绿草苍苍,白雾茫茫,有位佳人,在水一方……"这一刻,他的脑子里面瞬间就飘荡起了张琴那略显怪异的歌声。音符如水般在他心中潺潺流淌——"绿草苍苍,白雾茫茫,有位佳人,在水一方。绿草萋萋,白雾迷离,有位佳人,靠水而居。我愿逆流而上,依偎在她身旁。无奈前有险滩,道路又远又长。我愿顺流而下,找寻她的方向……"

当他到了茶楼对面公交车站的时候差点儿还不自知。而就在这个时候,他猛然地就想到了什么,嘴里喃喃道:"顺流而下,逆流而上。顺流而下,逆流而上……"

他急忙拿出手机搜索了一会儿,随即就给康东林打去了一个电话。

靳向南见俞莫寒匆匆而来，一下子就意识到了什么，急忙问道："你是不是想到了什么？"

俞莫寒满脸的汗，点头道："我大概知道沈青青从监狱里面逃出来后是如何离开省城的了，或许我们还可以通过这条线索尽快找到她。"

靳向南大喜："你快说说。"

俞莫寒直接走到沙发旁边的地图前面，指着上面的一条河流说道："当年沈青青下派到沙田的时候那个方向还没有通高速公路，如果乘坐汽车的话即使是县政府的小车都需要十多个小时，路途辛劳，而且还因为山里经常塌方，非常危险，于是县里面的官员及商人常常选择从省城乘坐快艇到邻省的远山县，然后再从那个地方换乘快艇逆流而上到达沙田。如此一来，路上所花费的时间就会减少接近四个小时，而且舒服安全得多。只不过那个方向的高速公路通车后，这一条水道的快艇也就因为乘客大幅度减少，经营困难而停止了营运，不过还是有大量的货船去往邻省的远山县，而且从远山到沙田的长途车也一直在营运，时间大约在三小时左右。想来你们当时根本就没有想到沈青青会通过货船逃离省城，所以就没有去检查沿途的船只，这才给了沈青青和那个幕后策划者可乘之机。"

靳向南的眼睛一亮，问道："你的意思是说，那个策划者其实就是沙田县的人？"

俞莫寒点头："我觉得这是最大的可能。沈青青同监舍的一个女犯人告诉过我，她第一次听见沈青青说梦话大概是在两个月之前，也就是说，那个策划者策划这起越狱案件的时间或许就是从那个时候开始的，而沈青青当时入狱已经近一年，以策划者的迫不及待及疯狂方式，这说明了什么？"

靳向南道："这说明策划者是在那个时候才得知了沈青青入狱

的消息,也就是说,策划者所住的地方比较偏僻,信息比较闭塞。嗯,沈青青后来工作的那个县级市经济和交通都比较发达,信息传播也比较快,所以基本上可以排除,而沙田县……沈青青当时在沙田协助分管文教卫生,那么这个策划者就很可能是某个偏远乡镇的医务人员或者教师。"

俞莫寒点头道:"从这个人懂得幻术的情况来看,其身份是医务人员或者教师都是比较符合的,不过即使是再偏僻的乡镇,信息的闭塞也不至于慢到这样的程度,所以我觉得这个人的身份更可能是一位乡村教师。靳支队,目前你们手上已经有了这个人及洪老幺的画像,如果我们刚才的分析是正确的,那就应该可以很快寻找到他们的下落。"

靳向南拿起电话直接打给了沙田县警方,要求他们尽快通过各乡镇派出所寻找洪老幺和策划者的下落,放下电话后他又对俞莫寒说道:"我得亲自去一趟沙田县。"

俞莫寒问道:"需要我一同去吗?"

靳向南拍了拍他的肩膀,笑着说道:"你是我们的军师,就留在省城运筹帷幄好了。你不是还要去调查高格非的事情吗,我把小冯留给你。"

此时,俞莫寒首先想到的却是晚上要去和苏咏文一起吃饭的事情,心里禁不住暗喜,急忙说道:"小冯去过那里,熟悉道路的情况,而且他的驾驶技术非常不错,你还是带着他去吧。高格非的事情我这一时半会儿还没有更好的办法,等你们回来后再说吧。"

这时候俞莫寒的手机忽然响了起来,电话是姐姐俞鱼打来的:"你从乡下回来了怎么不告诉我?倪静那里你究竟是如何向她解释的?"

俞莫寒觉得有些莫名其妙:"解释?我要向她解释什么?"

俞鱼气急败坏:"你究竟是什么意思?那张照片的事情你搞

忘了？"

俞莫寒更是疑惑："照片？什么照片？"

俞鱼简直怀疑自己的这个弟弟是在和她开玩笑："莫寒，你要知道，倪静才是你的女朋友，出了那样的事情你应该去向倪静解释清楚才是。"

俞莫寒愕然："我女朋友不是苏咏文吗？倪静什么时候成我女朋友了？"

电话那头的俞鱼目瞪口呆：他这话是什么意思？怒道："莫寒，你是不是疯了？你现在马上就到我这里来一趟，有些事情你必须当面对我说清楚！"

俞莫寒苦笑："姐，你干吗生这么大的气？好好，我马上过来就是。"

此时，就连在俞莫寒身旁的靳向南也惊诧不已，心里不住犯嘀咕：昨天他和倪静两个人不是还好好的吗？这又是什么情况？唉，现在的年轻人啊……

俞莫寒一进门就看见姐姐在瞪着自己，不满地道："姐，这么热的天你着急把我叫来，我可不想看到你这样的脸色。"

看着弟弟满头大汗的样子，俞鱼心里顿时一软，目光也因此而变得柔和了许多，起身去拧了一条热毛巾递给他："先揩揩汗再说。"

俞鱼办公室里面的空调本来就开得很足，此时热毛巾刚刚一上脸，不仅脸上，仿佛全身的毛孔一下子都舒张开了，舒爽的感觉让俞莫寒的心情也变得十分好，问道："姐，你和我哥准备什么时候出国啊？"

俞鱼以为他这是有意岔开话题，又瞪了他一眼，说道："你先把自己的事情讲清楚了再说。"

俞莫寒不解地问道："姐，我自己有什么事情啊？你这也太大惊小怪了吧？"

俞鱼看着他："你给我说老实话，先前的时候你在电话里面对我讲的究竟是不是真的？"

她的话音刚落，倪静就进来了，看到俞莫寒在里面，惊讶地问道："你什么时候来的？"

这一刻，俞鱼发现俞莫寒的身体颤动了一下，而且看向倪静的目光在刹那间变得晶亮起来，随即就听他说道："倪静，你知道吗，我们很可能马上就可以找到沈青青了。"

"看来他在电话里面是和我说着玩的。"俞鱼如此想道，心里面也就一下子变得轻松了许多，不过还是有些责怪弟弟随便拿这么重要的事情来说笑。

倪静也没有想到他会忽然说起这件事情，还以为他是专门来告知这个消息的，于是就好奇地问道："哦？是你发现的线索吗？"

"也算是吧，"随即，他就将自己的分析复述了一遍，却有些掩饰不住内心的得意，"如果我的分析没有错的话，沙田那边应该很快就会有消息传来的。"

俞鱼也被这个话题吸引住了，问道："那个人是怎么认识沈青青的？他怎么可能冒那么大的风险去帮助沈青青越狱？"

俞莫寒笑着问道："姐，你相信爱情吗？"

俞鱼愣了一下，似笑非笑地将目光投向倪静："你相信吗？"

倪静的脸一下子就红了，责怪俞莫寒道："说得好好的，干吗问这种肉麻的问题？"

俞莫寒急忙解释："我是相信爱情的，而这个人所有的行为都是基于无私的爱情啊。虽然到目前为止这个人和沈青青都还没有归案，但我大致可以想象出此人与沈青青认识的过程，以及他对沈青青一往情深的情感发展经历。当年，沈青青离开高校去往沙田县挂职副县长，她的主要工作是协助副县长康东林分管文教卫生。她刚刚到那里的时候工作很有激情,有着干一番大事业的决心,为此,她一到县里就开始下乡去调查研究、了解情况。沈青青在省城、高校里面都算得上是极有气质的美女了,到了沙田乡下那样的地方当然就更不用多说,对大多数乡下人来讲,当他们面对像沈青青那样漂亮的女人时难免会感到自卑,即使是县里面的干部估计也很难鼓起勇气追求她,然而却偏偏有那样的一个人,当他第一次见到沈青青的时候就惊为天人,就好像金庸小说中段誉初次见到王语嫣的时候一样,简直是将对方当成了神仙姐姐,并因此而暗生情愫……"

俞鱼不住地笑,问道:"你说的是一见钟情?这个世界上难道真的会有这样的事情?"

俞莫寒正色道:"当然会有。心理学认为,一见钟情产生的原因大致有两个方面,其一是首因效应在起作用。所谓的首因效应其实就是第一印象,非常好的第一印象就很容易产生一见钟情。其次就是心里面长期以来的幻想所影响,也就是人们常说的梦中情人,当梦中情人骤然出现在面前的时候,岂有不一见钟情的道理?"

俞鱼笑得更欢了,说道:"看来你这心理学还真的没有白学,连这样的道理都讲得出来。"说到这里,她眼神怪怪地看了弟弟和倪静一眼,"我就说嘛,莫寒竟然那么快就喜欢上了小静,而且小静竟然也一口就答应了,原来你们也是一见钟情啊。"

倪静还是第一次面对俞鱼拿她和俞莫寒的事情说笑,脸一下子就红了,不过她即刻找到了应对的办法,笑着问道:"姐,你和致远哥是不是也一见钟情啊?"

俞鱼笑靥如花般回答道:"我和他当然不是了。当初他厚起脸皮来追求我,我可是过了很久才答应他的。"这时候她才发现刚才的话题已经被自己给带歪了,"莫寒,你继续说啊,这些东西说不定对我们今后的工作有帮助呢。"

倪静那如水般的目光也投向了俞莫寒,让他的心里感受到了一种被崇拜的美好滋味，继续说道："一见钟情的爱情具有强烈性和专一性，产生得非常突然，一旦陷入其中就很容易进入一种疯狂的迷恋状态。也许洪老幺的儿子就是如此，当他一见到沈青青之后就马上陷入了这样的情感状态并难以自拔，只不过两人巨大的差距使得他只能将这份感情隐藏在内心里面。我怀疑沈青青以前根本就没有察觉到这个人对她的那一份情感，正因为如此我们的调查才一直没有任何结果。沈青青入狱之后，当有人传递消息告诉她某某人想帮助她越狱的时候才猛然间想起此人来。"

倪静幽幽感叹道："听你这样说，这个人还真是可怜，如今他们两个人好不容易才走到一起，结果就这样被……"说到这里，她就再也说不下去了，目光却复杂地看了俞莫寒一眼。

这一刻，俞莫寒也忽然觉得自己在这件事情上面有些太过较真了，他将目光转向俞鱼："姐，我是不是做错了？"

俞鱼轻叹了一声，摇头道："不管怎么说沈青青都是正在服刑的罪犯，如果这个人真的喜欢她也应该去走法律的程序，比如通过媒体或者通过司法渠道讨论对沈青青的量刑是否过重，以此获得重新审理此案的机会，或者经常去监狱看望她，鼓励她面对现实，接受改造，争取早日减刑出狱，而不是采取这种违法的方式。所以，我并不认为莫寒就做错了什么。小静啊，你也是从事法律工作的人，刚才那样的想法很危险啊。我始终认为，法律就是法律，虽然在执行法律的过程中应该考虑到情理的成分，但绝不能因为情理而影响到了法律的公平与公正，因为法律所面对的是整个社会，否则这个社会就会因为法律被践踏而变得无序，甚至是一片混乱。"

倪静肃然，愧疚地道："姐，你说得对，我确实是有些感情用事了。"

俞鱼笑道："走，我们去吃饭吧。对了莫寒，等沈青青被警方带回来后你能不能帮我给她带个话，就说我想做她的辩护律师，免费的。"

俞莫寒惊讶地问道："姐，难道你还想给她做无罪辩护？"

俞鱼摇头道："无罪辩护当然是不可能的，不过我很想通过这个案子和同行一起探讨法律执行过程中的量刑准确问题。还有就是，我很想通过这起案子去深入了解一下沈青青犯罪的根源。"

三个人一起午餐后，俞鱼对倪静说道："最近你把自己负责的那几个案子做好就可以了，多留些时间陪陪莫寒。你们俩年龄都不小了，我看还是尽快确定一个时间把婚事办了吧。"

倪静看了俞莫寒一眼，说道："我们俩真正在一起的时间也就才半个月多一点儿，不用太着急的。"

俞莫寒也道："是啊，婚姻是大事情，我们等一等也没有关系的。不过我们可以初步确定一个时间……倪静，姐，你们看今年春节怎么样？"

俞鱼瞪了他一眼："这样的事情你问我干吗？"随即朝着倪静笑了笑，"小静，你觉得呢？"

倪静的目光看向俞莫寒："你真的确定了？"

俞莫寒毫不犹豫地回答道："我不是早就确定了吗？只不过我觉得婚姻毕竟是人生中的一件大事，总得需要一些时间准备准备才是。倪静，你觉得呢？"

倪静想了想，说道："等你把这个案子的事情忙完了，就和我一起去见见我父母吧。"

俞莫寒道："好。"

俞鱼高兴地一拍手："好，那就这么决定了。莫寒，这件事情是你自己去和爸妈讲还是我帮你去说？"

俞莫寒觉得这件事情倒是无所谓，即使是自己不讲姐姐也会在第一时间告诉父母，说道："你去给他们讲吧。沈青青一旦归案，我可能还要去和她谈谈，也许她了解一些高格非的情况。"

俞鱼笑道："我这就给他们打电话。小静，莫寒今天正好没有别的事情，你们俩就待在一起吧，我先走啦。"

"我姐现在对你的态度简直是来了个一百八十度的大转弯啊。"看着姐姐远去的背影，俞莫寒感叹着对倪静说道。

倪静笑了笑说道："她不是有心病吗，心病去了当然就不会再排斥我了。莫寒，有时候想起来你确实很厉害，竟然能够从一个人莫名其妙的举动分析出其中的原因。"

俞莫寒谦逊地道："其实心理分析也并不复杂，只要能够充分认识到人的本性就可以了。此外还需要换位思考，就是站在对方的角度去思考问题。"

倪静问道："换位思考我知道，那么，人究竟都有哪些本性呢？"

俞莫寒回答道："这个问题早在两千年前孔子就已经回答过了啊，'食、色，性也。'人的本性其实具有双重性，欲望与理智；贪婪与良知；惰性与奋斗等。我们每个人的需求不同，所显露出来的本性也就有所差异，所以我们面对具体情况的时候应该首先认真地去调查了解这个人的情况。"

倪静瞪了他一眼："你还说不复杂呢，我看啊，心理分析也是需要天赋的。"

俞莫寒点头："倒也是。《孙子兵法》很多人都读得懂，然而真正的军事家却很少，这其中的道理是一样的。"

他的话等同于自我夸奖，倪静禁不住笑了起来："好了好了，看把你给骄傲的。说吧，下午准备带我去哪里玩？"

俞莫寒看着满目明晃晃的阳光，苦笑着说道："这么热的天气……要不，我们去看电影吧。"

倪静没有反对，指了指前面不远处："那里就有一家电影院，就是不知道最近有没有好看的影片。"

俞莫寒笑道："影片不重要，只要我们俩在一起就行。"

倪静听了后很是高兴，不过嘴上却说道："你什么时候学会油嘴滑舌了？"随即挽住了他的胳膊，"走吧，碰到什么就看什么。"

很快就到了电影院，发现放映的都是国产片，两人也没有在乎，买了票，又买了爆米花和饮料就进去了。放映厅里面的人很少，显得空荡荡的，给他俩看专场的感觉。倪静将头靠在俞莫寒的肩上，幸福美好的感觉在这一刻完全将她笼罩。

也许是心不在焉，思绪难以集中到电影故事当中的缘故，当片子放映到接近一半的时候，俞莫寒忽然发现自己居然没有看懂。倪静的头依然靠在他的肩上，他也就只好保持着姿势继续看下去，慢慢地，他终于看得有些明白了，原来这部电影本来就没有什么逻辑性，不，准确地讲这个故事遵循的是导演自己的逻辑：比如那条蛇，它映射的是邪恶与欲望；那棵树，代表的是坚持和独立；海里的鲨鱼，那是强大、自由……

电影结尾的时候，男主角站在悬崖边，画面开始不断闪回，数十秒之后变成了一片空白。全剧终。这是在告诉观众男主角最终的命运是跳下悬崖自杀，因为据说一个人从高处坠落的过程中会一一呈现出其一生中重要的节点画面。

这是一部极富心理学寓意的电影，也许只有像俞莫寒这样的专业人士才能真正看懂。

电影结束了，可是肩膀上的她并没有离开，想到下一场即将开始，俞莫寒问道："你看懂了吗？"

"啊？电影放完了？我怎么在不知不觉中睡着了？"她的声音中带着一种不好意思，"我是不是太煞风景了？"

俞莫寒禁不住就笑了起来，说道："这电影实在是很难看懂。"

倪静侧身看着他，说道："我真是佩服你，这么难看的电影居然都能够从头到尾看完。"

俞莫寒得意的样子："其实我也很佩服我自己。"

倪静问道："要不我们再看一场别的片子？这里面凉快，人又少。"

俞莫寒没有反对，心想他们来这里的目的本来就不是看电影。于是出去重新买了票，然后进入了另外一个放映厅里面，不过这一部电影的观众多了许多，因为这是一部喜剧片。

这一次倪静看得津津有味，还时不时哈哈大笑。可是俞莫寒却睡着了，他实在受不了这部电影搔胳肢窝式的逗笑手法。

从电影院里面出来，倪静一直不说话，俞莫寒发现了她神情的异样，问道："你怎么了？好像看上去不大高兴？"

倪静幽幽地道："我们俩是不是不合适？你看，我们的兴趣爱好完全不一样。"

俞莫寒愣了一下，问道："你和我在一起的时候有没有幸福感？"

倪静回答道："当然有啦。"

俞莫寒笑道："这不就得了？两个人的性格可以不一样，兴趣爱好也可以截然不同，关键的是两个人在一起的时候是不是觉得内心宁静，心情愉悦。因为我们今后将要相依为命过一辈子。"

倪静紧紧挽住了他的胳膊："莫寒，你说得对。"

俞莫寒笑道："你看，我们俩多和谐啊——今后等我们俩有了孩子，不正需要像刚才那样轮流着睡觉吗？"

倪静忍不住"扑哧"一下笑出了声来。

第十一章
盗墓父子不知行踪

俞莫寒本来是想和倪静一起吃晚饭的，结果却被靳向南的一个电话改变了这个安排。靳向南在电话里面告诉他说，沙田警方已经证实了洪老幺和他儿子的真实身份，洪老幺原名叫洪万才，曾经是道上有名的盗墓贼，后来金盆洗手不再干这一行了。他儿子名叫洪林，现龄三十五岁，以前是村里的民办教师，七年前因为政策原因失去了继续做教师的资格，从此后这父子俩就不知所终。几天前倒是有人见到这父子俩带着一个漂亮女人出现过，不过第二天就没人再看到过他们。警察搜索了洪家父子曾经居住过的老屋，发现里面早已破烂不堪，不过屋子里面的地窖刚刚被人打开过，估计是这父子俩进去拿了某样重要的东西后连夜离开了。

"我正在回来的路上，估计一个小时后就可以到，麻烦你先去我办公室等我。"靳向南最后说道。

俞莫寒在靳向南的办公室里面找了一本有关刑侦方面的书，看了不到二十分钟，靳向南就回来了，风尘仆仆，满脸疲惫，他端起桌上俞莫寒早已替他泡好的茶一饮而尽，到垃圾桶处吐出嘴里的几片茶叶后说道："郁闷，白跑了这一趟！"

俞莫寒也没有想到会是这样的结果，安慰道："也不算白跑，至少现在看来我们的思路和分析是完全正确的。"

靳向南一屁股坐下："问题是，接下来我们应该怎么做？"

俞莫寒朝他伸出手去："我需要先好好研究一下这洪家父子的资料。"

靳向南却摇头说道："我们现有的有关这两个人的资料很简单，大致就是我刚才所介绍的那样。据说洪万才的盗墓技术是他祖上传下来的，有人怀疑他年轻的时候经常去外面干那样的勾当，后来他妻子突发急病去世，从此就不再出去了，也没有再娶。他儿子洪林高中毕业后没考上大学，后来成为一名民办教师，在村里的小学教书。"

俞莫寒问道："既然这两个人在七年前就离开了村里，然后不知所终，难道他们的土地和房子一直都没有人照看？"

靳向南道："据村里面的人讲，他们离开村里的时候没有给任何人打招呼，后来他们家里的土地荒置了一年多，村里面就让洪万才的一个堂兄弟代种上了庄稼。不过他们家的房子却没人去管，里面没什么值钱的东西，也没人去光顾。"

俞莫寒又问道："洪万才在寄给倪静的包裹上留下的名字叫洪老幺，这说明他应该还有兄弟姐妹，你们了解过相关的情况没有？"

靳向南道："那不过就是个化名而已，洪万才的父亲就他一个孩子，加上洪林，应该算是两代单传了。"

俞莫寒摇头："在我看来，化名也应该是有着某种特殊意义的，即使是随意想到并使用的化名也应该代表着这个人潜意识中的某些东西。比如，他为什么会在那个快递包裹上使用'洪老幺'这个名字，而不是'李老幺''王老幺'？这其中的原因很简单，因为在他的潜意识中'洪'这个姓是他祖上的血脉传承，绝不能轻易改变，即使是化名也不可以。"

靳向南点头："你继续讲下去。"

俞莫寒道："按照常规思维，很少有人会将自己置于老幺的位置，因为老幺代表的是末端、不起眼、卑微等，除非是这个人真的是老幺。比如，他曾经所在的某个团体，人们如此习惯性地称呼他……"

靳向南有些明白了，问道："你指的是他加入过某个盗墓团伙？"

俞莫寒点头道："据我所知，盗墓可不是一件简单的事情，由于古代墓葬往往会设置许多机关，所以这项工作不仅仅危险程度高，而且很难一个人单独完成，因此往往是团伙作案。从徐健父亲老屋里面挖出来的那些文物来看，洪万才这一次的盗墓应该是在最近才刚刚完成的，联想到他当时从医院出来后带走了那个算命的人，我觉得他很可能是说动了那个人作为帮手，而且从沈青青越狱的时间来看也基本上吻合。由此，我们可以大致分析出沈青青越狱案的这样一个基本情况：最开始的时候洪林花费了一些钱财让徐健给沈青青传递信息，不过徐健并没有答应他协助沈青青越狱，或许是因为徐健提出的价码没有得到满足。在这样的情况下洪林才不得不请求父亲重操旧业……后来当徐健拿到了那些东西之后，越狱的计划才开始正式实施。"

靳向南问道："既然洪万才已经金盆洗手多年，怎么可能在一时之间就能找到值钱的墓葬呢？"

俞莫寒想了想，回答道："古代墓葬遵循的是一套固有的理论，也就是人们常说的堪舆学，这一套理论就如同数学或者物理学里面的公式，古时候有权势的人在选择墓地的时候就是按照这样的公式去寻找吉地。因此，只要是精通这一套理论的人就应该比较容易寻找到这样的地方。还有一种情况就是：虽然洪万才已经金盆洗手多年,但他对这方面的知识并没有彻底丢弃,而且平时还非常留意这方面的情况,这其实就是职业习惯,所谓的职业习惯其实就是一个人骨子里面的东西。由于多年来洪万才的这种职业习惯,说不定他早就注意到了某些很有价值的墓葬,只不过因为他已经金盆洗手,所以才没有动手罢了。"

靳向南心里一动,问道:"那个算命的人从此之后就没有再露面,会不会被这个洪万才杀人灭口了?"

俞莫寒摇头道:"我觉得这不大可能。从洪老幺送给倪静手镯的情况来看,此人是一个懂得报恩的人。或许洪万才当年金盆洗手的原因与妻子的突然死亡有关系,因为他害怕遭受更大的因果报应,像这样的人是不大可能去杀人的。最大的可能是洪万才给了他一些值钱的东西然后让他躲藏起来了。"

靳向南皱眉道:"所以,即使我们找到了那个算命的人也没有多大的意义,因为他很可能并不知道洪家父子的下落。"

俞莫寒点头道:"是的。此外,我听说过盗墓行业有这样的一个规矩:即使是父子一同去盗墓也只能让儿子下到墓里面去拿东西,父亲在上面接应,因为父亲绝不会见财起意谋害儿子,反之则不然。很显然,这次盗墓下到墓葬里面的只可能是那个算命的家伙,也许直到现在那个家伙都还没有意识到自己其实是到阎王殿走了一遭……不过由此可见盗墓这个行业的人往往都非常狡猾,极具防范之心。沈青青越狱后逃亡的路线及他们回到老家后就马上消失不见的情况,也充分说明了这一点。所以,接下来我们想要找到洪家父子估计并不是一件容易的事情。"

靳向南喃喃道:"时间过去这么多天了,如果再像这样拖延下去的话……"

这时候俞莫寒的手机忽然响了起来。电话是苏咏文打来的:"喂!不是说好了我们一起吃晚饭的吗?你是不是又忘了?"

俞莫寒愣了一下，还没来得及回答就听到对方继续说道："你没有提前告诉我说今天晚上你没空，这就说明你没有遇到特别的事情对不对？我知道你很忙，所以我也就不责怪你了。你现在就过来吧，我已经在这里了。"

随即她就告诉了俞莫寒自己所在的具体方位。这时候俞莫寒才隐隐记起来好像是和她说好了一起吃晚餐的事情，为难地道："可是我现在……"

苏咏文不高兴地道："你再忙也要吃饭不是？我在这里等着你呢。"

靳向南是过来人，更何况又是一位资深警察，当然目光如炬，耳听八方，此时见俞莫寒的神态语气也就大致明白了是怎么回事，心想这家伙毕竟不是自己的同事，人家没有陪着自己加班的义务，而且如果弦绷得越紧反而不利于他分析思考。于是就对他说道："俞医生，你先去吃饭吧，但你有了什么想法的话一定要在第一时间告诉我。"

这一刻，俞莫寒忽然想起苏咏文那美丽的容貌来，心里面顿时一动，说道："那我先去吃饭，吃完饭就马上回来。"

按照俞莫寒刚才的想法，苏咏文和沈青青一样都属于漂亮女人那一种类型，由此想来她们应该都会存在着众多追求者，而且在面对和处理那些追求者的时候，内心的想法及态度想必应该大致相同。然而，当他见到苏咏文的时候却顿时改变了想法：她可是我的女朋友，如果我这样去问她的话会不会让她感到很不高兴？

苏咏文并不知道俞莫寒此时心里在想什么，这一刻，恋爱的滋味让她全部的灵魂都充满着幸福，俞莫寒的到来竟然让她小心翼翼，神态中露出讨好，这对于苏咏文来讲可是从来都没有过的事情。

"我还没点菜呢,你喜欢吃什么啊?鸡?鸭?鱼?对了,这里好像没海鲜卖。你喜欢吃什么味?麻辣的?酸甜的?喜欢喝汤吗?一会儿你还要去工作是不是?那我们就不要喝酒了好不好?"苏咏文不住地问,让俞莫寒都感到有些诧异,急忙说道:"随便点吧,只要是你喜欢吃的我也应该喜欢。"

苏咏文将菜单递给他:"还是你自己点吧,点你自己喜欢吃的,然后我再点,这样就应该没有问题了。"

俞莫寒觉得这样倒是不错,随即就点了一荤一素两个菜,接下来苏咏文又点了一份鱼汤和泡椒牛肉丝,这两样菜其实也是为俞莫寒点的,她记得前面几次和他在一起吃饭的时候这两道菜他吃得最多。

点完了菜,在服务员还没有上菜的空隙,苏咏文就坐在那里目不转睛地看着俞莫寒,俞莫寒并不觉得尴尬,笑着问道:"你干吗这样看着我?难道我脸上有东西?"

苏咏文朝他甜甜地一笑:"莫寒,我就喜欢这样看着你。"

俞莫寒心想,听人讲恋爱中的女孩子容易变傻,看来还真是如此。他笑了笑,说道:"那你随便看吧,这一辈子可是有得你看的。"

苏咏文的心里更加高兴:"我就要这样看你一辈子。对了莫寒,那个沈青青被抓住了没有?"

俞莫寒摇头,与此同时,心里面再次一动,说道:"咏文,我想问你几个问题,你听后可不要生气啊。"

苏咏文摇头道:"我怎么会生气呢?你随便问就是。"

俞莫寒还是犹豫了一下之后才问道:"假如你是沈青青,因为经济问题被判刑入狱,这时候一个喜欢你但是你并不喜欢的人告诉了你一个越狱计划,而且这个越狱计划看上去很是疯狂,那么,你会在什么样的情况下同意并遵照对方的计划去执行呢?"

苏咏文愣了一下,不过很快就明白了他问这个问题的意图,想了想，回答道："如果我觉得这个人可信，相信他是真心来帮助我，也许我愿意去冒这个险。"

俞莫寒问道："也就是说，必须在充分了解对方的情况下？"

苏咏文摇头说道："不一定，女人往往更加相信自己的第六感，特别是在无路可走的情况下。"

嗯，这一点和俞莫寒以前的判断是一样的。俞莫寒继续问道："假如你和这个人成功越狱了，在经历了许多风险之后终于逃脱了警察的视线，接下来你愿意和这个人隐居起来共同生活吗？"

苏咏文点头："可能会愿意，因为我会被对方做的那一切所感动。如果我是沈青青的话，也许会因为牢狱之灾看清楚一切，然后心灰意冷选择去对这样一个男人从一而终。"

俞莫寒紧接着问道："即使去深山野岭隐居起来，从此远离闹市和自己的孩子，你也心甘情愿？"

苏咏文毫不犹豫地道："当然，因为除此之外我没有别的出路。"说到这里，她看着俞莫寒说道，"莫寒，我觉得你的思维出现了偏差，像这样的问题你不应该来问我，而应该将你自己去和那个男人进行换位思考。"

俞莫寒一怔，顿时恍然大悟："对，你说得太对啦！"这时候服务员已经开始上菜，俞莫寒却已经顾不得了，"咏文，你先吃着，我出去打个电话。"

说完后也没有顾及苏咏文的情绪，拿起手机就朝外面跑去。苏咏文并没有因此而感到丝毫不满，反而一直痴迷地看着那个快速远去并消失的背影：我刚才的话还没有说完呢，难道这就是传说中的心有灵犀？

"我大概知道洪家父子和沈青青藏在什么地方了。"拨通电话后俞莫寒即刻就对靳向南说道，语气中充满着激动。

靳向南当然也非常惊喜，急忙问道："你快说说，他们究竟藏在什么地方？"

俞莫寒问道："你看一下地图，邻省靠近大山的乡级小镇大概有多少个？我觉得他们应该就在那些小镇附近。"

靳向南的脑子里一片懵懂，问道："你为什么认为他们会躲藏在那样的地方？"

俞莫寒道："开始的时候我总是思考沈青青为什么要答应洪林的计划，以及她在越狱后的心理状况，所以完全忽略了洪林的心理状态。刚才苏咏文提醒了我，她告诉我说，女人到了那样的地步也就无路可走，只能对那个爱着她的男人从一而终了，即使是受苦受累、一辈子隐藏于深山老林之中也不会有任何怨言。但是洪林的心理应该是另外一种情况……你要知道，沈青青在洪林的心里简直就是仙女下凡一般的存在啊，他怎么舍得让沈青青吃苦？因此，他最可能会带着沈青青去我所说的那种地方。第一，那样的地方不但偏僻而且归属于外省管辖，外省警方不会将太多的注意力放在那样的地方，他们的安全问题相对来讲也就有了保障；第二，乡级小镇的条件虽然比大城市差许多，但只要手上有钱，至少可以衣食无忧，还能够看看电视什么的，不至于让沈青青吃太多的苦；第三，像那样的地方，一旦他们发现丝毫的风吹草动就可以马上逃进大山里面去，这就叫作进退自如。"

靳向南听完他的这番话后大喜："我这就去安排。"

俞莫寒提醒道："一定要将靠近大山的每一个乡级小镇或者大型村落仔细梳理一遍，特别是乡级小镇，梳理的范围至少应该是五公里范围之内的所有村庄和农户。"

靳向南想了想，叹息着说道："你的意见是对的，他们也不一定就住在镇上，不过如此一来我们的工作量就太大了……我得马上向上级汇报此事，请求邻省警方协助，我们全力出警才可以。"

俞莫寒问道:"这也应该不是什么难事吧?"

靳向南回答道:"对于每一个那样的乡镇而言,当地一个县的警力就足够了,协调起来也并不麻烦,关键是要走程序。我这边必须向上级报告,上级再向邻省请求支援,接下来就只需要邻省向下面的警方下达命令就可以了。"

俞莫寒明白了,说道:"靳支队,接下来的事情我就不管了,你那边有消息后请一定马上告诉我,我还希望在沈青青那里了解到更多有关高格非的情况呢。"

靳向南苦笑:"接下来的动作那么大,上级不一定会相信一个精神病医生的话。那么,接下来我究竟应该如何向上面的人汇报此事呢?"

俞莫寒没想那么多,他只是觉得自己的分析是正确的,而且他能够做的也就只能是这样了。回到桌前的时候他发现苏咏文根本就没有动筷子,歉意地道:"对不起……不过现在好了,接下来就暂时没有我的什么事了,其实我们可以来点儿酒,好好享受今天晚上的这顿晚餐。"

苏咏文暗喜,笑道:"要是现在停电就好了。"

俞莫寒一愣:"停电?为什么停电就好了?"

苏咏文不住地笑:"那样的话我们就可以开始浪漫的烛光晚餐了啊。"

俞莫寒也笑,说道:"那还不容易?让服务员拿几根蜡烛来点上就是。"

苏咏文笑道:"我可不想成为这个地方众人的焦点,这样的风头还是不要出的好……对了,你刚才究竟想到了什么,那么急匆匆地跑出去打电话?"

俞莫寒就将自己的分析讲了出来,说道:"但愿这一次他们能够成功。"

苏咏文笑道："你倒是蛮自信的，可是你想过没有，靳支队如何去说服他的上级接受你的这番分析？"

俞莫寒一愣，苦笑着说道："那就不关我的事情了，不过我相信靳支队是能够说服他的上级的。"他朝苏咏文举起酒杯，"来，我们喝一杯。"

苏咏文妩媚地看着他，问道："我们为什么喝这杯酒？"

俞莫寒道："我好不容易才轻松了下来，还有，祝我们周末愉快。"

苏咏文摇头："你这个理由不好，我们应该庆祝我们俩的爱情。"

俞莫寒觉得有些肉麻，不过也不好去拂了苏咏文这种浪漫的兴致，举杯道："好，为了我们俩的爱情，干杯。"

"干杯！"苏咏文的声音是那么的甜美，白皙精致的面容充满着幸福的笑意，顿时让俞莫寒痴迷得差点儿忘记了手上的酒杯和酒杯里面的酒……

与俞莫寒通完电话，靳向南坐在办公室里面想了一会儿，觉得自己应该有把握说服上级，这才起身出了办公室的门。

事情并没有靳向南以为的那么复杂。今天去沙田县追捕沈青青的情况刑侦大队已经知晓，当靳向南向刑侦大队大队长汇报了目前沈青青可能所在的方位及依据之后，正准备马上说明这一番分析是来自俞莫寒的时候，刑侦大队大队长却主动问道："这其实就是那位精神病医生的结论？"

关于俞莫寒的情况，靳向南曾经向大队长汇报过，不过他没有想到这位上级对俞莫寒的印象那么的深，点头道："是的。"

刑侦大队队长沉吟着说道："至少我认为他的这些分析是有根据、有道理的，不管最终的结果是否正确，我们都应该尝试一下，除此之外我们难道还有别的什么办法吗？没有。既然如此，那就按照他说的办吧。"

靳向南大喜，急忙问道："那我们接下来……"

刑侦大队大队长拿起电话给省公安厅厅长拨了过去，汇报完情况后对靳向南说道："邻省的事情由厅长马上与他们衔接，你回去准备一下，一会儿你和我一起乘坐直升机去一趟山那边。"

这天晚上，俞莫寒和苏咏文一起吃完了浪漫的晚餐，后来又在苏咏文的提议下两个人去了一家酒吧。酒吧里面人头攒动，嘈杂的音乐声中群魔乱舞，俞莫寒本不喜欢这样的场所，却很快被苏咏文的情绪所感染，与她一同汇入了那些随同音乐一起扭动身躯的人群当中。他们俩还喝了不少的酒，从酒吧里面出来的时候已经临近午夜，俞莫寒发现这其实是一个非常不错的地方，至少经过这一番折腾之后无论肉体还是精神都得到了极大的释放。

俞莫寒送苏咏文到了她住所的楼下，这时候她忽然将俞莫寒紧紧地拥抱，于是，两个人滚烫的唇紧紧地亲吻在了一起……俞莫寒心中的欲望瞬间被唤醒，他的双手伸入苏咏文的衣服里面，正待进一步动作的时候却被骤然惊醒过来的她轻轻推开了，俞莫寒听到一个梦幻般的声音在耳边飘荡："今天不行，我不大方便……"

她离开了，带着轻盈的步伐，在身影消失前还转身回报给了他一个灿烂的笑。

此时，在邻省的山那边，三个县的警力同时联动，对地处大山边缘的所有乡镇所在地及附近乡村的外来人员进行梳理性排查。参与这项行动的警察手上都有三张照片，走家串户让当地的人一一辨认。靳向南随同省刑侦大队队长乘坐直升机到各个点随时了解情况，一直忙活到第二天凌晨三点才回到办公室。

俞莫寒也是在这个时候接到了靳向南的电话："你的分析是对的，两天前洪家父子和沈青青确实在青山镇附近出现过，他们就住在距离青山镇不远的一户村民的家中，不过昨天下午就离开了，目

197

前为止没有人知道他们的去向。"

俞莫寒本来喝多了酒感到有些头痛,接到这个电话后猛然间就清醒了,头痛的感觉也没有了,他立即就明白了问题可能出在了什么地方,说道:"很显然,应该是洪家父子在沙田那边的亲戚向他通报了信息,这才让洪万才意识到了危险。"

靳向南也早已想到了这一点,心里暗暗后悔着自己的疏漏,说道:"当地警方已经进入山区,我们这边临近大山的几个县的警力也出动了。"

俞莫寒思索了片刻,说道:"我的感觉不大好,不过现在我们也只能等待搜山的结果。"

挂断电话后俞莫寒又一次感觉到了剧烈的头痛,再也难以集中精力去思考此事,心里很后悔晚上的放纵,然而意志力最终没有抵御住酒精对肉体的掌控,终于在大脑一片空白中沉沉睡去。

第二天俞莫寒吃完早餐后就直接去了城南刑警支队,靳向南正在接一个电话,示意俞莫寒自己随便。俞莫寒去给自己泡了杯茶,待靳向南挂断电话后问道:"你又是一夜没睡?"

靳向南道:"就在沙发上睡了会儿。昨天晚上警方扩大了搜索范围,将整个青山镇都梳理了一遍,进山的警力也没有发现任何线索,今天一大早就都撤回来了。俞医生,你有什么新的想法没有?"

俞莫寒摇头,问道:"搜山的时候警察是不是带着警犬?"

靳向南点头:"是的,而且还不止一条。"

俞莫寒想了想说道:"洪家父子带着沈青青刚刚穿过大山到达邻省不久,如果再次进山的话不仅沈青青承受不了,就是洪林也不大可能让她继续去受那样的罪。如今的交通网络四通八达,就连大山里面的村落都通了车,私家车随处可见,他们想要快速逃离那个地方并不是一件困难的事,而且在这样的情况下搭载他们的人也不大可能主动去向警方报警,多一事不如少一事么。当然,我们现在分析他们逃亡的路线似乎并没有多少意义，除非你们有足够的警力堵住附近几个省所有的道路然后进行盘查，这几乎是不可能的事情，更何况这个案子还远远达不到出动那么多警力的程度……"

靳向南皱眉："俞医生，你究竟想说什么呢？"

其实最开始的时候俞莫寒并没有一个明确的思路，只不过在顺着自己的思路随口而言罢了，不过当他说到后面的时候就发现自己的思维越来越活跃而且清晰。他继续说道："也许现在洪家父子已经意识到，作为陌生人，无论在任何地方都会引人注目，所以，我觉得他们现在的目的地应该是他们离开沙田后长期居住的地方。以前我以为他们是因为居住在山里而信息闭塞，不过现在看来完全不是这样的情况。"

靳向南问道："你的意思是，他们离开沙田后到了一个距离我们这里很远的地方？"

俞莫寒点头道："是的。从昨天晚上到现在我一直在思考这样两个问题：第一，当年洪林为什么要离开家乡？第二，他策划的这起越狱案件为何如此疯狂？靳支队，你能不能回答这两个问题？"

靳向南早已身心疲惫不堪，哪里还有精力思考如此复杂的问题？更何况诸如此类的问题并不是他的专长，急忙问道："为什么？"

俞莫寒"嘿嘿"一笑，说道："当年，洪林一见到沈青青顿时就惊为天人，不过因为两人巨大的身份地位差异他也就只能将那份炽热的爱深埋于内心之中，后来，他连民办教师的身份都没有了，在那样的情况下你认为他接下来会做什么？"

靳向南依然不解，说道："你直接告诉我答案好了。"

俞莫寒的神情一下子变得激动起来："如果我是他的话，我也会像他一样离开那个地方，不，准确地讲是走出那个地方，我会去读书，或者去做自己的事业，我要努力在短期内提高自己的身份和地位！因为只有这样才有机会让沈青青正视我，也才有机会向她表白内心的那一份爱……"

这时候靳向南忽然打断了他的话："等等……俞医生，这里面有问题啊——洪林如何知道沈青青正处于离婚的状态？即使知道，那他凭什么可以保证当他从大山里面走出去事业取得成功之后沈青青依然单身？"

俞莫寒点头道："一个漂亮的挂职女副县长在沙田那样的地方肯定是受人瞩目的，而有关她婚姻状况的传闻当然不是什么秘密，县城就那么大一点点而且交通闭塞，任何一个新奇的话题都会很快被传播出去。此外，沈青青肯定曾经与洪林有过面对面的交集，至少后来在徐健提醒下她能想起这个人来。而对于洪林来讲，当时内心的那份爱，或者还因为失去了民办教师的身份而感到颜面无存，于是就冲动地离开家乡去外地发展，这也是说得通的。靳支队，你刚才的问题提得非常好。是的，当时洪林离开家乡很可能是冲动所驱使，而后来随着时间的流逝，他的事业并没有他想象的那么成功，他和沈青青之间巨大的地位和身份差距依然如故，于是他就慢慢放弃了追求沈青青的想法，那份炽热的爱却依然深藏于心间。"

这一刻，靳向南猛然明白了，紧接着说道："当他得知沈青青出事后，顿时就觉得自己和她的身份和地位已经再也没有了任何的差距，于是就迫不及待地马上赶了回来并不顾一切要将她从监狱里面救出来？"

俞莫寒点头道："是的，这才符合洪林的心理。至于洪林是从什么地方学习到的幻术，或者说简单的心理学应用知识，就沈青青越狱案来讲其实并不重要，而重要的是，我们应该尽快搞清楚洪家父子消失的那七年多的时间里面究竟居住在什么地方。"

靳向南看着他："你可以肯定他们现在的目的地就是那里？"

俞莫寒思索着说道："也许最开始的时候洪家父子并没有想到这一点，正因为如此他们才选择了在邻省的山那边隐居起来，而在经历了最近两天的事情之后,他们肯定已意识到作为陌生人在任何地方都非常容易被人注意。原来的居住地周围都是熟悉自己的人,更何况这么多年来他们在那个地方的名声还不错,所以回到那样的地方反而不会引人注意,而且更加安全。大隐隐于市,这句话讲的或许并不是隐于闹市,而是以邻家大伯、邻家哥哥的身份隐藏在某座城市里面。他们暂时离开了那个地方回了老家一趟,就说是回去给洪林成亲了,如此一来周围的人也不会产生任何怀疑了。"

靳向南提醒道:"可是沈青青很漂亮。"

俞莫寒淡淡一笑,说道:"她再漂亮也毕竟是快四十岁的女人了。电影电视剧里面那么多漂亮的女演员饰演农村姑娘、农村妇女,观众并不觉得有什么问题。女人么,只要穿着打扮朴素一些,不再使用化妆品,她们的容貌、气质就会因此而变得寻常起来的。"

靳向南点头:"可问题是,洪家父子消失的这些年,他们究竟去了什么地方呢?"

俞莫寒沉吟着说道:"我觉得洪万才在家乡的亲戚或许知道一些信息,所以,接下来我想再去一趟沙田县。"

第十二章
再访沙田

陪同俞莫寒前往沙田的还是小冯。俞莫寒发现他双目炯炯有神的状态后也就放下了心来，不过还是有些奇怪地问道："难道你一点儿都不觉得疲惫？"

小冯笑了笑，说道："我说过，我喜欢开车。另外，我还有个习惯，那就是可以抓住任何空闲的时候睡一会儿。"

俞莫寒不大明白："任何空闲？"

小冯回答道："是啊，只要是没事的时候，比如靳支队在开会，比如你和别人说事情的时候，我睁着眼睛也能够睡着。其实无论多么疲倦，只要能够休息两三分钟，甚至几秒的时间就足以让一个人保持清醒了。"

俞莫寒吓了一跳，顿时感觉到背脊一阵阵发凉，非常严肃地问道："你在开车的时候是不是也会经常性地睡那么几秒钟，特别是在高速路上面的时候？"

确实是这样，不过小冯从来没有对人讲过自己的这个秘密。正如他刚才所说的那样,他睁着眼睛也能够睡着,所以他的这个秘密一直不曾被人发现过。也正因为如此,此时的他才深感震惊:这个俞医生,他是怎么知道的?

俞莫寒见他不说话,心里也就基本上肯定了自己的判断,依然严肃地对他说道:"我们都是肉体凡胎,都会在长时间工作的情况下感到疲惫。小冯,你这样的习惯不但非常不利于你自身的健康,而且十分危险。其实,你这个所谓的习惯只不过是你潜意识中的自我心理暗示,这种自我心理暗示就是,只需要几秒钟的时间我就可以从疲惫的状态变成清醒了。因为你这样的习惯从未出过任何事情,于是你的这种自我心理暗示也就因此而变得更加强烈,也许一开始你在驾驶的过程中只需要两三秒的时间就足以让自己恢复到清醒的状态,可是后来,时间就会在这样的自我心理暗示的作用下变得越来越长——五秒钟、八秒钟,甚至是十秒钟。可是小冯,你想过没有,当你驾驶的汽车处于高速行驶状态的时候,即使是短短几秒钟也足以造成一场巨大的交通事故。"

小冯霍然一惊,急忙道:"俞医生,从今往后我一定会改掉自己的这个坏习惯的。"

俞莫寒摇头,问道:"你在交警队有熟悉的朋友或者同事没有?"

小冯不大明白他的意思,不过还是如实回答道:"当然有。"

俞莫寒道:"那我们现在就去那里一趟吧。就现在,不然的话我这就去向靳支队请求派另外的人陪我去沙田。"

两个人到了交警队,俞莫寒对小冯的朋友说道:"我们想看一下你们保存的一部分车祸视频。"

小冯的朋友笑道:"我们这里有剪辑过的视频,是专门用来做宣传片的,可以吗?"

俞莫寒点头道:"那当然是最好的了。"

从交警队出来后小冯的脸色一片苍白，刚才视频上的画面着实震惊到了他。俞莫寒需要的就是这样的效果，因为他知道一个人潜意识里面的东西是非常难以消除的，而唯有刚才视频中那些恐怖血腥的画面所产生的强烈刺激，才足以让小冯彻底改掉那样的坏习惯。

俞莫寒拍了拍小冯的肩膀："我们出发吧。记住，如果感觉到疲倦了就马上下道或者在附近的服务区休息好了再出发。"

小冯急忙点头："我知道了。"

俞莫寒继续说道："你这样的习惯不但危险，而且会让你最终成为一个平庸的人，因为你根本就没有时间去思考和观察。"

很显然，俞莫寒刚才的话再一次对他产生了进一步的刺激。小冯的神色一凝："俞医生，谢谢你，现在我想起来也觉得后怕。"

俞莫寒朝着他微微一笑，说道："我相信你从今往后再也不会有那样的坏习惯了。好了，我们出发吧，一会儿给沙田县警方的人说一声，我们直接去乡下，就不进县城了。"

中途的时候小冯将车开到了高速路的服务区休息了半个小时，而且还是小冯主动提出来的，然后两个人继续上路。下午到达沙田县一处岔路口的时候，当地警方的人已经在那里等候，随后一同上山。

虽然山路崎岖，但公路都被硬化过，而且沿山崖边还有坚固的护栏，道路和护栏看上去有些新，想来实施这项工程的时间最多也就在两三年前。俞莫寒可以想象得到当年沈青青乘车行驶在这条道路上面时的险境，心里不由得又开始感叹。

不过这一路的风景确实非常美。俞莫寒曾经听过这样一种说法：多年前人们眼中的穷山恶水如今都变成了人人向往的风景区。其实山还是那座山，水还是那样的水，变化的只不过是人们的心理。贫穷的时候不能生长出庄稼的地方当然就是穷山恶水了，因为人们只有富裕之后才会产生出精神层面的追求……俞莫寒一路上胡思乱想着，同时又想道：也许当年的沈青青所看到的就是眼前的美景，却恰恰忘记了当时这个地方人们贫困的生活状态，正因为如此，她所提出的建议才不会被当地的官员接受，于是才灰心丧气地回到了省城，于是才从一个非常有工作热情的挂职干部变成了一个平庸的官员。其实这个世界上或许根本就没有所谓的命运，因为决定命运的恰恰就是我们每一个人不同的阅历和选择。

是的，沈青青来到了这里，不过她最终选择了虚荣与平庸，然后才有了她后来的命运，而她在这大山里面遇见了洪林只不过是她命运的另一种延续罢了。

警车到达半山腰之后就一直蜿蜒着朝大山里面深入，而且还时不时上坡。大山里面的农户稀疏散见，但随处可见茂密的绿色。清凉的风从车窗吹拂进来会让人感到丝丝凉意，沁人心脾。这里和沙田县城相比又是完全不同的世界。

当地的乡干部和派出所所长等候在一处路口迎接，这是俞莫寒第二次亲身体验这种基层官场的规矩，虽然觉得完全没有必要但也只能客气地领受，毕竟人家是带着尊重与热情而来。

乡里的负责人和派出所所长邀请他们一行先用晚餐，休息一晚后第二天上午再去村里。

县刑警大队队长的目光看向俞莫寒："俞博士，你看呢？"

俞莫寒问道："这里距离我们的目的地还有多远？"

派出所所长回答道："十来公里，二十来分钟的路程。"

俞莫寒道："那我们就直接去村里吧，不需要去那么多的人，有这位派出所所长陪同就可以了。"

县刑警大队队长歉意地对乡负责人说道："俞博士是来办案的，大家不用太过客气，晚上我们就在村里面吃饭吧，麻烦你们安排一下。"

村级公路竟然也是硬化的水泥路，不过路面比乡级公路粗糙狭窄了许多，只能容纳一辆车通过。村主任的家就在公路旁边，一栋三层楼高的砖瓦房。此时天色已暗，不过还是可以看得清楚眼前这栋建筑二楼和三楼的外走廊，以及外走廊上面纯木的雕花栏杆。这是俞莫寒第一次见到如此风格的乡村建筑，不由得想起了高格非父母在乡下的房子。哦，也许当时高格非就是从这样的三楼跳下去的，幸好楼层不高，他当时应该是双腿着地，否则的话也就不会有后来发生的那些事情了。

村主任是一位四十多岁的中年人，中等身材，有点儿鹰钩鼻。派出所所长介绍了俞莫寒、小冯和县刑警大队队长等人，村主任急忙拿出烟来，一边给大家上烟一边说着客气的话，随即就将大家迎进了屋里面。简单的几句寒暄之后，俞莫寒就直接说明了来意："洪家父子和村里面哪些人的关系最好？"

村主任回答道："他们以前在这里的时候和大家的关系都很不错，洪林是村小学的教师，很有学问，孩子们都很喜欢他。洪万才是个老实人，懂一点儿中医，他经常进山采药，会打猎，村里有人生病了就去他那里拿草药，他也从来不要钱。如果要说和他关系特别好的人，那就只有他那堂弟洪万喜了。"

俞莫寒点头，问道："洪万喜在家吗？"

村主任回答道："在呢，要不我现在就把他叫来？"

俞莫寒朝他做了个手势："暂时不忙。村主任，你知道洪家父子当年离开村里的原因吗？"

村主任道："具体的我也不是很清楚，不过后来我听洪万喜讲，是因为洪林不能再做民办教师了，所以才决定外出发展。其实我也能够理解，毕竟洪林当时在村里是很受大家尊敬的人，想不到上面的政策下来他就什么都不是了，像他那样的年轻人可是最看重脸面的，怎么受得了那样的结果？"

俞莫寒问道："村里面的小学呢？现在还在吗？"

村主任回答道："在呢，希望工程给钱修了新学校，老师都是从正规学校毕业的，还有从大城市来的志愿者。"

其实，民办教师被淘汰也是社会发展的必然。高校扩招，那么多师范院校的毕业生需要安置，还有社会力量对贫困山区教育的大力扶持，民办教师当然也就没有存在的必要了。俞莫寒心里感叹着，又问道："你认识以前县里面的沈青青副县长吗？她是不是来过这里？"

村主任点头："那可是好多年前的事情了，那时候我还不是村主任。那位漂亮的女县长到我们这里来的时候就是在洪林家吃的午饭。听说那位漂亮的女县长出了事情，而且洪林还去监狱里把她给劫了出来？现在我们这里什么样的说法都有，这件事情都成传奇故事了。"

俞莫寒禁不住笑了起来，问道："主任，你怎么看这件事情？"

村主任笑得有些不大自然，说道："他这是犯罪。"

俞莫寒一下子就笑了起来，说道："其实你还是很佩服他的，是吧？呵呵！你不用紧张，其实这样的想法很正常，因为我也很佩服他。对了，听说洪万才以前是盗墓的？"

村主任回答道："据说他祖上是盗墓的，不过那是新中国成立前的事情了。以前倒是听人说过洪万才在年轻的时候也干过那样的事情，不过别人问他的时候他从来不承认，所以，那样的传言其实是没有根据的。"

俞莫寒不以为然："既然是传言，总不会是空穴来风吧？想来他年轻的时候经常不在家，而且家里也相对比较富裕，是不是这样？"

村主任点头道："确实是这样。可是……"

俞莫寒淡淡一笑，说道："我也没有说他真的就是。那么，以前洪万才一般会去哪些地方，是不是经常有外面的人到这里来找他呢？"

村主任回答道："具体情况我真的不是很清楚，据说那时候他经常去很远的地方，村里面的人问起他的时候，他回答说在秦岭一带做木工活，一年下来可以挣上万元的钱。那时候的一万元可不得了，村里面的年轻人都想跟着他去，结果被他拒绝了。在我的印象中，那时候好像并没有外面的人到这里来找他，不过据说他每次出去之前都会收到从外面发到乡上的电报。"

俞莫寒转身对派出所所长说道："麻烦你查一下，当时乡里面收电报的人是谁？问问他还记不记得洪万才那些电报的发出地址。"

派出所所长起身道："我这就打电话问问。"

俞莫寒又问村主任道："后来呢？是不是洪万才的女人去世后他就不再出去了？"

村主任点头道："是的。"

俞莫寒紧接着问道："那究竟是哪一年的事情？你还记得吗？"

村主任想了想，回答道："十多年前吧，那时候他儿子从县城高中毕业，因为没考上大学就回到了村里给孩子们上课。洪林回到村里不久他妈妈就生病死了，从此洪万才就再也没有出去过。"

俞莫寒站起身来："主任，麻烦你带我去洪家父子的老屋看看。"

村主任也跟着起身，说道："那房子多年来没人住，没电，我去拿上手电筒。"

此时天色已经完全进入夜晚的模式，不过天上的那一轮明月很圆，月光清亮。洪家的老屋距离村主任家不远，位于一座大山下面的山坳处，是一栋三开间的一楼一底建筑，外走廊也是用纯木铺就，一样的雕花栏杆，而且房屋前面的院坝全部是由条石铺就。院坝的前方和两侧栽种着数棵水杉，还有南竹。村主任的手电筒光亮照射到房屋上面，俞莫寒很快就将这栋建筑的全貌印入了脑海之中。

俞莫寒从手电筒的光线中注意到大门上那处崭新的印痕，心想很可能是上次警察前来搜查此处砸开铁锁时留下的印迹。一行人从大门进入，里面是正屋，摆放着一套样式古朴的八仙桌椅，俞莫寒用手摸了一下桌面，感觉到指腹上有一种灰尘特有的滑腻感。正屋的左侧就是警方发现地窖的地方，俞莫寒和县刑警大队队长一起下到了地窖里面，发现这个狭小的空间里面只有一个放在两条板凳上面的空木箱，除此之外再无其他。地窖里面的空气倒是十分干燥，却有着一种奇怪的气味。

俞莫寒将村主任也叫了下来，问道："这里面是什么气味？"

村主任使劲闻了闻，回答道："好像是桐油的气味。"随即将头探到空木箱里面，"就是这里面发出的气味，可能是桐油纸，用它来包裹东西防潮、防虫。"

俞莫寒点头，又问道："你家里也有这样的地窖吗？"

村主任回答道："有啊，村里面家家都有，用来存放红苕和土豆。"

这时候俞莫寒忽然想到了一个问题："既然洪万才当时在村里算是有钱人，我怎么觉得他的这个家并不怎么样呢？"

村主任笑道："那个时候我们村除了他没有人有钱修这样的房子，估计他的钱大部分都花在了这房子上了吧。"

俞莫寒不以为然，不过没有再说什么。从地窖出去后他又去了旁边的厨房，发现灶里面并没有烧过火的痕迹，灶上的锅也生着厚厚的铁锈。随即又上了楼，楼上的三个房间都各有一张床，奇怪的是只有两张床上有被单和薄被，虽然有一股淡淡的霉味，但看上去还比较干净。俞莫寒心想，难道那天晚上洪林和沈青青就在这里同床了？嗯，极有可能。试想，在那样一个没有灯光，四周除了虫鸣声之外一片寂静的可怕夜晚，沈青青一个人睡在这样一张带有霉味的床上如何能够入眠？

然而，当俞莫寒从村主任手上接过手电筒，仔细检查两张床上的床单之后并没有发现任何异常,心里禁不住暗自诧异。

小冯觉得有些好奇,低声问道:"你在看什么?"

这时候俞莫寒说了一句奇怪的话:"也许那天晚上洪林是和他父亲一起睡的。"

小冯更是疑惑:"你为什么这样认为?"

俞莫寒指了指床上:"两张床上的床单都很干净。"

小冯顿时明白了,说道:"也许他们两个人并没有发生关系。"

俞莫寒一怔,笑道:"有道理。"

站在一旁的县刑警大队队长也很好奇:"俞博士,这又能说明什么呢?"

俞莫寒笑了笑回答道:"没什么,我只是想进一步研究这两个人的关系。"随即,他又继续解释道,"我的职业是做精神和心理研究的,通过研究一个人的精神和心理状态就可以进入对方的内心世界,从而推测或者预测出这个人最可能的行为及下一步的打算。"

县刑警大队队长终于明白了,脸上的敬仰更甚:"俞博士,你太了不起了。"

俞莫寒谦逊地道:"不是我了不起,是这个专业了不起,因为我们每一个人的行为都受心理和精神所驱动,而这个专业研究的就是这个方面。"说到这里,他赞扬了小冯一句,"你刚才的话说得很对,男女在一起的时候不仅仅只有欲望,还有真挚、纯洁的情感。也许,现在的洪林和沈青青已经开始真正地恋爱了。"

接下来俞莫寒又检查了老屋里面其他的地方,不过再也没有了别的发现。俞莫寒说道:"我觉得洪家父子这次回来的目的可能有两个,一是本来就想回到这里开始新的生活,不过后来洪家父子忽然想到沈青青可是曾经在这里做过副县长的人,虽然只在这里露过一次面,不过也难免不会被人认出来,为了保险起见,他们很快就离开了这个地方;其二是回来带走某样特别重要的东西,就是放在地窖里那个箱子里的东西，我觉得那个东西很可能是一幅画或者是一本书。这也说明，洪家父子已经打算这辈子不回这里了。"

县刑警大队队长问道："为什么说他们这辈子都不会再回到这里了呢？"

俞莫寒道："你想想，在此之前他们离开这个地方可是有七年多了，那时候他们都没有带走这个东西，这就说明当时他们想有一天还会回来的。嗯，这个东西想来非常值钱，这次带走它很可能还是为了沈青青。说不定洪家父子是为了买房，从此让沈青青过上生活无忧的好日子。"

小冯道："既然这东西那么值钱，为什么他们上次不拿出来贿赂徐健呢？"

俞莫寒想了想，回答道："也许这次他们带走的就是一幅非常值钱的古代字画，而对我们大多数普通人来讲，玉器类的东西给人的感觉好像更加真实一些，比如它们的形状、光泽等，而且如今电视上那么多的鉴宝节目，很多人对此类物品的鉴定已经有了粗浅的常识，所以接受起来要容易许多。而书画类的东西就完全不一样了，要真正搞清楚它们的价值，必须要有深厚的知识底蕴，普通人在面对这类东西的时候首先就会从心理上产生怀疑，第一感觉就会认为它是假的。所以，当时徐健不接受这个东西也很正常。而后来洪林拿出来的那些宝贝是他父亲刚刚从墓里面取出来的，想必还带有浓浓的气味，这就给人以真实可信的感觉，让徐健更容易从心理上接受了。"

小冯想了想，点头道："有道理。"

一行人回到村主任家的时候，派出所所长早已打完电话，他告诉俞莫寒道："当时接收电报的是乡邮政所的一位中年女员工，不过两年前这个人已经患肺癌去世了。我又问了邮政所里面其他的人，结果他们都对这件事情没有任何印象。"

其实出现这样的情况也并不完全是凑巧。据一项调查表明，人群中女性患肺癌的人数反而比男性多一些，一方面是源于生殖系统肿瘤的转移，而另一方面是因为她们大多人是二手烟的受害者。此外，即使是那个人现在还活着，也不一定记得十多年前这一类的事情，除非是她曾经特别留意过。

俞莫寒沉吟了片刻后说道："那我们先吃饭吧，一会儿我和小冯一起去见一下那个洪万喜，其他的人就不用跟着去了。"

村主任家准备的晚餐很丰盛，除了腊肉香肠之外还有几样熏制的野味，蔬菜也是刚刚从地里面采摘下来的，味道非常不错。其他的人都在喝酒，在村主任的带领下，俞莫寒和小冯吃完饭后就去了洪万喜的家里。

洪万喜的家在洪家父子老屋所在山坳的另外一边，单独的一栋砖瓦小楼，从小楼的新旧程度上看应该是和村主任家的房子同时期修建的。洪万喜五十多岁的年纪，老母亲还健在，据村主任讲，洪万喜有一儿一女，只不过如今都在外地打工，两个孙子留在村里上小学。俞莫寒他们进去的时候这家人正在吃饭，桌上一小盆干笋烧腊肉，一盆萝卜腊骨头汤，还有几样咸菜，看上去这家人的生活水平还算不错。

"万喜，省城来的警察要找你问点儿事情。"村主任一进门就直接对洪万喜说道。

正在吃饭的洪万喜一下子惊慌得手上的筷子都掉落在了桌子上，与此同时，洪万喜的家人都满脸惊恐地看着俞莫寒和小冯，包括那两个尚在读小学的孩子。俞莫寒朝那两个孩子和煦地一笑，随即又朝他们俩做了个鬼脸，两个孩子竟然一下子就笑了起来。这时候俞莫寒才对洪万喜说道："老洪，你不用紧张，我们来就是找你了解一些情况。这样吧，麻烦你出来一下，我们就在你家的这院坝里坐一会儿。"

洪万喜却没有动弹,依然满脸惊恐:"我……我,你们……你们不要抓我,我就是给我哥打了个电话,其他的什么事情都没有做。"

果然如此。俞莫寒正色地看着他,说道:"你给他打那个电话就已经是犯罪了,不过你刚才主动说了出来就可以算自首,接下来只要你主动向我们提供更多的情况,那就算有立功表现。"说到这里,他侧头去问小冯,"冯警官,是不是这样?"

小冯点头道:"没错,洪万喜,我们这次来找你就是给你一次机会,你现在可要抓住啰,不然的话今后你后悔可就来不及了。"

俞莫寒暗暗赞赏着小冯刚才的话,随即只见洪万喜慢慢站了起来,来到了他们的面前。俞莫寒看到他的目光中依然充满惊恐与疑虑,朝他笑了笑,指了指院坝里的凳子,说道:"我们就坐在那里说话吧。"

洪万喜这才明白他们真的不是来抓自己的,目光中的惊恐一下子就消失了许多。

俞莫寒坐在了洪万喜的对面,小冯和村主任就在一旁站着。此时洪万喜的家人都到大门处惊疑不定地看着他们,俞莫寒又朝着那两个孩子笑了一下,这才开始问洪万喜道:"说吧,关于洪万才和洪林,你都知道些什么?"

洪万喜急忙道:"就是那天,我哥和洪林忽然回来了,还带着一个女人。我哥告诉我说那个女人是洪林的媳妇。因为他家很久没住人了,没法生火做饭,就到我家里来吃了晚饭,吃完饭后他们就回去住了,我本来想留他们就在我家里住的,可是我哥说晚上他还要收拾一些东西,就让我女人先去他家里铺好两张床。我哥离开我家的时候悄悄告诉我说,最近他在外边惹了点儿麻烦,这次回来只准备住一晚上,如果接下来有什么情况就马上给他打个电话。我问他究竟惹了什么麻烦,他只是看了一眼带回来的那个女人也就没有再说话。我以为那个女人是他们拐骗回来的,也就没有当一回事。"

俞莫寒惊讶地看着他:"没当一回事?为什么?"

洪万喜道:"以前我们这山里穷,我们村好几家的媳妇都是有人从外面拐骗来的……"

俞莫寒的目光看向村主任,村主任急忙道:"那都是以前的事情了,那几家人的媳妇后来都被县里面的警察带走了。如今我们这里的生活好了,再也没有那样的事情发生过。"

俞莫寒也不想过多去询问诸如此类的事情,对洪万喜说道:"你继续讲。"

洪万喜道:"他们就在家里住了一晚上,第二天早上我去看他们的时候就发现门已经锁上了。谁知道过了几天我们这里就来了那么多的警察,我这才想起我哥说的话来,就急忙给他打了电话。"

俞莫寒问道:"你哥的电话号码呢?"

洪万喜道:"打完电话后我才忽然感到害怕,就急忙把他的号码给删掉了。"

俞莫寒对小冯说道:"接下来去查一下他的通话记录。"随即就继续问道,"他们在你家里吃饭的时候都说过些什么?"

洪万喜回答道:"我问他们这些年都去了什么地方,我哥说就在北方打工,这些年过得还可以。我见他好像有些不愿意多说的样子,也就没有再问。当时他们就在家里吃了顿饭,洪林和那个女人几乎没有说话,他们吃完饭后就回去了。"

"你确定他说的是在北方打工?"俞莫寒忽然问了一句,而且加重了"北方"这两个字的语气。

洪万喜点头道:"是的。我记得清清楚楚,他说的就是北方。"

俞莫寒点头,目光看向他家的房子,问道:"你修这房子的时候你哥是不是给了你钱?"

洪万喜急忙摇头:"没……没有。"

俞莫寒仿佛明白了:"那就是他以前给了你某样值钱的东西,后来你修房子的时候把那东西拿去卖了,是吧?"

洪万喜的目光中闪过一缕惊慌,却紧闭着嘴唇没有说话。

俞莫寒缓缓说道:"如果不是那样的话,就是你以前跟着他一起去盗过墓,那值钱的东西其实是他分给你的,说不定现在你家里还有别的东西。盗墓可是犯法的,是要坐牢的……"

话未说完,就听洪万喜急忙道:"我没有和他一起去盗墓!"

俞莫寒看着他:"那究竟是怎么回事?"

洪万喜急忙说道:"就是你说的那样,多年前他离开这里的时候给了我一块玉,说那是爷爷留下来的东西。他还告诉我说,如果家里急需用钱的时候可以把它拿去卖了应付一下。那东西我本来是一直留着的,后来村里面家家都在修房子,我就……就……"

俞莫寒点头,又问道:"其实你是知道他以前盗墓的事情的,是吧?"

洪万喜犹豫了一下,点头道:"我家祖上是盗墓的,到了我爷爷那一代就没有再干这一行了,不过我爷爷还是把这门技术传给了我大伯,就是我哥万才的父亲,我哥就是从大伯那里得到的传承。"

俞莫寒问道:"那么,你哥把这门传承教给了洪林没有?"

洪万喜摇头道:"肯定没有。我大嫂死后,洪林还为此和我哥大吵了一架,当时我就在场,洪林说他妈妈的死就是我哥干坏事的报应,他还说,如果我哥再出去干那样的事情就要和他断绝父子关系。从那以后我哥就一直留在村里再也没有出去过。"

俞莫寒又问道:"洪万才是不是有个外号叫洪老幺?"

洪万喜愣了一下,摇头道:"我不知道,也从来没有听说过。"

接下来俞莫寒又问了一些问题,不过并没有得到多少有用的信息,他知道眼前这个人所知道的情况确实十分有限,随即起身说道:"你最好主动向乡里面的派出所说清楚情况,争取从宽处理。现在县公安局的人和乡派出所的所长就在你们村主任家里,你自己看着办吧。"

这时候村主任也对他说道:"万喜,你这不算什么大事,主动向公安局的人讲清楚就可以了,要是他们主动上了你家的门,情况就完全不一样了。"

洪万喜又是一阵恐慌,过了好一会儿才站起来说道:"好,我跟你们去。"

"越是贫穷的地方越愚昧,不过偏偏又是这样地方的人最淳朴。"俞莫寒感叹着对小冯说道。

"是啊。"小冯也很是感叹,"俞医生,你怎么知道洪万才给过他堂弟一样很值钱的东西?"

俞莫寒回答道:"从一开始我就注意到洪万喜在称呼洪万才的时候使用的是'我哥'这两个字,而且他所表达出来的是一种非常真实的亲情。此外,洪万喜明明知道堂哥所惹下的麻烦就是犯罪,在那样的情况下却依然甘冒风险给洪万才打了个电话。这可不是一般的亲情可以做得到的,在我看来,这是一种发自内心的感恩。"

小冯道:"洪万才离开后家里的土地都是他堂弟耕种啊,为什么你不认为洪万喜的感恩来自这件事情呢?"

俞莫寒问道:"这大山里面的土地能够产出多少有价值的东西?据我所知,承包给农户的土地如果长期荒置可是要被政府收回去的,所以,这其实是洪万喜在帮他的这个堂哥。"

小冯惊讶地看着他:"你连这个都知道?"

俞莫寒道:"网上的新闻都有呢,只不过很多人并没有注意罢了。"这时候小冯的手机响了起来,他接听后对俞莫寒说道:"洪万喜的通话记录已经有了查询结果,那个号码是洪万才在省城办的,目前已经处于关机状态。"

俞莫寒道:"肯定不是关机状态,而是已经停止使用。以洪万才的精明和多疑,他是绝不会给我们留下如此显眼的线索的。"

小冯问道:"俞医生,你是不是已经有了新的判断?"

俞莫寒回答道:"我还得再好好思考一下。"

说话之间就到了村主任家里,县刑警大队队长和乡里面的派出所所长已经吃完了饭,俞莫寒看了看桌上的酒瓶,发现他们并没有喝多少,估计是碍于他和小冯的缘故。俞莫寒当着他们两位的面将洪万喜的事情讲了一遍,最后说道:"在这件事情上他肯定是违法了,不过现在的态度还算不错,而且积极主动地向我们提供了不少情况,你们二位是否可以考虑一下对他从轻处理?"

刑警大队队长沉吟着说道:"根据《刑法》第三百一十条的规定,明知是犯罪的人而为其提供隐藏处所、财物,帮助其逃匿或者作假证明包庇的,处三年以下有期徒刑或者拘役;情节严重的,处三年以上十年以下有期徒刑。他能够主动积极配合警方的调查并提供线索,这算有立功的表现,我们一定会向法院说明情况,争取从轻判决。"

俞莫寒在心里暗叹,说道:"带他离开村里之前,是否可以让他回去给家里的人讲一声?"

县刑警大队队长问道:"俞博士,你们接下来是怎么安排的?"

俞莫寒道:"你们不用陪同我们,我和小冯就在村主任家里住一晚上,明天一早就直接回省城。"

如今大山里面已经有了手机信号,收看电视节目却只能靠卫星锅盖,信号很不稳定,俞莫寒换了几个台后就再也没有了看电视的兴趣,于是就和村主任闲聊了起来。当然主要还是聊洪家父子的事情,其间村主任说起了两件往事:大约在洪林十来岁的时候,村里的一个同龄孩子说他爹在外面有了别的女人,洪林听后非常生气,拿起一根棒子就朝那个小孩打去,那个小孩虽然比洪林壮实许多,可是在洪林玩命的招数下吓得到处逃窜,那个小孩被他追得实在跑不动了,只好跪地求饶,洪林这才罢休。洪林上高中的时候,听说他和班主任老师的关系搞得很僵,据说是他上课看小说被班主任老师罚去扫厕所,他就是不去,还到校长那里告了班主任老师的状,说他遭到了体罚,后来也是班主任老师当面向他道了歉。

俞莫寒问道:"如此说来,洪林应该是一个心胸狭窄,甚至有些一根筋的人,可是你先前不是说他在村里很受欢迎吗?"

村主任回答道:"他上课上得好,孩子们都很喜欢他,而且村里面的人都知道他的性格,所以大家都不去惹他,还都在他面前说他的好话。"

这样性格的人倒是更容易被情所困,而且最可能做出疯狂的事情来。俞莫寒心里想道。

这一天下来他实在是有些累了,于是早早就去睡了。村主任将客人睡的床铺打理得干干净净,还在蚊帐外点了蚊香,俞莫寒却躺在床上一时间睡不着。村主任家的床是全木的,榫头有些松动,每一次翻身的时候就会发出声响。农村人都睡得早,看家的狗及饲养的动物也都习惯性地进入了睡眠状态,黑夜中一片寂静,而在这样的寂静中窗外传来的虫鸣声就显得格外清晰。从声音来看它们应该分属不同的种类,音调、鸣叫的长短各有不同,却给人以琴瑟和鸣般非常美妙的听觉享受。

所以,俞莫寒一时间睡不着完全是因为不舍得——在任何一座城市都不可能听到如此别具一格的美妙声音。后来,他仿佛感受到了一种魔力的牵引,缓缓从床上起来到了门外的外走廊上。皓月当空,青山隐隐,不远处有无数萤火虫一明一暗地闪烁着,那些歌唱者当中就有你们吗?

此时,俞莫寒忽然听到身后传来一阵细微的声音,正准备转身去看,就听见小冯问道:"怎么,你睡不着?"

俞莫寒指了指天空和那些萤火虫:"它们都太美了。"

小冯差点儿就笑了起来:"这大山里面不都是这样么。"

俞莫寒悠悠说道:"现在看来也许沈青青是对的,将这大山开发成旅游区,想来一定会有不少的游客前来度假,特别是那些青年男女,这地方的夜晚实在是太浪漫了。"

原来他一直在思考沈青青的事情。小冯问道:"你觉得洪家父子和沈青青……"

就在这一瞬,俞莫寒忽然心里一动,问道:"现在几点钟了?"

小冯看了看时间:"十一点过一点。"

俞莫寒自言自语道:"但愿他还没有休息。"随即就拿出手机拨打了一个号码,"康主席,您还没有休息?我没有打搅到您吧?"

康东林爽朗地大笑:"今天和几个老战友见了面,有些兴奋……俞博士,你有什么事情就尽管问吧。"

俞莫寒笑道:"我确实是有事情想要问您,沙田和附近几个县的农民外出打工的地方主要在哪些省份?"

康东林想了想,回答道:"我们县的农民工主要在海南那一带,旁边锦绣县的人大多去福建,金山县很多人都在新疆,邻省那边主要是在珠江三角洲一带。"

俞莫寒又问道:"康主席对全省外出打工的农民工的主要分布情况了解吗?"

康东林道:"我倒是看过省政府关于这个问题的一份文件,我们省的农民工大多数都在沿海一带,此外还有一部分去了新疆和东北。去往沿海一带的大多数是在中外合资企业的工厂上班,而去往新疆和东北那边的农民工主要是帮当地的人播种、管理、收割庄稼,还有专门在那里给人家摘棉花的。"

俞莫寒继续问道:"外出务工人员带着孩子出去的多不多?带着孩子外出务工的农民工主要分布在哪些地方?"

康东林回答道:"前些年留守儿童的问题普遍比较严重,不过现在很多年轻父母都将孩子一同带出去,个别的甚至就在当地买房定居下来,至于具体的情况我就不大清楚了。"

俞莫寒又问道:"那些外出打工的农民工的孩子在外地读书的问题是如何解决的?"

康东林回答道:"这确实是一个非常大的问题。农民工的孩子在外地入学大多会被拒绝,毕竟每个城市的教育资源都非常有限。所以,民办学校也就成了这些孩子接受教育的主要途径。"

接下来俞莫寒就没有继续询问更多的问题,连声向对方道谢。康东林是一个比较有原则的人,没有听俞莫寒主动说起沈青青的事情也就没有多问。挂断电话后俞莫寒伸了个懒腰,对小冯说道:"早点儿睡吧,明天一早我们就回去。"

小冯看着他,问道:"俞医生,你刚才在电话里面的那些问题……"

俞莫寒朝他笑了笑,说道:"我还得再好好思考一下。"

回到房间的床上躺下,已经有了暗适应的俞莫寒发现从窗外飘洒进来的月光竟然如此明亮,耳边的虫鸣声依然是那么动听。不知不觉中,他发现自己正置身于窗明几净的教室里面,耳边传来的是少年们朗朗的读书声……

第十三章
双重人格

　　最近几天来，苏咏文一直沉醉于幸福之中，平日里总是大大咧咧的她忽然变得温婉起来，报社里的记者同事在惊愕之余顿时就意识到了什么：难道这丫头恋爱了？她的那位白马王子究竟是何许人物？于是纷纷上前询问，苏咏文却不想透露具体情况："暂时保密，以后你们就知道了。"

　　其实苏咏文的内心明白，她和俞莫寒的关系目前还并不算是完全确立，毕竟在她之前曾经有一个叫倪静的女人存在过，更何况倪静还是俞莫寒姐姐的律师事务所的合伙人。每次一想到这件事情她的心里就隐隐有些担忧，同时还会涌起一丝丝难言的酸楚滋味。

　　俞莫寒去了乡下的大山里面，苏咏文几次想给他打电话，不过最终还是克制住了自己。她知道俞莫寒很忙，也很累。"我是那种太过黏人的女人吗？"她忽然觉得自己前段时间的主动就已经很过分了，今后会不会因此被同事笑话？还有俞莫寒……她的脑海里一下子就浮现出了那张沉静的脸及那张脸上时常带着微微笑意的目光来，哼！不能让你太得意了！而此时，她的脸上正洋溢着的却分明是幸福的笑容。

苏咏文在与俞莫寒多次的交谈中已经得知，他和他的姐姐感情极深。只要莫寒的姐姐同意了我们俩的事情，那么他父母的意见也就不再重要。她一定会同意的，我可要比那个倪静漂亮得多。苏咏文对此很自信，她决定第二天就主动去拜访俞鱼——要是莫寒回来的时候看到我和她姐姐的关系如此融洽，他肯定会感到非常高兴的。

由于高格非已经明确表示不再上诉，而且原告方也已经偃旗息鼓，所以目前这起案件完全是一片风平浪静，俞鱼的心里虽然不甘却也无计可施。本来希望俞莫寒那边的调查能够在短时间内有所进展，谁知道他却深陷于眼前的那起越狱案根本就抽不出时间来。于是她就和汤致远商量好了，还是先将家庭的事情解决好了再说。

这天早上，俞鱼到办公室准备收拾一下东西并将近期内的工作交接给倪静。汤致远也一同去了，他开玩笑说自己是去做苦力的："一会儿你去买出国后需要的东西，我就负责搬运。"

其实汤致远和俞鱼的婚姻出现状况最关键的就是孩子的事情，如今这个问题已经有了解决的方式，他们之间的感情当然也就恢复如初了。俞鱼挽着丈夫的胳膊，两个人亲亲热热到了办公室，俞鱼本以为律师事务所的那些年轻男女会纷纷拥上前来和自己说笑，却忽然感觉里面的气氛有些不对，正准备询问出了什么事情，这时候只见苏咏文从倪静的办公室里面出来了，正笑吟吟地朝她打招呼："鱼姐，你来了？这位是姐夫吧？"

俞鱼心里一沉，虽然她还不知道刚才究竟发生了什么，但已经从刚才苏咏文的话语中知道了个大概。她朝着苏咏文笑了笑："原来是苏记者，你可是稀客啊。苏记者，你先去我办公室坐会儿，我把工作安排一下就来。致远,你给苏记者泡杯茶,陪着她说说话。"

她一边说一边暗暗朝丈夫递了个眼神,汤致远心领神会,就带着苏咏文朝里面去了。俞鱼皱了皱眉,直接推开了倪静办公室的门。

正如俞鱼所预料的那样,倪静的脸色非常难看,她急忙问道:"倪静,刚才究竟发生了什么?"

倪静的嘴唇紧闭着,摇了摇头。这时候俞鱼才注意到了她放在桌面上的那只捏紧着拳头的手,心里更加预感到情况不好,又问道:"她究竟对你说了些什么?你快告诉我啊。"

倪静终于说话了:"鱼姐,我真的没有想到,没有想到他竟然是那样的人。"

她的语气中有一种咬牙切齿的味道,俞鱼似乎已经明白了她说的是谁,不过还是心存侥幸地问道:"倪静,你说的是我弟弟莫寒?"

倪静并没有回答她,直接起身抓起挎包就离开了办公室。她离开的速度是那么快,仿佛在逃离,俞鱼也感受到了她存留在空气中的愤怒情绪。莫寒,你究竟都干了些什么?!俞鱼的内心忐忑着,而更多的是气急败坏,拿起电话就给俞莫寒拨打了过去。

可是接连拨了好几次号码,电话里面传来的都是对方不在服务区的提示,俞鱼知道这就是所谓的墨菲定律,心里虽急却又没有办法,只好先回到办公室向苏咏文问清楚情况后再说。

俞鱼一到办公室就见汤致远和苏咏文坐在那里谈笑风生,虽然她并不怀疑自己的丈夫,但还是有些生气。汤致远发现妻子的脸色不对,急忙笑着说道:"小苏很健谈,给我提供了一些不错的写作素材。"

俞鱼没有理会他,直接就问苏咏文道:"苏记者,你刚才对倪静说了些什么啊?她好像很生气。"

苏咏文急忙站了起来，说道："我没有对她说什么呀，就告诉了她我和俞莫寒的关系。"

虽然早有心理准备，俞鱼还是心里面一沉，问道："你和我们家莫寒究竟是什么关系？我怎么不知道？"

苏咏文依然是笑吟吟的样子："所以我今天才特地来对你讲这件事情啊。莫寒现在是我的男朋友。他对我说过，他和倪静已经分手了。对了，刚才我也把这件事情告诉了倪静。鱼姐，我并没有别的什么意思，只是想从倪静那里更多地了解莫寒。我想，既然他们俩已经分手了，我这样做不过分吧？"

还不过分？你这究竟是什么意思？！俞鱼的态度一下子就变得冷淡起来，说道："就在前两天我才问过莫寒，他告诉我说倪静才是他的女朋友，而且他还当着倪静和我的面商量了结婚的事情。苏记者，你这样做恐怕不大好吧？"

苏咏文大吃一惊，大声道："你骗我！这绝不可能！"

俞鱼的语气更冷："苏记者，其实一直以来我对你的印象都是非常不错的，而且你还在高格非的案子上帮助了我许多，但是我万万没有想到你会做出这样的事情来。你应该知道，感情这种东西绝不是通过使用阴谋手段就可以得到的，即使得到了也不会长久。苏记者，你说是不是？"

苏咏文的脸色早已变了，此时更是目瞪口呆，她当然不会相信俞鱼的话，却又根本无法辩驳，于是就拿出手机直接给俞莫寒拨打。

在村主任家吃了早餐后，俞莫寒和小冯就上了车开始下山，路过县城边的时候，俞莫寒给县刑警大队队长打了个电话，说了几句感谢的话，同时也是一种礼节性的道别。随后警车蜿蜒着爬上一座高山，在大山里面穿行了近两个小时才在一处叫作七十二拐的地方下到山谷，公路沿着山谷中的一条溪流前行。俞莫寒记得再往前面二十多公里就有一个涵洞,穿过那个涵洞之后就距离去往省城的高速公路不远了。

虽然一路上俞莫寒几乎没有与小冯说话,不过他的脑子里面并没有空闲下来。昨天去大山的那一趟对他来讲还是很有收获的,特别是头天晚上的那个梦。不过他还需要花费一些时间将所有的东西归纳理顺,然后形成最终的思路与判断。警车在山谷中行驶了一段路程之后,他才终于有了一个明确的答案,于是就拿出手机准备给靳向南拨打过去。

"居然没信号。"连续拨打几次后他才发现问题,嘀咕着说道。

小冯道:"这大山里面的信号肯定不好,人多的地方才会有信号。俞医生,这一路上你都没有怎么说话,是不是一直在思考案子的事情?"

俞莫寒点头道:"是的。现在我基本上可以判断出洪家父子和沈青青的去向了。"

本来小冯还稍稍有些倦意,这一下顿时就兴奋了起来,问道:"俞医生,那你认为他们现在究竟去了哪里?"

俞莫寒正准备回答,这时候手机却响了起来。电话里面传来的是苏咏文的声音:"俞莫寒,你告诉我,你究竟是不是在骗我?!"

苏咏文的声音仿佛是从牙缝中挤出来的,听在耳朵里让人感觉到一丝丝寒意。俞莫寒愣了一下,心想她这话是什么意思?正愣神间,电话里又传来了姐姐俞鱼的声音:"莫寒,你快告诉我,究竟是怎么回事?"

"原来我姐正和苏咏文在一起,估计是她从苏咏文手上抢过去了手机,这样的事情也就只有像她那种急性子的人才做得出来。"俞莫寒根本就不明白这个电话的意思,问道:"什么怎么回事?你们都把我搞糊涂了。"

俞鱼这才意识到自己确实是太过着急了,急忙问道:"你告诉我,你的女朋友究竟是倪静还是苏咏文?你究竟准备和谁结婚?"

俞莫寒想也没想就回答道:"当然是倪静了。姐,你干吗问我这个问题?"

俞鱼顿时放下心来,将手上的手机朝苏咏文晃了晃:"苏记者,刚才莫寒的话你听到了没有?"

苏咏文一把抢过手机:"俞莫寒,你这是什么意思?脚踏两只船?!"

俞莫寒更是觉得莫名其妙:"你在说些什么啊?我怎么一点儿都不明白呢?"

苏咏文气极:"你!"

这时候手机又被俞鱼抢了过去:"莫寒,你什么时候回来?这件事情得你自己去向倪静说清楚,我这里已经乱成一锅粥了。"

俞莫寒不明所以,回答道:"我两个小时后就回省城了。姐,究竟发生了什么事情啊?"

俞鱼当然不会怀疑自己弟弟的人品,叹了一口气后说道:"你直接到我办公室来吧,到时候你就知道了。"

"我会一直在这里等着你。俞莫寒,你必须当着我的面把所有的事情都讲清楚。"紧接着,电话里面又传来了苏咏文恨恨的声音。

电话挂断了,俞莫寒看着自己手上的手机发呆了好一会儿:"真是莫名其妙。"

小冯在旁边问了一句:"俞医生,出什么事情了?"

俞莫寒苦笑:"我也不知道。到了省城后麻烦你先送我去我姐那里。"这一刻,他忽然感觉到有一些莫名的心慌,再也没有兴趣去谈案子的事情。想了好一会儿依然理不清刚才电话里面的事情,干脆就闭目养起神来。

抵达律师事务所的时候已经是中午一点钟之后,所有的人都没有吃饭。俞莫寒一进办公室就看到了苏咏文还有汤致远,朝着他们俩笑了笑，抱怨着说道："姐，这一路上你一直打电话催我，究竟出什么事情了？"

俞鱼用嘴巴朝苏咏文努了努："你问问她吧。"

俞莫寒这才将视线看向苏咏文："咏文，你怎么在这里？"

苏咏文的目光看上去很可怕，她紧盯着俞莫寒："你现在就告诉你姐、你姐夫还有我，你的女朋友究竟是谁？"

俞莫寒愣了一下，讪讪地笑着说道："当然是你了，我不是早就对你说过了吗？"

这一刻，无论汤致远还是俞鱼都一下子被他刚刚说出的话惊呆了，俞鱼大声问道："莫寒，你先前在电话里面对我说的可不是这样！你怎么能这样呢？"

俞莫寒过去攀住苏咏文的双肩，苏咏文的双肩扭动了一下让俞莫寒的双手离开了自己，俞莫寒尴尬地看着姐姐，说道："姐，我的女朋友就是咏文啊，我记得跟你说过的啊，难道你忘了？"

俞鱼怒道："你什么时候告诉过我这件事情的？莫寒，这究竟是怎么回事？"

这时候汤致远也正用一种古怪的眼神看着他。俞莫寒讪笑着说道："没怎么回事啊，我和咏文早就在一起了，情况就是这样啊。"

俞鱼觉得简直难以置信，瞪大双眼看着他："莫寒，那你告诉我，你和倪静又是怎么回事情？那天你说过的要和她结婚的话还算不算数？！"

俞莫寒一副惊讶的样子："姐，我和倪静不是早就分手了吗？我什么时候说过要和她结婚？"

"原来是他姐姐试图在中间作梗。"这一刻，苏咏文终于明白了问题的症结所在，心里对俞莫寒所有的不满都在这一瞬间化为云烟，她过去挽住了俞莫寒的胳膊，真挚地对俞鱼说道："姐，我和莫寒的感情是认真的，也许你对我还不是完全了解，但今后你一定会慢慢知道我的,我也绝不会让你失望。"

俞莫寒也说道:"是啊姐,我记得你以前不是对倪静很不满意的吗?我现在和咏文在一起了,你怎么还这样呢?"

俞鱼的心里一下子就凌乱了,她实在不明白俞莫寒为什么在电话上的说法和现在的表现如此截然不同。忽然间,她想到了一种可能:难道是自家弟弟对这位苏记者做了某些不该做的事,所以才不得不暂时服软?她越想越觉得这样的可能性很大,顿时就感觉到头都大了,于是就将目光投向了丈夫。

汤致远和俞鱼毕竟是多年夫妻,马上就懂得了妻子投过来的眼神所带有的求助含义,即刻起身对苏咏文说道:"小苏,你和莫寒的事情对我们来讲有些突然,我看这样,你先回去,等我们向莫寒了解了具体的情况后再说。"

苏咏文看向俞莫寒,俞莫寒朝她点了点头:"那你先回去吧。我送送你。"

俞鱼看着弟弟和苏咏文亲热地走出了办公室的门,低声问丈夫道:"你搞清楚了没有,这究竟是怎么回事?"

其实对汤致远来讲,无论俞莫寒的女朋友是苏咏文还是倪静都是无所谓的,因为他也是男人,懂得关键就在于俞莫寒内心的感觉,或者说是选择。他摇头说道:"莫寒毕竟不是小孩子了,我觉得像这样的事情我们最好不要去多管,把情况搞清楚就可以了。"

俞鱼激动地道:"我们怎能不管?现在我完全有理由怀疑莫寒是被这个女记者胁迫了,不然的话他怎么可能做出这样的事情来?"

汤致远倒是没有想到这样的可能,顿时神色一凝:"如果真是那样的话,这件事情可就有些麻烦了。"

两人正说着,俞莫寒送了苏咏文后回来了,只见他满脸轻松的模样根本就不像是被人胁迫的状况,汤致远和俞鱼相互看了一眼,目光中都是疑惑。汤致远过去拍了拍俞莫寒的肩膀,问道:"说说,你和刚才那位苏记者究竟是什么关系？"

俞莫寒道："我不是已经告诉你们了吗，她是我女朋友啊。姐，我可要饿死了，我们先去吃饭吧。"

俞鱼生气地道："你还吃得下饭？莫寒，那你告诉我，倪静呢，你不是说要和倪静结婚的吗？难道你刚刚说出来的话就准备反悔了？"

俞莫寒已经很不耐烦了，一边往外面走一边说道："姐，我不明白你们为什么反复问我这件事情。我真的很饿了，而且也很累，求求你们饶过我吧。"

俞鱼即刻叫住了他："莫寒，你现在必须如实地告诉我，你究竟是不是受到了那个苏记者的胁迫，所以才不得不承认自己和她是恋爱关系？"

俞莫寒瞪大眼睛看着俞鱼，不禁一下子笑了起来："姐，你的想象力也太丰富了吧？好了好了，我可要去吃东西了，下午还有事情呢。"

俞鱼和汤致远对视了一眼，两人急忙跟了出去，汤致远说道："我们也都还没有吃饭呢，那就一起吧。"

三个人刚刚走出律师事务所，就看到倪静正站在前面不远的日头下目不转睛地看着他们，俞莫寒愣了一下，急忙迎上前去："倪静，你怎么站在这里？外面多热啊。对了，我刚刚从乡下回来，你吃饭了没有？要不我们一起吧？"

酷热阳光下的倪静冷冷地看着他，声音更冷："俞莫寒，现在请你当面告诉我，你和我究竟是什么关系？"

俞莫寒毫不犹豫地回答道："你是我女朋友啊，不，准确地讲，你是我未婚妻。倪静，你干吗问我这个问题呢？"

这一刻，汤致远和俞鱼不禁面面相觑。倪静也是大吃一惊，不过紧接着就变得情绪激动起来，质问道："那么，你和那个女记者又是什么样的关系呢?"

俞莫寒看上去有些尴尬的样子,回答道:"我不是已经告诉过你了吗,我和她并不是你以为的那种关系。"

倪静不住地冷笑:"不是我以为的那种关系?刚才你们俩还那么亲热地在一起……俞莫寒,你实在是太让我失望了,想不到你竟然是那样的人,不仅仅道德败坏而且还厚颜无耻。"她随即将目光投向俞鱼,"鱼姐,对不起,我们俩的合作还是从此终止吧,希望你能够和上次一样尽快将我的股份结算清楚。"

说完后她竟然没有再去看俞莫寒一眼,转身走向不远处的车库入口。俞莫寒愣在那里好一会儿才反应了过来,大声朝着倪静的背影叫喊:"倪静……"

刚才所发生的一切,俞鱼都是亲眼看见、亲耳听见。作为俞莫寒的亲姐姐,她一直以来从未怀疑过自己弟弟的品格及各方面的优秀,然而所有的事实都已经摆在了她的面前,而且是那么的清清楚楚、明明白白。俞鱼轻叹了一声,对弟弟说道:"莫寒,你让我说你什么好呢?"

看着姐姐目光中的失望与怜惜,俞莫寒的心里忽然有了一种莫名的慌乱:"姐……"

俞鱼再次叹息了一声,对他说道:"你哥说得对,你已经是大人了,你自己的事情还是你自己去处理吧。"

俞莫寒疑惑地看着她:"姐,我究竟做错了什么?"

那些难以说出口的、五味杂陈的情绪俞鱼本来是强忍着的,眼前的他毕竟是自己从小照看到大的亲弟弟啊。可是这一刻,他还在自己的面前装出这样一副无辜的样子,而且他的表演竟然如此的真切,俞鱼感到更加失望与伤心,禁不住流下了眼泪,她不想再去看弟弟的表演,对丈夫说道:"致远,我们走吧。"

汤致远也叹息了一声,过去轻轻拍了拍俞莫寒的肩膀:"老弟,既然事情已经暴露了，就不要再隐隐藏藏的了。其实倪静和苏咏文都不错，现在你应该做的就是选择一个，然后坚决放弃另外的那一个。这是你目前最好的选择，你说呢？"

俞莫寒看着他："哥，我怎么不明白你们究竟在说些什么呢？"

这时候就连汤致远也有些生气了："莫寒，你这样有意思吗？难道你以为除了自己之外其他的人都是傻子？"

他们都离开了。虽然此时川流不息的马路旁依然有不少的人接踵而过，火辣辣的太阳让俞莫寒汗流不止，但他的内心忽然感觉到一阵阵寒意，而且还有着一种久违的恐惧与孤独，就和数年前他第一次站在慕尼黑街头时的感觉一样。

他们这都是怎么了？我好像并没有做错什么啊？眼前的车流与人群仿佛变得影影绰绰起来，如同虚幻。

"发生什么事情了？"忽然间，俞莫寒听到耳边传来了靳向南关切的询问声，一侧的肩膀上也被对方轻轻拍了几下。

俞莫寒苦笑着摇头："我什么都不知道，莫名其妙的。好像所有的人对我都很不满意，甚至还有些痛恨我。"

靳向南指了指停靠在马路旁边的警车："我们上车慢慢说，在这样的地方时间长了很容易中暑。"

俞莫寒觉得自己的脑子里面一片空白，仿佛行尸走肉一般。到了车上，里面的空调开得很足，他禁不住打了个寒战，头脑也因此而变得清醒了许多，歉意地对靳向南说道："对不起，我本应该直接去你那里的。"

靳向南倒很率直，说道："我确实有些着急……所以就直接跑来找你了。俞医生，现在请你暂时将个人的事情放在一边吧，等沈青青的事情了结后再回过头来慢慢解决就是。"

刚才的事情俞莫寒依然觉得莫名其妙，而且预感极其不好，不过孰轻孰重他还是分得清的，点头道："好吧。我们去洪家父子家乡的这一趟还是很有收获的，而最大的收获就是了解到的情况完全符合我们以前对洪林这个人心理和行为方面所做出的判断。这一点非常重要，因为这样证实了我们前面的推测并不是因为偶然和运气，而是其心理和行为的必然。"

靳向南明白了，问道："你的意思是说，你以前对这个人的判断虽然是正确的，却仅仅是一种猜测？"

俞莫寒点头道："是的。至少猜测的成分占着很大一部分，因为在此之前我们对这个人的了解实在有限。而现在的情况就完全不同了，既然我们已经非常了解此人，那么接下来就完全可以通过其心理和行为的特征去预测他下一步的去向。当然，这其中还必须考虑到他父亲的智慧。其实关于这一点我上次就已经分析过，只不过我现在的推断更明确、更具体而已。"

靳向南当然非常感兴趣："你的意思是说，洪家父子还是最可能去他们曾经生活过的那个地方？那么，那个地方到底在哪里？"

俞莫寒却在摇头："非常具体的地方我不知道，不过肯定不会是洪万喜所说的北方，洪万才多疑，应该知道他这个堂弟并不能完全守住所有的秘密，所以就在这个问题上来了个南辕北辙。此外，我还基本上可以判断出洪家父子消失后的那七年多的时间洪林究竟在干什么……靳支队，我还没吃午饭呢，能不能让我先去吃点儿东西再说？"

靳向南惊讶了一下，忽然想起刚才所看到的情景，哭笑不得地道："我去给你买点儿吃的，你等会儿。"

俞鱼根本就没有吃东西的心情，她刚刚走到饭馆门口处的时候忽然停下了脚步，转身对丈夫说道："我怎么觉得这件事情有些不大对劲呢，莫寒以前可不是这样的人。他是我弟弟，我看着他从小长到大的,即使是从国外回来后也非常自律,怎么可能一下子就变成这样了?"

汤致远苦笑:"问题是,刚才的情况都是我们亲眼所见,这又如何解释?"

俞鱼转身就走:"我反正觉得这件事情有些不大对劲,不行,我必须得问清楚才行。"她拿出电话就开始拨打,"莫寒,你现在在什么地方?"

见是姐姐打来的电话,俞莫寒的心里顿觉温暖了一下,急忙回答道:"还在刚才的那个地方,就在路边的警车上。靳支队等不及就直接找我来了。"

俞鱼道:"我觉得你今天的情况有些不大对劲,有些情况我必须再次当面向你问清楚。"

俞莫寒很是不解:"什么不对劲?"

俞鱼一时间也说不清楚,直接就问道:"莫寒,你告诉姐,你是不是同时在和倪静、苏咏文两个人谈恋爱?"

俞莫寒愣了一下,回答道:"没有啊,我怎么可能做那样的事情呢?"

俞鱼道:"问题是,你今天所表现出来的就是那样,这你又如何解释?"

俞莫寒更是疑惑:"我今天所表现出来的?姐,你这话是什么意思?"

俞鱼又差点儿生气,不过最终还是对弟弟的信任占据了上风:"莫寒,你是不是在骗我?你必须如实回答我的这个问题,不然的话姐从今往后就不再认你这个弟弟了!"

俞莫寒正准备回答,这时候从车窗处看见姐姐正从远处朝自己所在的方向快步走来,手上的电话就在耳旁,他急忙下车朝她跑了过去:"姐,我看到你了。"

俞鱼一把拉住弟弟的手进了旁边的一家冷饮店，汤致远也紧接着跟了进去。天气实在太过酷热，三个人的脸上都在淌着汗。汤致远叫来了冷饮，递给姐弟二人纸巾："先揩揩汗，慢慢说。"

俞鱼哪里还等得，急匆匆地、神色十分严肃地问弟弟道："莫寒，你真的没有骗我？"

俞莫寒用汤致远给他的纸巾揩拭着汗水，苦笑着说道："姐，我怎么可能骗你呢？说实话，到现在为止我还不知道究竟发生了什么事情。姐，你告诉我，你和倪静为什么那么生气？我究竟做错了什么？"

无论怎么看他的样子都不像在说笑，也不像是在撒谎，这时候就连汤致远都感到惊讶了，急忙问道："那，你先是在苏咏文面前说她是你女朋友，后来面对倪静的时候又说她才是你的女朋友，这究竟是怎么回事？"

这正是俞鱼感到非常生气同时又觉得很奇怪的事情，即刻也问了一句："是啊，这究竟是怎么回事？"

想不到俞莫寒却是满脸不可置信的表情："怎么可能？我怎么一点儿都不记得了？"

汤致远和俞鱼都目瞪口呆地看着他，差点就异口同声："你一点儿都不记得了？"

俞莫寒绝不会相信姐姐和姐夫会拿这样的事情来和他开玩笑。这一瞬，他忽然意识到了什么，内心猛然间感到震惊与恐怖，急忙问道："姐，哥，你们刚才说的事情是真的？"

这时候俞鱼和汤致远也都震惊了，并且同时意识到事情非常的不妙：难不成莫寒他长期在医院工作也精神分裂了？

接下来，在俞鱼目光的示意下汤致远就将先前发生过的事情详细地讲述了出来。俞莫寒静静地听完，内心的震惊无以复加，喃喃自语般说道："人格分裂？难道我出现了人格分裂？这怎么可能？"

他的话被俞鱼和汤致远听到了耳中，都禁不住差点儿发出惊呼："人格分裂？"

就在这个时候，俞莫寒的手机响了。

靳向南去往附近的一家超市给俞莫寒买来了面包和牛奶，却发现警车里面竟然没有了人，开始他还以为俞莫寒去了厕所，可是过了好一会儿依然没有等到他回来，心里暗觉不妙，急忙拿出电话拨打。

还好俞莫寒很快就接听了电话："靳支队，我这边有点儿急事，案子的事情我回头再来和你一起研究。"

靳向南顿时就着急了："俞医生……"

俞莫寒的心情糟糕透了："靳支队，事情不需要那么着急，也许现在洪家父子和沈青青还没有返回那个地方呢。"

靳向南心想倒也是，洪家父子和沈青青绝不会选择飞机和高铁这样的交通工具。他只好苦笑着说道："那好吧，你尽快处理好你那边的事情后马上联系我。"

"好。"俞莫寒应了一声，挂断电话沉吟片刻后才对姐姐和姐夫说道，"我是精神病医生，自认为自己并不具备人格分裂的患病因素……"说到这里，他的脑海里又一次想到那天早上自己去顾维舟办公室时候的异样来，心里虽然愤怒却不断告诫自己一定要冷静，继续说道，"所以，接下来我必须要把这件事情搞清楚。"

汤致远已经从他的话里听出了些什么，问道："你觉得自己的这个问题是人为的？也就是说，你的这个问题是有人通过某种手段在谋害你？"

俞莫寒点头："极有可能，所以我必须尽快搞清楚，否则的话……"他是精神病医生，越想这件事情就越感到恐惧，"姐，麻烦你们把苏咏文和倪静都叫到你办公室，我们也马上回去。也许她们俩同时出现在我面前的时候我的两种人格就可以得到融合。"

虽然俞鱼对人格分裂的了解并不多,但还是感到心惊胆战,急忙问道:"莫寒,你确定这样做会有作用?"

俞莫寒苦笑着说道:"我不知道,不过总要试试,因为在我看来这或许是最简单直接的方式。"

汤致远的内心也震惊着,同时更多的是觉得匪夷所思:"要不,我们先吃点儿东西吧。莫寒,你再好好想想,看还有别的什么办法没有。"

俞鱼瞪了丈夫一眼:"都这个时候了,你还吃得下东西?"

汤致远很尴尬,却听到俞莫寒说道:"我也饿得不行了,还是先吃东西吧。"

第十四章
反催眠

苏咏文还好，俞鱼只是在电话里面说了让她到律师事务所来一趟，她就忙不迭地答应了。可是倪静却接连好几次都没有接电话，后来还是俞鱼通过微信大致说明了一下情况后她才终于回复了：真的？

俞鱼在微信上说：我相信自己弟弟的品格，你也应该相信才是。一会儿苏咏文也要来，莫寒是想让你们俩同时出现在他的面前，或许这样的方式可以让他分裂的人格融合起来。

让我和苏咏文同时出现在他的面前？就凭这一句话倪静就已经不再怀疑，因为这并不是什么勇气，而是坦然。

为了确诊自己的病情，俞莫寒告诉俞鱼和汤致远："一会儿我要分别与倪静、苏咏文见面，你们一定要全程录像。"

此时汤致远和俞鱼已经从俞莫寒那里了解到了人格分裂这种疾病的基本特征，当然是满口答应。

最先到来的是苏咏文。先前苏咏文离开律师事务所后就在附近吃了点儿东西，随后去了不远处的商场。其实她没有远离的根本原因就是为了等待与俞莫寒尽快再次见面，毕竟她和俞莫寒的事情已经出现了状况，心里面难免忐忑不安。

虽然苏咏文是女性，骨子里面的自尊却让她很难像其他女孩子那样在俞鱼面前表现得太过谄媚，她朝着俞鱼和汤致远打了个招呼后就走到俞莫寒的身旁，同时目光也看向他，带着询问与期盼。

而此时此刻俞莫寒内心的复杂与奇妙却只有他自己知道——在他的记忆中，眼前这个漂亮的女孩子分明就是自己的女朋友，他甚至可以回忆并回味起和这个女孩子在一起时的每一个画面，以及幸福的滋味。然而刚才姐姐和姐夫所告诉他的情况却分明不是如此，而且作为精神病医生的他在这个方面更是比常人多了许多的理智，因此，他只能怀疑自己此时的记忆与内心感受。

不，等倪静来了再说。虽然他宁愿相信姐姐从而怀疑自己，但这样的滋味并不好受，颠覆自己已有的认知，必须将自己以为的真实的一切视为虚幻，这样的痛苦根本就不是常人能够理解并感受得到的。不，不仅仅是痛苦，还有恐惧，因为它足以让一个人开始怀疑所有的现实，包括眼前这个叫俞鱼的女人究竟是不是他的亲姐姐……

俞莫寒不敢继续思考下去，大脑已经开始在隐隐作痛，也许精神的错乱即将发生，他闭上了眼睛，伸出手去对旁边的人说道："你们都走吧，让我一个人在这里待一会儿。"

可是苏咏文却觉得莫名其妙，她不知道究竟发生了什么，急忙问道："莫寒，你这是怎么了？"

俞鱼和汤致远虽然并不明白此时俞莫寒的痛苦与恐惧，却感觉到了情况的极度不正常，俞鱼一把拉着苏咏文到了办公室的外边，低声对她说道："莫寒可能出现了双重人格。"

精神病医院那个双重人格的病人，苏咏文可是亲眼见到过，她无论如何都不能相信这样的情况竟然会出现在俞莫寒的身上:"双重人格?莫寒?"

俞鱼满脸的担忧,点头道:"是的,可能有人在他身上做了手脚,所以才出现了这样的情况……"

听完了俞鱼的情况说明,苏咏文的脸色已经变得非常难看,她无法接受这样的现实——如果俞莫寒真的是双重人格,而且还是人为的,那我在其中又充当着一个什么样的角色呢?

俞鱼毕竟是女人,能够感受到此时苏咏文内心的滋味,却只能替代弟弟向她表达着歉意:"小苏,对不起……"

苏咏文的眼睛已经红了:"怎么会这样呢?他们为什么要那样做?为什么?!"

俞鱼当然不会再觉得她令人厌恶,反而还对她心生怜惜,轻叹了一声后说道:"小苏,你应该知道原因的,是不是?"

倪静来了。当她第一眼看向苏咏文的时候也觉得尴尬,与此同时,心里面也在所难免产生了令人很不舒服的醋意。她急忙将目光朝向俞鱼,轻声问道:"他……人呢?"

俞鱼朝自己办公室的方向努了努嘴,神色黯然地道:"在里面呢,他在等你,他的状况不大好。"

倪静并没有着急进去,她又看了苏咏文一眼,低声问着俞鱼:"他真的是……"

俞鱼点头:"我觉得应该是,"她的目光变得有些复杂起来,"倪静,难道你真的觉得他就是你以为的那种人吗?"

其实俞鱼还想再说一句"我们都应该相信他才是"这样的话,却不忍因此伤害到苏咏文,只是嘴唇动了动,眼泪再也忍不住地滚落了出来。一旁的汤致远觉得自己像一只木偶,此时见妻子流泪,急忙拿出纸巾朝她递了过去,轻声安慰道:"你不要太过担心,莫寒自己就是这方面的医生，不应该有太大问题的。"

倪静见此状况哪还会再怀疑，急忙推开办公室的门朝里面走去。汤致远倒是记得俞莫寒的吩咐，紧接着跟了上去，手机的录像功能也同时打开了。

俞莫寒站在窗户处，正痴痴地看着窗外耀眼阳光下的人群与车流，忽然就听到身后传来了一个熟悉的声音："莫寒……"

是倪静。他能够听得出来，于是缓缓转身，当他的目光触及倪静脸庞的那一瞬，刚才痴痴的表情一下子就变得鲜活灿烂起来："倪静，你来了？"

这时候他忽然觉得有些不大对劲，却又想不起为什么。因为此时的他并不知道前面所有感情方面的记忆是属于他的另外那个人格，只不过他的这种情况完全是由他人人为造成，人格的分裂并不是那么的彻底，正因为如此才让他感觉到了些许的异样。

对于此时的倪静来讲，她已经不再可能将俞莫寒刚才的表现认为是表演和虚伪，反而感到心中一阵刺痛，一时间竟然不知道该说什么才好，只能任凭眼泪夺眶而出。

俞莫寒觉得莫名其妙，快步走到她的面前，伸出手去轻轻揩拭着她的脸，柔声问道："倪静，你这是怎么了？好好的干吗流泪？"

如此亲热的动作没有一丝一毫的做作，门外的苏咏文和俞鱼都看得清清楚楚。此时，心里最难受、最尴尬的就只能是苏咏文了。这一刻，她已经基本上相信了俞鱼所告诉她的那一切，因为她曾经怀疑过忽然到来的幸福，还因为她曾经见过那个病人。她强忍着不让自己的眼泪从眼眶中掉落下来，强忍着不让自己冲动地逃离此处，不仅仅是因为俞鱼告诉她说俞莫寒的治疗需要她，更多的是她的内心依然抱着最后的那一丝希望……万一，万一真实的情况并不是那样的呢？

这一刻，倪静感受到了，她感受到了俞莫寒对她的一片真情。

他的目光是如此柔和，充满着温情，他的手就在自己的脸上轻拂着，仿佛正在呵护着他心爱的花朵，这一切的一切都是不可能伪装出来的。她的眼泪流淌得更厉害了，因为自责，还因为本以为失去却又重新来到的幸福，她不住地向俞莫寒表达着内心真挚的愧疚："莫寒，对不起，对不起……"

俞莫寒不明所以："你有什么对不起我的？"这时候他又发现了正在录像的汤致远，心里很是不快，"哥，你在干什么？"

汤致远有些猝不及防，说道："不是你让我录的吗？"

俞莫寒愣了一下，觉得好像有这么回事却又不能完全肯定，问道："我让你录这个干什么？"

这时候汤致远已经搞明白了是怎么回事，即刻对倪静说道："还是麻烦你先出去一下，我要把事情重新对莫寒讲一遍。倪静，现在他是两个人，前面的有些事情他真的记不起来了。"

此时倪静也懂得了，朝他点头后就朝外面走去，不过到了门口的时候还是不放心地看了俞莫寒一眼，当看到他正露出迷茫眼神的时候禁不住鼻子一酸，眼泪差一点儿再次涌出。

倪静到了门外，律师事务所的工作人员早已被俞鱼的目光逼回到了自己的办公室里面，过道上冷冷清清，苏咏文和俞鱼的双眼都是红红的，倪静主动来到苏咏文的面前，温言说道："既然他并没有欺骗我们，我们就不应该去责怪他。你说呢？"

苏咏文发现自己在倪静面前似乎有一种做贼的感觉，本来想让自己变得硬气一些却最终只能选择点头："嗯。"

倪静轻声对她说了一句："谢谢你。"

苏咏文愕然："你谢我干什么？"

倪静朝她温和地笑了笑，说道："谢谢你答应一会儿和我一起去见他。其实现在我们俩一样，都面临着他的选择，你说是不是？"

苏咏文愣了一下，问道："难道你一点儿都不担心？"

241

倪静淡淡地道："我早就对他说过，他永远都是自由的。"

也就是在这一刻，苏咏文知道自己已经输了。倪静的淡然反而显示出了她的自信与强大，苏咏文在她面前竟然感觉到了一丝自惭形秽。

听完汤致远的解释之后俞莫寒又看了一遍录像，他发现自己先前的记忆竟然很快就出现了，当然，除了感情的那一部分。他思索了片刻，对汤致远说道："现在基本上可以肯定，我的双重人格应该是人为造成的，而且最值得怀疑的就是顾维舟。我记得那天早上他办公室里没有开空调，还有着一股浓浓的来苏尔气味。还有，我第一次去他办公室的时候才刚刚上班，他让我过半小时后再去，也许是他没料到我那么早就到了山上，所以还没有来得及做好准备。很显然，当时他叫我去就是为了催眠我，还借助了某种致幻类药物的作用，他这样做就是为了让我陷入个人感情纠葛之中，还可以达到毁损我个人名誉的目的，如此一来不但会让我从此不再去调查高格非的事情，而且还会让人们严重怀疑我说出的每一句话的可靠性。嗯，当时我肯定丢失了至少半个小时的时间而不自知，可惜的是我完全没有想到顾维舟此人如此毫无底线……"

汤致远很是焦急："你现在说这些又有什么用呢？怀疑又不能作为证据。现在最关键的问题是如何才能让你恢复到正常的状态。莫寒，是不是现在就把倪静和苏咏文叫进来？"

俞莫寒并没有中断刚才的思路，继续说道："你等等。我记得当时我从顾维舟的办公室出来后，医院的办公室主任对我说了一句话，却忽然被顾维舟打断了。对，我想起来了，当时医院的办公室主任好像正在对我说顾维舟非常重视我什么的，也许他这句话的意思中就包含着顾维舟见我的时间不短。由此，我基本上可以肯定当时就是顾维舟催眠了我，让我在倪静面前的时候，意识中她就是我的未婚妻；当我面对苏咏文的时候，就会完全忘记我和倪静之间的关系，而且认为苏咏文才是我的女朋友。当然，关于我和苏咏文的关系是被顾维舟强行植入的。其实我并不是什么真正意义上的双重人格，只不过是被人催眠后的结果罢了。嗯，想来顾维舟在催眠我的过程中特别使用了'面对倪静'或者'在倪静面前'以及'面对苏咏文'或者'在苏咏文面前'等类似的关键词，只有这样才会使我在面对她们任何一个人的时候获得一部分记忆的同时又失去另外的一部分记忆。"

汤致远能听明白他话中的意思，提醒道："可是，你刚才好像忘掉的不仅仅是感情方面的记忆。"

俞莫寒点头道："那是因为我在忽然得知自己精神状况不正常的情况下，潜意识对不真实的记忆产生了排斥，于是就造成了记忆上的错乱，或者说我潜意识中本能在排斥着某些东西。"

汤致远似懂非懂，问道："既然你并不是什么双重人格，那还有必要让倪静和苏咏文同时出现在你面前吗？"

俞莫寒的脸上竟然露出了古怪的笑容："我倒是奇怪，顾维舟究竟是如何设置这种场景的。"说着，他就朝着办公室的门口走了出去……

所有的人都没有想到，在俞莫寒同时看到倪静和苏咏文的那一瞬间，他竟然直接昏迷了过去。俞鱼大骇，急忙去摁他的人中穴，同时大声呼喊着他的名字，这时候办公室里面的其他人都跑出来了，现场一片混乱。

汤致远、倪静和苏咏文也都惊慌失措，跟着俞鱼不住呼喊着俞莫寒的名字——"莫寒！""莫寒，你醒醒！""莫寒，你怎么了？"……

还好他昏迷的时间并不长，最多也就一分钟左右。在大家的呼

243

喊声中，俞莫寒缓缓睁开了眼睛，他投向俞鱼的目光带着一种不解："姐，我怎么了？"

俞鱼顿时惊喜："你刚才忽然就昏迷了。太好了，你这么快就醒过来了……"话音刚落，俞莫寒的目光就转向了倪静和苏咏文，而就在这一瞬，他再一次昏迷了过去。刚刚才松了一口气的俞鱼一下子又紧张了起来："莫寒！"

倪静和苏咏文对俞莫寒刚才短暂的苏醒根本就没来得及反应，继续在呼喊着他的名字。

站在一旁的汤致远反倒清醒许多，很快就意识到了其中的端倪，急忙对正在呼喊着俞莫寒名字的三个女人说道："也许莫寒现在的状况不能同时见到倪静和小苏，肯定是那个催眠莫寒的人在他的意识里面设置了什么。"

这一下俞鱼也反应了过来，即刻将目光瞧向了苏咏文。苏咏文暗中叫苦：为什么是我？却见倪静正缓缓站起身来对俞鱼说道："还是我先离开吧。姐，接下来有什么事情你随时叫我。"

俞鱼朝她点了点头。她又看了一眼昏迷在俞鱼怀里的俞莫寒，带着满脸担忧的神色朝外面走去。苏咏文暗自后悔，顿时觉得自己现在已经成为一个笑话，急忙也起身跟着倪静走了出去，她离开的时候甚至羞于向俞鱼打一声招呼。

苏咏文到了律师事务所的外边，看到倪静已经进了电梯，正准备朝她打招呼，却见电梯的门正在缓缓合上，而且对方极其不友好的目光正看向她，顿时只好作罢。这一刻，苏咏文的内心忽然生起一股恨意，不过转瞬之后却发现自己不知道所恨的人究竟是谁……

在俞鱼和汤致远的呼喊声中俞莫寒再次苏醒了过来，不过这一次他没有再出现昏迷的状况。很显然，汤致远的建议是非常明智和正确的。

待俞莫寒搞清楚情况之后也不禁感到骇然，苦笑着说道："说实话，一直以来我都觉得国内精神病和心理学的发展缓慢，鲜有人才，现在看来我还真是小瞧了他人。如此简单的方式竟然就让我陷入如此大的麻烦之中，而且还差点儿被人看成是一个无情无义之人，我不得不佩服啊。"

汤致远问道："你这话是什么意思？"

俞莫寒解释道："那人采用如此简单的方式就催眠了我，这且罢了，而且还设置了让我在同时面对倪静和苏咏文的时候就马上昏迷，如果你们事先不知情的话，我的昏迷岂不就是被拆穿了把戏后的一种表演？如此一来，我岂不就被你们真的认为是一个玩弄感情、朝三暮四、脚踏两只船的人了？而且我自己还懵然不知，更不可能向任何人解释。在这样的情况下谁还愿意帮助我，谁还会相信我说的话？"

汤致远却不以为然："这是阴谋诡计，而不是什么高深的学术。莫寒，你这也太高看某些人了。"

俞鱼可没有太多的耐心，着急地问道："莫寒，接下来你准备怎么办？这个问题总得解决才是，要是你在大街上一下子碰见了倪静和苏咏文两个人，那可就危险了呀。"

俞莫寒想了想，说道："我得马上去一趟医科大学附属医院的精神科，我的问题也许那个人能够帮我解决。"

俞鱼还是不放心："那个人真的能够帮你解决吗？"

俞莫寒点头："我必须再被催眠一次，通过催眠的方式将那个人植入我意识中的东西删除就可以了。"

汤致远有些担心："催眠？那个人值得信任吗？"

俞莫寒点头："我觉得可以信任。"

俞鱼道："那我们送你去吧。"

俞莫寒笑了笑，说道："没事，我自己去就可以了。我说的这个人是医科大学附属医院精神科的主任，正好我还有些事情要和他私下交流一下。"

被人催眠与产生幻觉完全不同，因为被催眠的过程毫无记忆。催眠本来是一种用于治疗精神或者心理性疾病的手段，没有想到会被有些人为了达到自己的目的而不择手段地滥用，为此，俞莫寒既感到愤怒同时又觉得屈辱。

日头已经西斜，却依然那么炽热，让人感觉到的不是温暖而是令人透不过气来的憋闷难受，说好的普照大地呢，为何要试图蒸发掉这个世界上所有的水分？一路上的奇思异想及来自内心的诅咒让俞莫寒也开始觉得自己有些不大正常了。还好，至少我还知道自己的不正常，这说明自己的精神还没有崩溃。

胡主任认真地听完俞莫寒的讲述，他的反应也是非常震惊："怎么会这样？"

俞莫寒看着他，说道："通过这件事情，唯一能说明的是我的调查已经触及他们最害怕的地方，或者可以这样说，无论是我的调查方向还是结论都是正确的，所以他们十分害怕我的调查继续下去，因为他们知道，一旦我掌握了真正的证据，那对他们来讲就是万劫不复。"

胡主任点头："看来确实如此。那么，你觉得自己可以得到那些真正的证据吗？"

俞莫寒回答道："很难，但我会努力调查清楚其中的每一个问题和细节。"

胡主任用手指轻轻敲打着桌面，时快时慢，过了一会儿才问道："小俞，你为什么来找我？"

俞莫寒愣了一下，回答道："说实话，我暂时找不到更合适的人了。"

胡主任看着他："这么说来，其实你并不是完全信任我？"

俞莫寒摇头:"如果不信任您,那我就不会来了。"

胡主任朝他笑了笑:"谢谢你的信任。我看这样吧,你先休息一会儿,既然你愿意接受我的催眠,相关的手续我们必须得先完善才是。"

俞莫寒不解:"您的意思是?"

胡主任笑了笑,说道:"比如有关你基本情况的病情记录,还有你自己的亲笔签名。"

俞莫寒点头:"这是当然。"

胡主任朝他点了点头,指了指旁边的书架:"这里面的书你可以随便翻阅,我先去准备一下。"

俞莫寒哪里还有看书的心思?不过还是朝他客气了一句。胡主任出去后他开始闭目假寐。这一天下来,他确实有种身心俱疲的感觉。

不过他并不习惯在一个陌生的环境里面让自己彻底放松进入到睡眠之中,而且那样做也很不礼貌。也不知道是怎么的,刚刚进入假寐状态下的他忽然听到耳边传来"咚咚咚"的轻响,霍然睁开眼之后却发现眼前什么都没有。嗯,这好像是刚才胡主任用手指轻轻敲打办公桌时候的声音,是自己假寐状态下对那个声音的记忆。

"咚咚咚""咚咚咚咚""咚咚……咚……"这一刻,俞莫寒的记忆一下子就变得非常清晰起来:那是一种毫无节奏的声音,说明当时那个手指的主人在思考,而且思绪复杂且矛盾。

"那么,你觉得自己可以得到那些真正的证据吗?"

"很难,但我会努力调查清楚其中的每一个问题和细节。"

刚才的一问一答同时在耳边回响起来……

不多一会儿,俞莫寒听到门外传来了轻微的脚步声,这才停止了浮想与假寐。

进来的是一位年轻护士,长相还不错,她的手上拿着一个病历夹,对俞莫寒说道:"这是我们胡主任亲自写的病历,因为涉及接下来比较特殊的治疗方式,胡主任说必须得你签名。"

俞莫寒点头,打开病历夹看了看,发现里面的内容只有他的个人主诉,其他的内容基本上是空白,不过最后的治疗方案上却写着:病人是精神病学从业人员,本人请求通过催眠的方式进行诊断和治疗。

这份病历看上去似乎没有任何的问题,格式很正规,虽然空白比较多不过也能够理解,毕竟他不是普通病人,那些不必要的检查暂时可以不进行。不过也正是因为太过正规,反倒让人感觉有些不大舒服。俞莫寒问道:"为什么用住院病历写呢?门诊病历不就可以了?"

护士回答道:"胡主任说了,你的情况目前只是主诉,万一真实的情况不是你以为的那样呢?所以胡主任觉得还是应该正规一些为好,毕竟大家是同行,免得到时候闹出一些不愉快来。"

俞莫寒想想也是,随即就在病历的后面签上了自己的名字。护士又道:"麻烦你再等一会儿。"

俞莫寒点头。护士出去后不一会儿又进来了,手上端着一个白色的医用托盘,对俞莫寒说道:"这是胡主任给你开的药。你也是精神科的医生,从潜意识里可能会对催眠产生排斥,这种药对接下来的成功催眠有一定的辅助作用。"

这其实就是安眠类药物,护士的话并没有任何问题。俞莫寒点头:"我一会儿就服用。"

护士道:"我得看着你服下,这样才可以记录在你的病历里面。俞医生,你们医院的规定也是一样的吧?"

俞莫寒微微一笑:"行,那我马上就服用。"说着,就将那三颗药丸放进了嘴里,端起托盘上的水杯喝下水,"这下可以了吧?"

护士朝他嫣然一笑:"要是我们这里的病人都像你这么配合治疗

就好了。"

俞莫寒禁不住笑了起来："你是一个好护士。"

"谢谢你的夸赞。"护士很高兴地出去了。

过了一会儿胡主任进来了，和蔼地对他说道："小俞啊，虽然你已经在病历上签了字，但我还是得再问你一次：你真的需要进行催眠诊断和治疗吗？"

俞莫寒点头道："是的。"

胡主任轻叹了一声，说道："我们是同行，像催眠这样的事情本来是比较忌讳的……既然你坚持要做，也罢，那我们现在就开始吧。请闭上你的双眼，全身放松，对，就这样……现在你的双臂已经彻底放松了，对，放松，嗯，你的双肩也开始放松了。放慢呼吸，继续放慢……接下来你的双腿开始放松，对……不着急，呼吸再缓慢一些，现在你是不是感觉到双腿已经放松了？你不用回答我……别皱眉，我们不急。"他发现了俞莫寒的紧张，端起茶杯喝了一口茶后继续进行心理暗示，"我们继续。呼吸放缓，双腿放松，放松……"

这时候俞莫寒仿佛受到了这些声音的感染，竟然在那里喃喃自语起来："放松，放松，呼吸放缓……好累啊，眼睛都睁不开了，好凉爽，好像还有鲜花的芳香。放松，放松，全身放松，身体马上就要飘起来了，咦？医科大学的春天有这么美吗？"

"是啊，真美。"胡主任也喃喃地说道。

俞莫寒的双眼霍然睁开。他看见，眼前的胡主任已经软软地依靠在椅子上面，双目紧闭，竟然已经处于被催眠的状态。为什么？为什么要做这样的选择？看着已经进入催眠状态的胡主任，俞莫寒内心的愤怒差点儿就迸发了出来。

幸好自己有所警觉，幸好自己的魔术手法足以瞒住那位年轻的小护士，幸好眼前的这位胡主任没有让那个小护士留在这里，这才让自己有了进一步的防备。"嗯,看来那位年轻的护士对他的想法毫不知情,也许胡主任觉得此事毕竟比较私密,所以我不应该因此而产生怀疑。"俞莫寒终于冷静了下来,心里暗自庆幸。

"你让护士给俞莫寒服用的是什么药物?"

"阿托品、莨菪碱和东莨菪碱。"

果然是致幻类药物。"为什么要给俞莫寒服用此类药物?"

"我担心自己没有足够的能力催眠他。"

"俞莫寒也是精神科医生,你不担心被他发现?"

"他是来找我治疗的,在治疗前服用辅助类药物也很正常,如果他信任我就不应该产生怀疑。"

确实也是。而且精神科的病人必须当着护士的面服用药物,一方面是为了防止病人将药物隐藏起来,另一方面也是为了避免有人中途将药物调换,毕竟大多数药片都有大致相同的规格和外观。

"刚才你出去后是不是给滕奇龙打了个电话?"

"是的。"

"你都对他说了些什么?"

"我告诉他说,俞莫寒被人催眠了,现在正在我这里。"

"他怎么说?"

"他让我看着办。"

"你准备怎么办?"

"让俞莫寒的情况进一步恶化,在医院里面待上几年再说。"

"你为什么要这样做?"

"俞莫寒不过是一个小小的年轻医生,他是斗不过滕奇龙的,我不能因为他失去自己现有的一切。"

"可是你这样做会毁掉一个年轻医生所有的一切。"

"我没别的办法,必须做出选择。"

那么,你的良知呢?这句话俞莫寒没有说出口,因为如此强烈的责怪语言很可能会让他马上苏醒过来。"关于高格非的事情,你都知道些什么?"

"我什么都不知道。当时给他做司法鉴定前滕校长曾经给我打过一次电话,虽然只是说想了解一下情况,但我懂得他的意思。"

"关于高格非的情况,顾维舟事先和你沟通过没有?"

"没有。"

"也就是说,你刚才的想法只是临时起意?"

"是的。"

"其实你上次与俞莫寒交谈之后就有些后悔了,是吧?"

"我没有后悔,只是想看看事情究竟会朝什么方向发展。"

"俞莫寒刚才说他不一定能够掌握到滕奇龙的真实证据,于是你就即刻做出了新的选择。是吧?"

"是的。"

"我真是愚蠢。你明明知道人性是经受不住考验的,为什么却偏偏要那样回答?"俞莫寒在心里暗暗痛恨着自己。

"你现在开始数数,从一数到六十,然后你就会醒来。"

"一、二、三、四……"

俞莫寒起身,将隐藏在胡主任办公桌那本书下面的手机拿了起来,稍微调大了些声音:"你口渴了,你口渴了,你口渴了……"

"十、十一、十二……"胡主任继续数数。

一会儿他醒来后还会继续喝水。俞莫寒将胡主任杯子里面的水倒掉,那三颗药丸早已全部融化在了里面。其实,他能够那么快就催眠了胡主任不仅仅是药物的作用,其中还因为胡主任在催眠俞莫寒的过程中产生了自我催眠,俞莫寒只不过是在这个基础上顺势而为罢了。

"十八、十九、二十……"胡主任还在继续数数。俞莫寒打开了办公室的门,头也不回地走了出去,顺手轻轻带上了门。路过护士站的时候他还朝那位年轻的护士打了个招呼,护士诧异地问道:"这么快就结束了?"

俞莫寒朝她微笑着说道:"没什么大的问题。谢谢你啦。"

护士朝他甜美地一笑:"没大问题就好。俞医生,再见。"

俞莫寒笑道:"还是不要再见的好。"

护士一愣,禁不住就"咯咯"地笑了起来。

走出那道沉重的铁门,俞莫寒这才注意到外面的天色已经黑尽,路灯昏暗。抬起头来看了一眼天空,只见苍穹上缀满了繁星。

姐姐说,倪静才是我的未婚妻。

"倪静,我想和你一起去度假。对,就是现在。我们在机场见面。"俞莫寒拿出手机给倪静拨打了电话,随后又通过电话向姐姐说了一下情况,特别吩咐道:"如果靳支队打电话问你有关我的情况,你就说我后来去了医科大学附属医院的精神科,其他的事情你一概不知。"

俞鱼很担心,问道:"这又是为什么?"

俞莫寒淡然一笑,回答道:"我要让那位胡主任从现在开始就为自己的选择而感到后悔。"

第十五章
南下

倪静瞪大了双眼："珠江三角洲那么大的地方，你能把他们给找出来？"

俞莫寒微微一笑，说道："如果他们真的在那一带，要找出他们其实并不难。"俞莫寒本想在机场的车库里与倪静来一次浪漫的相会，但是想不到她根本就没有开车，而是选择了地铁。当最后在机场大厅见面的时候两个人禁不住相视一笑，原来他们俩的手上都是空空如也，什么东西都没有带。也就是在这一刻，"她就是我的女朋友和未婚妻"这样的记忆在俞莫寒的心中才变得真实起来，于是就极其自然地揽住了她的腰并将她紧紧拥入怀里。

"你不要再离开我，不要再生我的气了好不好？"他亲吻着倪静的秀发，喃喃般说道。

倪静真切地感受到了他这一份热烈而真挚的情感，身心仿佛都融化在了他的怀抱之中。不过她终究是矜持的，当她感觉到四周的人都朝他们看来的时候，绯红着脸轻轻推开了俞莫寒，将他拉到机场大厅里一处无人的地方后低声问道："你的病治好了没有？你准备带我去哪里？"

俞莫寒回答道："我们直接去广州，我估计洪家父子和沈青青很可能就在珠江三角洲一带。"

俞莫寒将康东林说过的话对倪静讲述了一遍，最后说道："从安全的角度讲，洪家父子去最近七年多来生活的地方可能性最大，不过他们心中的安全还必须满足另外一个条件，那就是远离本县外出务工人群密集的地方。"

倪静又问道："为什么不可能是在福建呢？"

俞莫寒点头道："我查看了一下相关的资料，瓜州的农民工不少在福建，所以，我觉得可能性不大。"

倪静顿时明白了他的思路，提醒道："你这是先设置条件然后再进行推测，可是万一当初洪家父子所去的地方就是他们老乡多的地区呢？如此一来，你前面所有的推测都是错的了。"

俞莫寒笑了笑，说道："你的提醒很有道理，我确实事先设置了条件，不过我认为自己所设置的条件也是符合洪林七年多前的心理的。多年前，洪林因为高考失败不得不回到村里成为一名民办教师，后来他遇见了沈青青，然后因为政策调整失去了继续当教师的资格，于是他就带着极度的自卑及内心的屈辱离开了家乡。你要知道，那个时候的高考升学率并不像现在这么高，想来洪林的同学中也有不少人没考上大学，甚至还因为高中教育的瓶颈，很多人只好在初中毕业后就开始外出打工。洪林内心的另一面却又是倔强、高傲的，他当然不愿意和他的那些同学为伍，所以，我认为七年前他和父亲去的地方不应该是本县农民工的聚集地。而正是基于这样的分析，我才更加确定了自己的判断。此外，我还基本上可以推断出洪林在离开家乡后的这七年多的时间里都干了些什么。"

很显然，倪静已经同意了他的推论，问道："哦？你说说。"

俞莫寒笑了笑,说道:"如果我是洪林的话,离开家乡后最想做的一件事情就是上大学。自卑和被剥夺教师身份所带来的羞辱是他学习的最大动力,所以,洪林到了新地方后首先就是参加自考或者成人高考,以此获得一个学位,并因此而获得心理上的基本满足。另外,在洪林年轻的生命中最值得骄傲的可能就是他当民办教师的那些日子了,他因此获得了孩子们和村里面大多数人的尊敬,因此,我认为他后来找工作的时候首先会考虑教师这个职业。但是他的学历水平肯定是不可能在大城市的中小学里面任教的,但民办学校很可能接纳他,或者是,他自己去办一所民办学校。结合他的外貌特征、年龄、受教育的状况,然后将寻找的范围缩小到民办类中小学,特别是小学。你要知道,任何类型的学校都需要在省一级的教育管理机构注册的,包括学校的教师也会有登记,如此一来,我们想要在茫茫人海中寻找到他也就不再有太大的困难。"

倪静看向他的眼神中带着崇拜:"莫寒,你怎么这么聪明呢?"这时候她才再一次想起了那个非常重要的事情,"莫寒,你还没有告诉我呢,你的病究竟治好了没有?"

俞莫寒苦笑:"我那根本就不是什么病,完全是被人催眠后的结果……"随即就将自己在医科大学附属医院精神科的事情对倪静讲了,最后说道,"以前我太过简单,今后再也不会了。"

倪静不禁骇然。她没有想到俞莫寒在那么短的时间里面竟然经历了如此险恶的过程,而且竟然还可以做到成功反击,如果没有强大的心理自控能力绝对不可能做得到。倪静急忙问道:"那也就是说,你的问题根本就没有得到解决?那你怎么忽然想起我来的?"

俞莫寒的脸上带着和煦的笑容,说道:"因为我绝对相信姐姐的话,她绝对不会骗我。其实我应该感谢顾维舟,当我见到你之后心里面就只有你一个人了。"

那当你见到了苏咏文之后呢?倪静的心里马上就想到了这样

一个问题,不过她并没有傻到要将这个问题讲出来。至少在此时此刻,他的心里只有我。这就足够了。所以,倪静的内心依然充满幸福。

去往广州最近的航班四十分钟后起飞,两个人购买了机票后就直接安检进入了候机厅,吃晚餐已经来不及了,不过他们本来就准备到了广州后找个地方美美地吃一顿。

靳向南确实很着急,可是俞莫寒遇到的情况又实在是可以理解。此外,他觉得俞莫寒的话也很有道理:洪家父子不大可能马上返回七年来所住的地方去,说不定还会故意兜一个大圈子。所以,他只能耐心等待。

而等待的过程是非常痛苦的,感觉起来更是十分漫长的,一直到了晚餐的时间都没有看到俞莫寒的人影,甚至连电话都没有,这时候他实在有些忍不住了,于是就给俞莫寒打了电话。

对方处于关机状态!靳向南不明所以,心里却更急,急忙让下面的人去查俞鱼的电话号码,电话一拨通靳向南就急不可耐地问道:"你弟弟呢?他的手机怎么打不通了?"

俞鱼回答道:"莫寒认为自己被人催眠了,所以后来就去了医科大学附属医院的精神科,也不知道怎么的,一直到现在都还没有回来。"

靳向南诧异地问道:"你没有与他联系过吗?"

俞鱼回答道:"我没敢打电话,万一他还在接受治疗呢?"

靳向南道:"刚才我打过了,可是他的手机处于关机状态。"

俞鱼的声音有些着急了:"怎么回事呢?不就是去接受催眠治疗么,怎么会花费这么久的时间?"

靳向南有些疑惑:"接受催眠治疗?怎么回事?"

接下来俞鱼就将弟弟的情况告诉了靳向南,随后说道:"莫寒是精神病医生，他的想法就是去找一个信得过的同行，通过催眠的方式将顾维舟植入他意识中的那些东西删除。他大致的意思就是这样，具体的我也不大懂。"

靳向南又问道："医大附属医院的精神科的主任是他信得过的人？"

俞鱼道："他没有具体讲，也不让我们送他去。"

靳向南责怪道："你这个当姐姐的也太粗心了，这么大的事情怎么能让他一个人去呢？算啦，现在我就去一趟医院。如果你那边有了他的消息一定要马上联系我。"

其实俞鱼早就后悔了，俞莫寒告诉她事情经过的时候她听得心惊胆战，不过值得庆幸的是弟弟最终安全地度过了危险。

靳向南带着小冯直接去了医大附属医院的精神科，不过得到的消息却是俞莫寒早就离开了医院。靳向南心里更是觉得事情有些不妙，急忙拨通了胡主任的电话："我是城南刑警支队的靳向南，今天下午俞莫寒是不是找过你？"

胡主任大吃了一惊，刑警支队的人和俞莫寒究竟是什么关系？他急忙说道："他早就离开医院了啊。"

靳向南问道："据说他去医院是接受你的治疗，那么请你告诉我，他究竟属于什么样的情况？你给他治疗后效果如何？"

胡主任清醒过来后就感觉到事情不大对劲。俞莫寒什么时候离开的，他对此竟然没有丝毫记忆，忽然觉得有些口渴，随即就发现茶杯里面已经空了，急忙将那位年轻护士叫来询问情况，这才得知俞莫寒刚刚离开不久。也就是在那一瞬，他才意识到自己很可能反而被俞莫寒催眠了。顿时脸色大变，汗水一下子就从额头处冒了出来。

他不敢将这件事告诉滕奇龙。一个人的无能自己知道就行了，主动去告诉校长那就是傻子。可是不多久滕奇龙的电话却偏偏打了过来："情况怎么样？"

他急忙回答道："还算比较顺利，不过我没有忍心在他的意识中植入太多的东西。他是一位非常优秀的年轻医生，我不想就这样毁了他。"

电话马上就被滕奇龙挂断了，他能够感觉到校长极度不满，不过这总比他知道了真相好。他只能在心里面如此安慰自己。

然而让他万万没有想到的是，刑警支队的人竟然这么快就找上门来，而且对方提出的问题实在让他很难回答，过了一小会儿之后他才说道："他确实是来过我的办公室，不过最终并没有接受我的治疗。"

靳向南问道："为什么？"

胡主任回答道："是我拒绝了他。因为我们是同行，这是一件让人很忌讳的事情。"

靳向南心里的怀疑更甚："既然如此，你刚才在犹豫什么？我的问题很难回答吗？"

"不，不，"胡主任急忙道，"我是觉得你们打电话来询问俞莫寒的事情有些奇怪。"

靳向南当然不相信他的这个解释，语气强硬地说道："我们目前所了解到的情况是，俞莫寒和你见面之后就失踪了。胡主任，你必须告诉我们他今天来找你的详细情况。请你现在马上到你的科室来，我们在这里等着。现在，马上！"

俞莫寒失踪了？胡主任被这个消息吓了一大跳。他失踪关我什么事？可是他到了我办公室后的事情怎么可以告诉警方？这一刻，他才真正意识到自己犯下了一个大错，一个左右为难，就是跳到黄河里面也洗不清的大错。

胡主任非常后悔。在去往医院的路上他才忽然想起俞莫寒对他说过一直在调查高格非的事情，甚至还怀疑高格非前妻的死很可能与滕奇龙有关。既然滕奇龙很可能牵涉一起命案，警方当然就会介入了，如此一来俞莫寒和警方的关系岂不就一清二楚了？我真是愚蠢啊，真不该在一时之间犯了糊涂……他一路上都在后悔，恨不得狠狠扇自己几个耳光。

不过有一点他是说得清楚的，那就是俞莫寒离开科室的时候有人看见。正是因为如此，他才一直在靳向南的面前咬定自己并没有给俞莫寒治疗。

靳向南也询问了那位年轻的护士，于是也就不再怀疑俞莫寒是被胡主任给隐藏了起来。也就是在这个时候，靳向南越来越觉得这件事情不大对劲——俞鱼好像对弟弟的失踪一点儿也不关心似的，否则此时她早就应该出现在这个地方了。

这姐弟俩究竟在搞什么名堂？靳向南再次给俞鱼打去了电话："告诉我，俞莫寒现在究竟在什么地方？你别告诉我说你不知道他的下落，请你不要让我花费太多的时间去调看医院里里外外的监控录像，我必须马上知道他现在究竟去了哪里，究竟发生了什么事情，这件事情非常重要，明白吗？"

俞鱼知道再也瞒不住了，只好回答道："他和倪静一起去了广州，这个时候可能正在飞机上。"

靳向南似乎有些明白了，问道："他是为了沈青青的事情去的？"

俞鱼道："是的。"随即就将俞莫寒下午在医院里面的事情对他讲了。靳向南狠狠地瞪了胡主任一眼，接下来的话却是对俞鱼讲的："你们这不是胡闹吗？这么大的事情为什么不早些时候告诉我？"

俞鱼解释道："靳支队，莫寒肯定有他自己的想法，等他到了广州后说不定就会主动给你打电话解释清楚的。"

事情到了这个地步，靳向南心里再不高兴也只能作罢，挂断电话后将目光看向胡主任，胡主任吓得一哆嗦："我……"

这一刻，靳向南却又觉得到目前为止好像并没有足够的证据证明这位医学专家涉嫌犯罪，不过此人的人品和职业道德实在让人不敢恭维。他指了指对方："如果俞莫寒的手上有你犯罪的证据并控告你的话，我一定亲自来抓你。你就自求多福吧。"

两个多小时后，俞莫寒和倪静乘坐的飞机降落在了广州的白云机场，两个人下了飞机后俞莫寒才忽然觉得有些好笑，对倪静说道："估计像我们俩这样什么东西都不带就跑出来旅游的人似乎不多。"

倪静也笑，说道："没关系，需要的话我们随时都可以买。"这时候她才忽然想起一件事情来，问道："莫寒，你和我跑到这里来恐怕不仅仅是为了沈青青的事情吧？你是不是担心那个大学校长马上就要对你下手？"

俞莫寒摇头道："胡主任是不大可能将真实的情况告诉那位校长的，那样岂不就是让人家觉得他非常无能？更何况事情还没有发展到滕奇龙马上要向我下手的地步。对了，我应该马上给靳支队打个电话才是，估计他已经等得非常着急了。嗯，他也一定会问你刚才问的这个问题的。"说着，就将手机开机后给靳向南拨了过去。

"你终于记起来要给我打电话了啊？"靳向南看到电话号码后不禁大喜，不过语气中透出极大的不满。

俞莫寒解释道："事发突然，我也是临时决定的。想来我姐已经告诉你我的去向了吧？"

靳向南问道："你担心有人要对你下手？你可以告诉我你的想法啊，为什么非得独自行动呢？"

俞莫寒道："这其中有两个原因，第一，我有个留德的同学正好在深圳，我的情况需要得到他的帮助，在经历过那位胡主任的事情之后我只能更加小心一些，像催眠这样的事情必须找自己最信得过的人；其二，我觉得洪家父子并不是什么坏人，洪万才帮助儿子是因为亲情使然，而洪林却是用情过深，因爱痴狂。仔细想来沈青青也是一个可怜的女人，说起来不过是他人的一枚棋子罢了。所以，我觉得自己应该在你们警方找到他们之前尽量去说服他们，让他们主动向警方自首。洪万才当初被我救治过，这也算是我和他之间的一种缘分，于情于理我都应该这样做。"

靳向南道："可是……"

俞莫寒没让他把话说完，继续说道："洪万才的堂弟洪万喜已经被沙田警方带走了，我本以为他的事情并不算什么，可是法律毕竟是无情的，如果你们直接出现在洪家父子和沈青青面前，他们也就没有了任何从轻发落的机会。我们应该给他们这样一个机会才是，你觉得呢，靳支队？"

靳向南感到非常矛盾："可是，这样的事情我做不了主，因为我没有那么大的权力。"

俞莫寒道："这样吧，请你给我三天的时间，如果到时候洪家父子和沈青青不愿意主动投案自首，你们就直接抓人好了。"

靳向南沉吟着问道："你需要什么帮助吗？"

俞莫寒岂会在这个时候让警方插手，淡淡说道："暂时不需要，如果有需要的话我会主动与你联系的。"

通过俞莫寒刚才的通话倪静知道了自己那个问题的答案，一下子就放下心来，与此同时，她的心里也充满着甜蜜的满足：其实他不仅仅是因为相信他姐姐的话才想起了我，他带我到这里本来就是为了他曾经的那个承诺。

从机场直接打车去了广州市区的一家酒店，刚刚进入大堂倪静就看到一个和俞莫寒年龄差不多的男子朝他们俩迎了过来："我可是一接到你的电话就从深圳开车赶过来了。莫寒，这位是？"

俞莫寒上前和他拥抱了一下,随即轻轻揽着倪静的腰介绍道:"她叫倪静,我的未婚妻。倪静,这位是我留德时候的同学,龚放。"

龚放非常绅士地朝倪静微微躬了一下身,赞道:"莫寒的眼光不错,倪小姐沉稳大方,而且非常睿智……倪小姐,你家里还有未婚的妹妹没有?没有啊?太遗憾了。"

倪静不大适应龚放这种特别的恭维方式,红着脸有些不知所措,俞莫寒在一旁笑着说道:"龚放是研究微表情方面的专家,最善于捕捉他人脸上细微的表情变化,任何人的谎言在他面前都会暴露无遗,他曾经处过好几个女朋友,都因为这个和他分手了。"

龚放也不尴尬,笑着说道:"没办法,已经形成职业习惯了。"

倪静没有搞明白是怎么回事,问俞莫寒道:"她们为什么要和他分手?"

俞莫寒解释道:"你想想,人家稍微皱一下眉头或者嘴角处微微动了一下,他马上就知道对方心里在想什么,是不是让人觉得在他面前赤裸裸的毫无隐私可言?"

倪静这才想起刚刚见面时龚放的那句问话,在惊奇于龚放特殊能力的同时也不禁觉得有些可怕,不过她还是安慰了龚放一句:"我姥姥说过一句话,这个世界上只会有剩菜剩饭,但很少有剩男剩女。龚先生,我相信你一定会碰到一位适合你的人的。"

龚放笑道:"你姥姥的这句话讲得太好了。对了莫寒,你们还没吃饭吧?你看我们现在就去吃饭还是先到房间休息一会儿?"

俞莫寒伸开双手,笑道:"你看我们什么都没有带,那就先去吃饭吧。倪静,你说呢?"

倪静见俞莫寒如此随便,就知道他们两人的关系非常不错,笑着说道:"我也觉得饿了,还是先去吃饭吧。"

龚放羡慕地看着俞莫寒:"真是夫唱妇随啊。那好吧,我们就先去吃饭吧。对了,我只给你们开了一个房间,没关系吧?嗯,莫寒觉得没关系。倪小姐有些犹豫?犹豫什么?你们俩总有一天会睡到同一张床上的,你们说是不是?"

俞莫寒倒是早已习惯了龚放的这种职业习惯,可是倪静却再一次觉得惊讶,紧接着就是骇然、羞涩,只好红着脸不说话。龚放大笑,和俞莫寒勾肩搭背地朝酒店外面走去。

广州夏天的气温反而不像俞莫寒所在的城市那么炎热,入夜之后更是凉爽怡人,三个人到了珠江边的一处大排档,吃夜宵的人非常多,固体酒精做燃料的炉子上一口小锅,各种小海鲜和蔬菜烫在里面,空气中飘散着海鲜的鲜香气味。

这家大排档的味道不错,蔬菜和各种小海鲜都非常新鲜。倪静从他们两个人的交谈中得知龚放回国后自己开了一家心理诊所,而且也和俞莫寒一样帮助当地警方破获过不少案子。

俞莫寒将沈青青的事情对龚放讲了,龚放非常认真地对他说道:"我觉得你是对的。"随即他从口袋里取出一张纸条朝俞莫寒递了过去,"这是我的朋友,省教委的一位处长,明天你可以直接去找他。"

其实倪静一直担心着一件事情,这时候就忍不住问:"万一洪家父子三天之内还没有返回呢?"

"不可能。"俞莫寒和龚放几乎同时说道。两人相视一笑,俞莫寒对龚放说道:"还是麻烦你说一说为什么吧。"

龚放放下筷子,说道:"首先,我完全认同莫寒对洪林的心理分析及对其下一步行为的预测,这是基础,是前提。对于洪家父子来讲,七年多的时间从未返回过那个大山里面的小山村,这不但说明他们对自己的家乡并没有多少深厚的感情,而且还很可能将他们后来所居住的地方当成了非常满意的新家。这很容易理解,毕竟大城市的物质和精神生活条件都比大山里面的那个小村庄好得多,而且生活在大城市里只要能够过上富足的生活并获得他人的尊重,也就更容易让一个人的心理得到满足。所以,他们将自己的新家当成了真正的家,准备在这里度过一生的家。家是什么?是港湾,是我们中国人潜意识中最安全的所在。而对于洪家父子来讲,现在他们最需要的就是安全。很显然,带着沈青青在外的时间越长就越没有安全感,因此,他们一定会在保证安全的情况下尽快回到自己的这个新家来。算算时间,即使乘坐长途汽车或者轮船,他们也应该已经回来了,即便在路途上因为某种原因稍有耽搁,三天之内返回应该没有任何的悬念。"

俞莫寒拊掌笑道:"就是这个道理。"

他们两个都是精神心理领域的佼佼者,都是天才,不过却各有所长,所以他们才那么自信、骄傲,而且能够成为好朋友。自从和俞莫寒在一起之后,倪静才慢慢发现他有着常人所没有的人格魅力,也正因为如此,当她忽然面对即将失去他的那一刻才会如此的痛苦。

这个叫龚放的家伙其实和莫寒一样优秀。这一刻,倪静的脑海里顿时就想起那个叫苏咏文的女记者来。

随后,俞莫寒又向龚放谈起了高格非的事情。龚放对这个案例也非常感兴趣,不过一时间分析不出更多的东西来。正如倪静所认为的那样,他们两个人都是这方面的佼佼者,不过毕竟俞莫寒在高格非的案例上花费了那么多的时间和精力,龚放也不大可能在短时间内提出更多、更有用的建议和思路来。

"你的事情准备现在就解决呢,还是等你休息好了之后再说?"在回酒店的路上,龚放问俞莫寒道。

俞莫寒笑道:"现在就解决吧,脑子里面被别人强行植入了一些莫名其妙的东西,心里面总觉得不舒服。"

龚放咧嘴笑道:"倒也是,这样的感觉比被人强奸了还难受。"

这时候他才意识到倪静就在一旁，歉意地道，"对不起，我只是打个比方。"

俞莫寒也解释道："他说得没错，精神上被人强奸所受到的伤害更大，而且更让人感到恶心。"

"要不我在下面等一会儿，等你给莫寒做完治疗后我再上去？"在酒店大堂的时候倪静问道。

龚放却说："必须要你在场才可以，这是规矩。"

俞莫寒也道："是的，这是规矩。当一个人被催眠后就彻底打开了他的内心世界，再也没有任何隐私可言。心理医生也是人，探秘他人的隐私是人类无法克制的阴暗心理。此外，心理医生所面对的病人是一个非常特殊的群体，心理医生为了保护自己也必须要有第三者在场。规矩就是规矩，不能因为我完全信任龚放就有所例外，因为像这样的事情只要有了第一次那么就很容易出现第二次、第三次……"

龚放笑着点头道："是的，就是这个道理。"

星级酒店的房间不仅安静，而且在装修风格上大多简洁明快，里面的光线也十分柔和，对于酒店经营者来讲，他们考虑得更多的是客户的体验。所以，从某种角度来讲，酒店的房间也是比较适合做心理治疗的。

因为俞莫寒本身就是这方面的从业者，所以和胡主任一样，龚放采用的催眠方式也比较传统，也就是让患者从四肢到躯干逐一彻底放松之后再让大脑进入被催眠的状态，这样的过程虽然比较漫长却中规中矩。当然，俞莫寒也非常配合，所以整个催眠过程非常顺利。

其实龚放的心里还是很感动的。对于俞莫寒来讲，配合也就意味着愿意将自己的内心全部向他敞开。虽然倪静在场，但以龚放的能力来讲，顺便将她也催眠并不是什么难事，关于这一点俞莫寒肯定是非常清楚的，这说到底就是对他毫无保留的信任。

龚放深知，信任这种东西从口头上讲出来容易，但要真正做到却非常难。这辈子能够交上这样的朋友，值了。他在心里感叹着，随即进入下一个最为关键的程序。

根据俞莫寒的回忆，他被催眠很可能是那天在顾维舟的办公室里，所以接下来龚放需要做的就是简单重塑当时的场景，让顾维舟植入到俞莫寒意识中的那些内容显现出来。

"你进了顾维舟的办公室，他的办公室里面没有开空调，感觉到有些闷热，空气中还有一股淡淡的来苏尔的气味，窗户却是关着的……"龚放浑厚低沉的声音在房间里面响起，有如电影里面的画外音，此时就连倪静都觉得非常有画面感。

龚放的声音在继续："俞莫寒，当你进入顾维舟的办公室后就觉得有些奇怪，随即就问了一句，顾院长，您这办公室里面怎么这么大的气味？当时顾维舟是怎么回答的？"

很显然，俞莫寒已经完全进入催眠的状态，虽然他的双眼是紧闭着的，不过他的回答却非常清晰："顾维舟说，前几天老是闻到这里面有一股臭味，后来才发现沙发后面有一只死耗子，昨天才将办公室清扫了一下，顺便消了消毒。"

龚放又问道："然后呢？"

俞莫寒："当我坐下后顾维舟就问道，关于我们医院合并到医科大学的事情，小俞你有什么样的看法呢？我说，像这样的大事情，我一个小小的医生哪有什么看法？顾维舟说，你和其他的医生可不一样，你是我们医院唯一的一个有过留学经历的博士，不仅基础知识掌握得牢固，而且临床能力也非常强。在短短数天的时间里就治疗好了一例双重人格的病人，这就充分证明了你的能力嘛。所以，关于我们医院并入医科大学之后的学科建设问题，我很想听听你的想法和建议。我说,顾院长,这件事情虽然您已经提前给我讲过了,但这两天实在是太忙了,我根本就没来得及思考。您也知道,我这个人做事情有些较真……所以,如果您不是特别急的话,看能不能再给我一些时间思考一下,然后以书面的形式提交给您?"

嗯,这一部分的内容与俞莫寒后来的记忆完全相同,看来他被催眠的时间点还在后面。龚放问道:"然后呢?"

俞莫寒:"顾维舟说,你不是较真,是认真。好吧,那就请你好好思考一下,一定要在学校那边开学之前把你的想法和建议提交给我。小俞啊,你虽然还很年轻,但也得注意身体才是,我看你眼圈都发黑了,是不是最近没有休息好啊?这样下去可不行,该休息的时候一定要休息,别硬撑着。这时候我忽然觉得他的声音非常的动听,让我感到非常的疲惫。"

来了,就是这个时候。这一刻,就连龚放的心里都禁不住开始激动起来,问道:"接下来呢?"

俞莫寒:"他说,没事,如果你确实累了就在这里好好睡一觉吧,睡一觉吧。俞莫寒,你看看你面前的是谁?这时候我发现倪静忽然就出现在了我的面前,她问我,莫寒,你是真的爱我吗?我点头说,当然。她说,那你必须向我保证,当你在我面前的时候你的心里只能有我,我才是你的未婚妻。我心想,本来不就是如此吗?于是我就对她说道,我保证。倪静说:你一定要记住我刚才的话,不然我就死在你的面前。我急忙说道,我一定保证……"

这时候龚放发现俞莫寒的眼皮在动,急忙问道:"发生了什么?"

俞莫寒表情惊讶地说:"苏咏文,你怎么在这里?"

这是在顾维舟的心理暗示下发生了场景转换。

龚放问道:"苏咏文怎么说?"

俞莫寒:"苏咏文问我,莫寒,你的女朋友是我,我才是你的未婚妻,你和倪静的关系早就断了。我有些疑惑了,可是这时候苏

267

咏文又在对我说，莫寒，当我在你面前的时候，我就是你的女朋友，你一定要记住，不然的话我就马上在你面前自杀。我急忙道，你别……苏咏文说，当我在你面前的时候，你必须要记得你和倪静已经断绝了关系。莫寒，你必须要向我保证。这时候我看见苏咏文的手上拿着一把匕首，匕首的尖端正对着她的心脏处。我吓了一跳，急忙道，我保证。苏咏文看着我，问道，我说的话你都记住了？我急忙点头，记住了、记住了。"

非常粗劣而且低劣的手法和手段，施术者的水平十分有限，算不上行业中的顶尖高手，可是很有效果。他所利用的不过是俞莫寒的善良和纯真。龚放在心里叹息，又问道："接下来呢？"

俞莫寒："苏咏文转身就离开了。这时候有一个声音对我说，如果倪静和苏咏文同时出现在你面前的话，你就会马上昏迷过去，一直到有人叫醒你。刚才你做了一个梦，你没有感到疲倦，你没有被人催眠。记住，你们医院的院长正在和你讲话，当他说到'这样下去可不行，该休息的时候一定要休息，别硬撑着'这句话的时候你就必须马上醒过来，梦中的内容你已经记不得了。你重复一次，我刚才没有做梦。我说，我刚才没有做梦……"

情况已经非常清楚了，此时就连倪静都已经完全明白了究竟是怎么一回事。这太可怕了。此时此刻，倪静的内心充满着震惊与惊骇。

接下来龚放要做的事情就简单多了，就是直接抹去顾维舟催眠俞莫寒之后的那一段记忆。这对于俞莫寒来讲，他的生命中可能会永远丢失掉那近半个小时的时间，但从此之后他所有的意识和记忆全部都是自己的，再也没有了他人塞进去的垃圾。

看完了刚才自己被催眠后的录像后，俞莫寒直接将文件删除了。龚放瞪大着双眼："为什么？"

俞莫寒轻叹了一声，说道："这是我的耻辱。"

倪静也非常不解："可这是证据！"

俞莫寒苦笑着说道："你是我女朋友，龚放是我同学，谁会相信这样的证据？"

龚放还要驾车返回深圳。俞莫寒对倪静说道："你先去洗漱，我去送送老同学。"

倪静的脸一下子就红了，嘴巴动了动没有说出话来。两人出门后龚放低声问道："你和她还什么都没有发生过？"

俞莫寒苦笑着说道："其实我和她在一起的时间还不到一个月。"

龚放知道俞莫寒不会在他面前撒谎，因为撒谎也没有用，顿时惊讶地问道："这么短的时间？那你和那位苏咏文又是怎么回事？"

俞莫寒尴尬地道："同时有两个条件都非常不错的女孩子喜欢我，我总得犹豫、选择一下吧？"

听他这样一讲，龚放当然也就明白究竟是怎么回事了，拍了拍俞莫寒的肩膀说道："这下麻烦了，接下来你准备如何去向那位苏小姐解释呢？"

这确实是俞莫寒现在最苦恼的一件事情，问道："你有什么好的建议？"

龚放笑了笑，说道："我觉得最好的办法就是，不见面，不解释。"他又拍了拍俞莫寒的肩膀，"哥们，别相信'恋爱不成大家还可以做朋友'那样的鬼话，同性之间的友谊才是最真挚最稳固的，异性之间的友谊更多的是靠荷尔蒙在维持。所以，恋爱不成别成为敌人就阿弥陀佛了，别奢求太多。"

俞莫寒顿时豁然开朗，大笑着也拍了拍龚放的肩膀："看不出来啊，几年不见，你这家伙已经修炼成恋爱专家了啊。"

龚放自得地笑道："将心比心，心得体会而已。"

龚放离开前再一次与俞莫寒拥抱了一下。俞莫寒喜欢这样的感觉——拥抱，可以让两颗心靠得更近，这才是纯真友谊的最好表达。

回到房间的时候俞莫寒发现倪静并没有去洗漱，房间里的电视也没有打开。难道她一直在发呆？俞莫寒朝她笑了笑，问道："要不我再去开一个房间？"

倪静虽然尚未有过男女之事，但这并不意味着她会在这样的事情上太过纠结。俞莫寒的事情已经解决，倪静绝不会认为刚才的过程是龚放和俞莫寒两个人在她面前演戏。此时的她终于明白了俞莫寒这次带她来这个地方的真实意图——他何尝不是通过这样的方式在向她敞开心怀？

既然两个人都互为心之所属，有些事情提前完成又何尝不可呢？倪静虽然曾经在感情上受到伤害从而在某些事情上比较保守，但她毕竟还算年轻，绝非顽冥不化之人。所以，俞莫寒和龚放离开后她一直发呆的原因并不是接下来两个人将要住一个房间的问题，而是催眠术给她带来的巨大震撼——

原来心理师可以将自己的意图植入他人的意识之中，被植入者完全相信并认为那些东西本来就是他自己的想法；原来一个人的记忆可以如此简单地被删除掉；原来平常人每一个细微的表情变化都会被他们看在眼里从而知晓他们的真正内心……

倪静微微地摇头，轻声说道："莫寒，我觉得你们的这个职业太可怕了。"

俞莫寒顿时明白了她心里在想什么，温言解释道："没有你想象的那么可怕。我们的观察和心理分析是有特定对象的，主要目的就是治病，或者帮助警方破案。如果我们对身边的每一个人都那样的话岂不会被累死？还有就是，催眠术也不可以轻易使用，即使为了治疗也必须事先得到病人的同意。我们大多数从业者都是有职业道德的，这就如同你们律师必须要遵守你们行业的职业道德一样。当一个人的心里充满光明，那么他的眼里就都是阳光明媚；当一个人的心里布满着黑暗,那么他的眼里就都会是罪恶。所以,这个世界真实的样子就在我们每一个人自己的心中,与职业关系不大。"

倪静的目光一下子就变得明亮清澈起来:"莫寒,你说得真好。"这时候她忽然想起一件事情来,"对了,苏咏文那里你准备如何解释?"

俞莫寒没有想到倪静也会问他这个令人头痛的问题,敷衍着回答道:"刚才龚放倒是替我出了个主意,不见面,不解释。"

倪静瞪大双眼看着他:"这怎么可以?莫寒,你可是男人,这样做也太不负责任了吧?"

俞莫寒差点儿跳了起来,急忙声明道:"我和她之间可是什么都没有发生过,我需要负什么责任?!"

倪静"扑哧"一笑,说道:"什么也没有发生过难道就不需要负责任了?你在她面前的时候可是明确告诉她你就是她男朋友。虽然那是他人给你植入的记忆,但你想过人家女孩子的感受没有?难道你真的要像龚放建议的那样就一点儿不负责任地逃跑掉?"

俞莫寒苦笑:"那你说怎么办?"

倪静似笑非笑地看着他,问道:"你觉得龚放怎么样?"

俞莫寒目瞪口呆:"这……这怎么可以?"

倪静的表情依然有些古怪:"你是不是舍不得?"

俞莫寒扪心自问,似乎自己的心中还真的有那么点儿。当然,这是绝对不可以承认的,只能算是个人的秘密,男人的秘密。俞莫寒急忙道:"我和她真的没有什么,你千万别误会。倪静,我的意思是,你应该充分考虑一下苏咏文和龚放的感受才是。"

倪静看了他一眼:"你反复强调自己和她什么都没有这是什么意思?可惜我不会心理分析。不过你说得好像也对,我们确实应该考虑一下他们的感受才是。对了莫寒,你还是再去开个房间吧,在你还没有处理好苏咏文的事情之前我们不可以住在一起,要是你真的忽然变心了那我岂不是亏大了？"

俞莫寒这次带倪静过来，一方面是为了让她亲眼见证龚放治疗自己的过程，以此消除她对自己的误会，另一方面也是想借此机会将自己和倪静的关系由生米煮成熟饭，以此断绝自己对苏咏文最后的那一丝念想。谁知倪静似乎完全看透了自己的意图，俞莫寒讪笑着说道："那好吧，我这就去开房间。"

他走到门口处，心里期盼着倪静能够将他叫回去。但是没有，一直到他拉上房门，身后依然没有传来他期盼着的那个声音。

早上醒来的时候俞莫寒竟然听到外面有清脆的鸟叫声传来，这才注意到自己睡觉前没有关上窗户。不远处电线上正欢快鸣叫的那几只不知名的鸟儿，让他顿时想起初中物理老师教授过的鸟儿站在电线上为什么不会触电的原理。那时候的自己是多么快乐而简单啊，可惜人生就如同大江大河弯弯曲曲一路东去最终归入大海，给人留下的永远都只能是回忆。

俞莫寒头天晚上做了一个充满魔幻色彩的梦。梦境是在未来，人类的思想被外星人控制却没有人见过外星人的模样，作为梦境中的主角，俞莫寒在机缘巧合之下竟然发现了外星人的秘密。原来，统治着地球的外星人竟然是一白一黑两只漂亮的小鸟。在俞莫寒面前，两只小鸟变成了两个美人，两个美人告诉他说，她们两个其中一个是机器人，另一个是来自宇宙深处的人类，如果他选择了机器人留在地球，他就可以和另外一个外星人美女去宇宙的深处过平常人的生活，而机器人将留下来继续统治人类；如果他选择了另外一个，那么机器人就将离开地球，人类将从此不再受机器人的控制。可是俞莫寒却发现眼前的这两个美女都是活生生的人类，根本就无法区分她们俩究竟谁是机器人谁是人类，他左右为难，而此时就听见苍穹中传来倒计时的声音，五、四、三……

俞莫寒大急，一下子就从梦中醒了过来。

梦中的故事往往是超脱于现实的，表达的却是一个人最最真实的内心世界。俞莫寒知道自己并没有拯救地球的能力和雄心壮志，他需要的仅仅是自己未来的生活，而那两只一白一黑的漂亮鸟儿所代表的当然也就不言而喻了。可是机器人这个概念所指的究竟是什么呢？性格？外貌？待人接物的风格？

那么，在俞莫寒的潜意识中，那个机器人究竟是谁呢？谁又是那个来自宇宙深处的人类呢？或者是，他究竟是喜欢平日里沉稳少言的倪静，还是欢快洒脱的苏咏文呢？

忽然从梦中醒来就如同一个人遇到危险时忽然昏迷一样，那是潜意识的逃避在起作用。俞莫寒本以为自己早已有了明确的选择，但此时他才发现自己的潜意识依然在犹豫不定。

为什么会这样？

第十六章
对嫌犯的最后心理干预

龚放的那位处长朋友姓赵，看上去也就三十来岁的年纪，中等身材，脸形方正，他的普通话非常标准，嘴角处总是会微微上扬露出一丝微笑。赵处长对俞莫寒和倪静非常客气，当然是龚放的缘故。

俞莫寒正准备直接说明来意，赵处长却已经开始在寒暄了："听龚博士讲，俞博士和他是一起留德的同学？"

俞莫寒点头道："是啊。不过我们不是同一个导师，而且他主攻心理学，而我的专业却是精神病学。"

赵处长笑道："有一次龚博士和我们一起吃饭的时候就谈到了你，他说你是他们那一届的同学中最有天赋的，他还告诉我们说，你最厉害的就是心理分析。当时他开玩笑说，如果你失业了，即使去摆个摊给人算命都会成为大家。俞博士，我对你可是久闻大名，如雷贯耳啊，今天真是太幸运了，想不到我还能和你面对面坐在一起，这样的机会我可不想放过。俞博士，那就麻烦你帮我算上一卦如何？"

龚放这家伙……俞莫寒心里苦笑，不过却不好拒绝，毕竟他是来找人家办事的。他微微一笑，说道："算卦我肯定是不会的，也就是察言观色、从表象去分析一个人的基本情况罢了。赵处长，请问你祖籍是什么地方？你的文凭是本科还是硕士？"

听他这样一问，赵处长就知道龚放并没有把自己的具体情况告诉给眼前这位，回答道："我就是本地人啊，学历不怎么高，就是大学本科。"

俞莫寒思索了片刻，说道："我注意到，赵处长在举手投足间有着常人没有的高雅气质，这样的气质可不是礼仪学校能够教得出来的，而应该来源于家族血脉的传承。你年纪轻轻就已经是处长了，这除了你本人的能力出众之外，想必家族的雄厚底蕴也起了很大的作用，所以，我分析赵处长的家族一定与南宋皇室有关。"

赵处长的表情惊骇莫名："你连这也分析得出来？！我正是赵光胤第三十七代孙！"

俞莫寒微微一笑，继续说道："从南宋灭亡到如今已经近千年，赵氏祖先的荣光早已成为传说，家族的力量能够将你送到目前的位子已经算是很不错的了，如果赵处长想要有更大的发展，那就必须继续练内功啊。"

赵处长急忙问道："俞博士可有什么好的建议？"

俞莫寒道："赵处长年纪轻轻，大好的年华如此耗费在文山会海之中可是太浪费了啊，所以我的建议就是六个字：拿文凭，下基层。"

赵处长大喜："最近我们省教委正好有一个下派挂职锻炼的名额，我还有些犹豫呢。俞博士，太谢谢你啦。"说着，他就从抽屉里面拿出一份资料来，"昨天龚博士给我打了电话后，我马上让人根据他说的条件对全省民办类中小学进行了筛查，却并没有发现你想要找的那个人。后来我又让人筛查了所有中小学教育培训机构，终于找到了这个叫洪林的人。此人在我们广州的从化区办了一个教育培训机构,名叫'一点通教育',其实就是专门针对小学和初中学生的补课班,他的这家公司规模不大,只有五名教师,洪林本人也要亲自任教。俞博士,你看看这上面的照片,是不是你要找的那个人?"

倪静很兴奋,自己的男朋友简直就是传说中的神探啊。本来她觉得这次到广州寻找洪林的事情似乎有些不大靠谱,或许运气占有很大的成分,没想到竟然这么快就真的给俞莫寒找到了,这也就是说,俞莫寒在此之前对洪家父子所有的分析都是完全正确的。还有就是刚才俞莫寒对赵处长所说的那番话,简直太不可思议了⋯⋯

"你怎么做到的?"倪静的目光中充满着崇拜,问道。

俞莫寒说道:"洪家父子的事情我可是花费了不少的时间和精力,所以,对他们情况的分析应该不会有多少的偏差。至于刚才的这位嘛⋯⋯"他笑了笑,拿出头天晚上龚放递给他的那张字条,继续说道,"你看这个就知道了,龚放在上面写着呢。"

倪静接过那张字条一看,只见上面写着那位赵处长的名字及职务,后面还特别加了一句:此人常在人前炫耀自己是宋朝皇室后裔。

倪静禁不住"扑哧"一声笑了起来,问道:"龚放为什么要特别加这么一句?"

俞莫寒回答道:"龚放曾经在他面前吹嘘过我,所以知道赵处长见到我之后必定会讨教一番,他可不希望因此坏了大事,于是就给了我这样的提示。答案都有了,我还完成不了作业的话那也实在太笨了吧?"

倪静却不以为然:"我还是觉得你很厉害,假如是我,有了你手上的这个字条,根本不知道如何说得有理有据呢。"

俞莫寒道："所以，平时的知识积累就显得非常重要。这位赵处长可不简单啊，他的快速提拔明明是家族中某个人起了很大的作用，却将人们的注意力放在了他的皇室血统上面，很多人有帝王崇拜情结，也就会因此消除对他的不满。不过从此人这么快就能替我们找到洪林的事情来看，他的能力也绝不可低估。由此可见龚放在本地的人脉也是非同小可啊。"

倪静忽然想起俞莫寒当前的处境，说道："要不你也干脆出来自己开一家心理诊所好了，免得在单位里面受那种窝囊气。"

俞莫寒叹息了一声，说道："这件事情以后再说吧。"

倪静不明白他还在犹豫什么，问道："难道你还对他们抱有希望？"

俞莫寒摇头："无论顾维舟还是那位胡主任出于何种原因选择和滕奇龙同流合污，这本身就说明我们这个行业所存在的问题已经非常严重，我不能逃避这个问题，一走了之。说实话，当初我和龚放都是带着梦想回国的，如今龚放已经做得比较好了，我也绝不会放弃自己当初的梦想。"

国内在精神病和心理学领域本来就落后西方很多，无论是俞莫寒还是龚放，他们都希望自己能够在这个领域有所建树。倪静当然知道俞莫寒所说的梦想是什么，不过还是提醒了他一句："会很难的。"

俞莫寒点头道："我知道。"

从化区隶属于广州市，地处珠江三角洲与粤北山区的过渡地带，距离广州城区不到八十公里，历史文化非常深厚，交通便利而且生活成本相对较低。俞莫寒心想，如果我是洪家父子的话也会将沈青青带到这样的地方隐藏起来，一家人幸幸福福地过完这一辈子。然而现实是残酷的，即使我不出面，警方也迟早会发现他们的踪迹,如今是互联网时代,网上追逃的威力非比寻常,真个是法网恢恢疏而不漏。

但愿他们能够明白我的这一片苦心,及时放弃侥幸心理。在去往从化区的大巴上,俞莫寒在心里如此期望。

到了从化市区后,俞莫寒吩咐倪静自己去找一家酒店先住下来,倪静有些不大高兴,说道:"你觉得我跟着去会有危险?那你一个人去我又怎么放心呢?"

俞莫寒摇头道:"只要有洪万才在,我就不会有什么危险。我的意思是希望你能暂时拖住靳支队派来的人,尽量给我这边留下更多的时间。"

倪静大吃一惊:"靳支队会派人来?"

俞莫寒笑了笑说道:"这么大的事情,他怎么可能放任我们单独行动?万一中途出了问题谁负责?所以他必定会马上派人跟过来,并通过我的身份证快速找到我们。"

倪静怔了一下,歉意地道:"早知道昨天晚上就不要让你再去开那个房间了。"

俞莫寒摇头:"你住的房间不也登记了你的身份证号?还有就是,他们可以通过手机随时定位我们俩的位置。我估计靳支队派来的人已经跟随我们到了这里,他们没有马上露面就已经非常给我面子了。接下来我们去打一辆车,到时候我会在中途临时下车,然后你先去远一点儿的酒店住下。"

随后两个人就叫了一辆出租车,俞莫寒从钱包里面取出几百块钱朝司机递了过去:"我们被仇家跟上了,麻烦你把后面跟踪的车甩掉。"

出租车司机咧着嘴从俞莫寒的手上接过钱,保证道:"没问题啦,你们放心好了。"

出租车开出不远,俞莫寒就从后视镜里发现了一辆可疑的跟随车辆。出租车司机将车开过一座大桥，随后进入一个小区。从化市地处偏远，车流量并不大，俞莫寒注意到那辆可疑的车辆一直在远远跟随。出租车进入小区后在里面绕了好几个圈，然后快速返回到进门的地方开了出去。俞莫寒道："再到前面房屋密集的地方去转一圈。"

出租车开进了前方不远处的菜市场里，俞莫寒注意到刚才那辆跟随着的车已经没有了踪影，这才吩咐司机停车。下车后俞莫寒用手机拍了车牌号，然后吩咐司机将倪静送去酒店。

出租车司机有些不大高兴，俞莫寒低声对他说道："我其实是警方的卧底，你必须保护好这位女士的安全，否则你应该知道后果的。"

原来是这样。出租车司机哪里还敢再多说什么，急忙开车从菜市场的另外一头快速离去。

俞莫寒随即关掉了手机，在菜市场里面转了几圈后才从一处副食店的后门溜了出去。现在他最需要注意的是这满大街的摄像头，所以一直沿着靠近建筑的路边行走，在一辆载人三轮车路过的时候便快速上了车，紧接着又将遮阳棚拉了起来并尽量将身体往后靠。此时天空中的阳光正炽烈，想来不会太过引人注目。

赵处长提供的资料上有洪林的住址，从化区本就是一个小型城镇，三轮车不到半小时的时间就到了洪家父子所在小区。这座城市的小区管理普遍比较松懈，从刚才出租车可以随意进出就能看得出来。俞莫寒下车后跟随几个买菜回来的大妈一起进入小区，同时还向他们打听着洪家父子的情况。

如今的城市，有时候邻居都相互不熟悉，这或许是因为虚拟的互联网社交替代了现实中的交往，毕竟互联网社交不会给人们带来那么大的压力，而且充满着无穷的想象空间。然而俞莫寒发现洪家父子的情况似乎不大一样，因为他随意问这几个买菜回家的大妈时，她们竟然都知道这父子俩的情况。

这就对了，洪林确实在这个地方寻找到了自身的价值与尊严。俞莫寒如此想道，随即又问了一句："最近他们父子在不在？哦，我是他们的老乡，专程来看望他们的。"

一位大妈这才回答道："前段时间他们好像出门去了，今天早上我看到他们回来了，还带了一个女人，老洪说那是他儿媳妇。"

俞莫寒心里暗喜，笑着说道："那我正好去他家里讨一杯喜酒喝。"

这个小区的楼层普遍不高，没有电梯，洪家父子住在其中某栋靠边单元的五楼。俞莫寒一路上楼，发现楼道墙壁上到处都是划痕，而且贴满了各种小广告，给人的感觉脏乱不堪。

终于到了五楼，右侧。俞莫寒再次看了看房门号。没错。深吸了一口气后开始敲门，然后转过身去不让里面的人看见自己的脸。

门开了，俞莫寒缓缓地转过身来，眼前这个人是自己曾经救治过的那个老人洪万才。洪万才惊呆了，指着他："你……你……"

俞莫寒闪身就进了屋，同时问道："你儿子呢？"

洪万才急忙关上门，回答道："他出去了，俞医生，你怎么找到这里来的？"

俞莫寒大致打量了一下这套房子里面的情况，发现装修得很简单，不过用具电器倒是比较齐全，随即到沙发处坐下，对依然站在那里的洪万才说道："你也坐吧，时间比较紧，我对你长话短说，但你必须尽快拿主意。"

洪万才坐下，紧张地看着他。俞莫寒道："说实话，是我想到了你们可能在这个地方，不过我的后面跟着警察。现在的情况是，警察一时半会儿还找不到你们住的这个地方，我提前跑来找你是希望你能够说服儿子带着沈青青去自首。洪老伯，现在你应该清楚，这是你们唯一的也是最好的选择。"

洪万才惊呆了,问道:"你是怎么找到我们的?"

俞莫寒看着他:"这已经不重要了,你说是不是?你马上打电话让你儿子和沈青青回来吧,别告诉他们我在这里。如果他们逃跑肯定会马上被抓住,那样的后果你应该清楚。洪老伯,你不想让自己的儿子罪上加罪吧?"

洪万才一下子就瘫软在了沙发里,双手捧着脸,长吁短叹着说道:"我早就知道会是这样的结果,可是洪林他就是不听啊,非要那样做,还因此打伤了我。可他总是我的儿子么,我还能怎么办?"

这下俞莫寒反倒不着急了,坐在那里静静地听着他自顾自说话。这样的情况下对方需要时间去抉择,而后悔般的倾诉对他接下来的选择很有帮助。

几分钟后,洪万才终于冷静了下来,叹息着说道:"洪林他妈妈说得对,我早年所干的那些事情终归是会受到报应的。我本以为洪林的妈妈死了,我金盆洗手后报应就不会来了,谁知道还是没能逃过,这就是命啊。红颜祸水,红颜祸水啊,我早就对洪林讲了,可他就是不听。罢了,我这就打电话叫他回来。"

洪万才拿出了手机开始拨打:"你们什么时候回来啊?还有一会儿?你们在干什么?好吧。我的降压药你看到没有?好吧,早些回来。"挂断电话后他对俞莫寒说道,"他们去了我儿子办的补课班,沈青青正在给学生上课。他们一会儿就回来了。"

俞莫寒站了起来,叹息着说道:"洪老伯,你为什么就不听我的劝呢?"

洪万才看着他:"你这话是什么意思?"

俞莫寒满脸的遗憾:"你曾经可是我的病人,你的血压究竟是高还是低难道我还不清楚?洪老伯,我可以肯定你儿子根本就没有注意到你刚才的提醒,这个时候他所有的注意力都在沈青青那里呢。

刚才我已经说过了,无论是你还是你儿子及沈青青都是逃不掉的,你为什么非要选择走那条路呢?洪老伯,你想过没有,其实这次你们的逃脱完全是一种偶然。一方面是你儿子的计划太过大胆,出乎监狱管理人员的意料,另一方面是因为徐健事出意外,否则你们早就被警方抓获了。也罢,既然你不听我的劝,那我就无话可说了。告辞。"

洪万才顿时变色,急忙道:"俞医生,是我不对,我都听你的,都听你的。"

俞莫寒停住了脚步,问道:"你儿子办的补课班在什么地方?"

洪万才连忙回答道:"就在小区对面,租的是街道办事处的房子。"

俞莫寒拿出手机,开机后给倪静拨打:"靳支队的人现在是不是在你的房间里面?"

倪静回答道:"是的。"这时候电话里传来一个熟悉的声音:"俞医生,是我。对不起,是靳支队让我们赶过来的。"

果然是小冯。俞莫寒道:"麻烦你就在那里等着,洪家父子马上就会主动来投案自首。接下来我会带着沈青青去你们那儿。请你告诉我酒店的名称和房间号。"

俞莫寒挂断了电话,对洪万才说道:"你现在就去找到你儿子,带着他去宏泰酒店的三零六房间投案自首,警察在那里等着。洪老伯,这是你和你儿子最后的机会,你自己看着办吧。"

洪万才点头:"我这就带着他去。那,沈青青怎么办?"

俞莫寒微微一笑,说道:"我刚才已经在电话上对警察说了,我紧跟着就会带着她去酒店的,我也希望她能够主动投案自首。"

两个人出了房门,洪万才转身看了里面一眼,忽然想起了什么,对俞莫寒说道:"麻烦你等一下,我去把电闸和水管的总阀关了。"

俞莫寒朝他点了点头,终于彻底放下心来。

洪万才关上房门，在那里怔了一小会儿后才转身对俞莫寒说道："我们走吧。"

俞莫寒朝他点了点头，两人一前一后下楼。到了楼下的时候俞莫寒忽然问了一句："洪老伯，你从老家带走的那个物件究竟是什么？"

洪万才很是惊讶："你连这个都知道？"

俞莫寒提醒他道："不仅仅是我，警察也都知道，知道你们父子俩的一切。"

洪万才更没有了逃跑的心思，回答道："是祖上传下来的盗墓法门，我儿子不愿意学，我却舍不得丢下，那毕竟是老祖宗传下来的东西啊。除此之外还有一幅画，郑板桥的，我本来想拿去卖了再买一套好一点儿的房子，今后洪林和沈青青就可以在家里给学生上课了，这样也方便些不是？唉！"

俞莫寒又问道："那么，你为什么又叫洪老幺？"

洪万才已经不再惊讶，淡淡地道："道上的朋友这样叫我，不值一提。"

果然是如此。俞莫寒建议道："你可以向警方提供一些有关道上的情况，争取立功赎罪。"

洪万才大声说道："那怎么行？道上的规矩，那样做就是欺师灭祖！"

那样的师欺了、那样的祖灭了又何尝不可？俞莫寒心里如此想道，不过却没有再劝说对方，他知道，所谓道上的规矩其实也是一种信仰，一种执着，绝非一时半会儿就可以让他改变得了的。

洪林的那家教育机构就在街道办事处的三楼，整整一层楼都被租用了。像这样的教育机构要是放在省城，规模确实不算大，但对于一个小地方来讲，已经非常不错了，更何况这个行业还有新东方之类的大拿作为竞争对手，由此可见洪林肯定是为自己的这家教育机构付出了不少的心血，而且已经得到了学生们的认可。

俞莫寒暗自叹息。

洪万才朝楼道里面走了进去。俞莫寒就站在三楼的入口处背对着里面。他知道，接下来根本就不需要自己去教洪万才怎么做了，毕竟他才是最了解自己儿子的人。

不多一会儿，洪万才就带着儿子从里面出来了，俞莫寒依然没有转身，不过听见洪林在问："爸，您这么急匆匆地把我叫出来干吗？青青正在上课呢。她是第一次给学生上课，我应该从头到尾听完，不然怎么给她提建议？"

洪万才道："我给你说了，是香港来的亲戚，我们一起去酒店看看他，然后把他请出来吃顿饭。"

洪林道："香港来的亲戚？我以前怎么没听您说起过？"

洪万才道："家里的事情好多你都不知道，我老了，从今往后会带着你慢慢去和那些人接触。你不是想把自己的这家教育机构办得越来越大吗？说不定这些人今后能够帮上你。"

洪林停住了脚步："那青青……"

洪万林拉了儿子一把："你给她发个短信，一会儿她下课后让她直接到我们吃饭的地方去就是。"

父子俩说着话从俞莫寒身边走了过去，俞莫寒看着他们一边说话一边下楼。洪万才见俞莫寒一直背对着自己，也就明白了，不需要再去和他打招呼，直接就带着儿子到马路边打了一辆出租车去了酒店。

当洪家父子在视线里消失之后，俞莫寒才慢慢朝楼道里面走了进去。现在的他根本就不用担心洪家父子会逃跑，即使洪万才想那样做他儿子也绝不答应。

此时正值暑期，前来补课的学生不少，这一层楼所有的教室几乎都坐满了学生。沈青青在最里面的一间教室，俞莫寒从教室的后门进入，最后一排还空着几个位子，很显然，刚才洪林就坐在其中的一处。

沈青青授课的内容竟然是语文，而且还是文言文部分。俞莫寒觉得有些奇怪，她曾经也是医学生，就中学的课程而言，医学生后来经常学习并使用到的应该是数理化和英语。英语就不需要多说了，那毕竟是一门通用的语言，所有的大学都在授课。医学生是需要学习高等数学的，因为它是医学统计学的基础，流行病学调查与此紧密相关；物理学在医学中的应用也非常广泛，所有医学检查类设备都涉及物理学的知识；而医学生学得最多最深入的就是化学，从有机化学到生物化学等，药物、检验试剂及肌体运行的每一个环节都与化学有关。然而沈青青选择教授的课程却是语文……嗯，也许她曾经是一个充满着浪漫与幻想的文艺女性。

俞莫寒听得出来，沈青青的知识结构足以教授中学生的语文课程，特别是她对古文及古诗词的理解很有水平。

"文言文是什么？其实就是古汉语，是古代汉人使用的书面语言。那么现代汉语又是什么？是最近数百年来民族融合后以古汉语为基础所演变出来的语言，所以，古汉语和现代汉语无论是从发音还是具体到某些词语的含义都有很大的差别。比如这个'恨'字，现代汉语中它的意思就是仇视、怀恨，而古汉语中对恨这种感情的描述一般会使用'怨'这个字。诸葛亮的《出师表》里面说：先帝在时，每与臣论此事，未尝不叹息痛恨于桓、灵也。这里面的'痛恨'绝不是我们现代汉语里的那个意思，而是遗憾。大家想想，刘备作为汉室子孙，他怎么可能去痛恨自己的先祖呢？那岂不是大不敬？"沈青青的声音很好听，侃侃而谈，下面的学生都在笑。沈青青继续往下讲："其实'恨'这个字惋惜、遗憾的含义在现代汉语中也依然保留着，比如，相见恨晚，抱恨终身，等等。总之，语言是在不断发展的，不过语言的发展也有着其内在的规律，只要我们掌握了这样的规律，文言文学习起来也就不难了……"

很显然，洪林的忽然离开及俞莫寒的骤然到来并没有影响到沈青青，或许她以为俞莫寒是某个学生的家长。俞莫寒感觉到，沈青青喜欢这个地方，她在这里觉得很安心，很有安全感。

十多分钟后，沈青青的这节课就结束了，学生们竟然都在朝她鼓掌。俞莫寒注意到她的眼眶已经湿润。

"你好。"俞莫寒快步走到讲台前朝她打了个招呼。

"你是？"沈青青并没有特别在意，只是随意那么一问。

刚才俞莫寒坐在教室的最后一排，从那个地方看去，沈青青确实有着令人炫目的成熟美丽，而此时，当他靠近之后才注意到，眼前这个女人的眼角处已经泛起了皱纹，而且气色也不大好，肌肤散发出病态的白。也许是这一路奔波下来身心俱疲的缘故。可是她来到这里的第一天就开始上课了，也许在这一路奔波的过程中她就已经开始为今天的这一堂课做准备，而更主要的是她对未来新生活的渴望。

"我叫俞莫寒，与洪老伯算得上忘年之交。"俞莫寒自我介绍道，"沈青青女士，我们能不能找个地方单独谈谈？"

沈青青一下子就紧张警惕起来，问道："洪林呢？"

俞莫寒微笑着说道："沈青青女士，我刚才已经和洪老伯见过面，现在他已经带着洪林去向警方自首了。"

沈青青的脸色瞬间变成可怕的苍白，俞莫寒继续温言说道："你别太过紧张，我不是警察。我在警察到来之前就赶了过来，不仅仅是为了给洪老伯和他儿子最后的机会，同时也是为了给你最后的机会。"说到这里，他长长地叹息了一声，"梦，总是会醒的。沈青青，你说是吗？"

沈青青的身体不住颤抖着，让俞莫寒顿时心生怜意，不禁再次轻叹了一声,继续说道:"我在外边等你。想想你的孩子,还有洪林对你的那一片痴情,千万别干傻事。"

俞莫寒在楼下等候了好一会儿,终于看到沈青青从楼道里走了出来。其实无论对洪家父子还是沈青青,俞莫寒的心里还是有着那么一丝愧疚的,毕竟他并不是执法者。

洪家父子所住小区的外边有一家咖啡厅,俞莫寒与沈青青相对而坐。眼前沈青青楚楚可怜的样子让俞莫寒很难相信她曾经是一位高校的团委书记,以及后来的副县长、副市长。此时此刻,他的内心也极其复杂,禁不住轻叹了一声,歉意地说道:"对不起,是我破坏了你和洪林这个美好的梦。"

沈青青不说话,嘴唇紧闭着。

俞莫寒耸了耸肩,苦笑着说道:"现在说这些又有什么用呢?事情已经发生,接下来我们要做的只能是尽量挽回已经造成的严重后果。比如,一会儿你跟着我一起去向警方自首。沈青青,你觉得这样可以吗?"

沈青青的眼泪一下子就掉落了下来,哽咽着说道:"难道我还有别的选择吗?"

俞莫寒肯定地道:"是的,除此之外你也没有别的选择了。不过你也不用太过害怕,就把发生过的这一切当成一场梦好了。我姐姐有一家律师事务所,她愿意免费为你辩护。"

沈青青微微摇头,眼泪掉落得更厉害了:"我今年已经三十七岁,如果再加刑的话,从监狱里面出来就已经五十多岁了,我的这一辈子就这样完了,再厉害的律师对我来讲也毫无意义。"

也许进入监狱的那一天开始她就已经失去了希望,而洪林的出现让她看到新的人生正在朝她招手,然而现在,我却再一次让她陷入黑暗的未来之中。必须要给她一丝亮光,否则她这辈子就真的完了。俞莫寒摇头道:"我不这样认为。我有一位大学同学,大二的时候就因白血病去世了,临终前我去看他,他笑着对我说,其实我对自己的这一辈子很满意,因为我们家祖祖辈辈都是农民,我是村里面第一个考上大学的人。我相信他说的是真话。人这一辈子有长有短,有平庸也有轰轰烈烈,然而很多人并没有意识到生命的真正意义究竟是什么,比如你,也许你从来都没有认真思考过这个问题。"

沈青青依然微微摇头:"我的这一辈子已经完了。"

俞莫寒看着她:"也许你认为自己的犯罪事实并没有那么严重,你现在只不过被人作为了牺牲品,这其实都是你自己的选择,当初你选择进入官场的时候就应该想到其中并不只有权力和地位,而更多的是竞争与残酷。既然你的人生道路是自己选择的,那就应该对当初的选择承担起所有的责任,而不是去责怪他人乃至愤恨社会对你的不公。"

这时候沈青青忽然抬起头来,娇艳的脸上梨花带雨,问道:"那么请你告诉我,对于现在的我来讲,接下来的人生还有意义吗?"

俞莫寒暗暗松了一口气,缓缓说道:"当然有意义。你的孩子呢?你的父母呢?即使你十多年后才能够从监狱里面出来,你的父母也不过才七十多岁,你的孩子那时候大学还没有毕业。十多年后,你衰老的父母需要你的陪伴,给他们养老送终,你已经长大的孩子结婚的时候希望能够看到你出现在他的婚礼上。还有洪林对你的一片真情,这次他为了你不惜铤而走险去犯罪,他才是这个世界上真正爱你的人,他一定会等你,等你从监狱里出来和你一起度过此生。所以,责任和义务,爱情和希望,这就是你现在和今后人生的意义。当然,除此之外还有更多,这些东西都需要你自己今后慢慢去体会,去享受。"

沈青青的神情有些惊讶:"你究竟是什么人?"

俞莫寒朝她微微一笑,回答道:"我只是一名小小的精神科医生,同时也算是一位心理医生执业者。你越狱之后我就一直在配合警方寻找你们的下落,说实话,我非常同情你的境遇,所以我希望能够帮助你,帮助你获得这个最后的机会。"

沈青青的眼泪如决堤般往外汹涌流淌,她俯下身去,强制着不让哭声倾泻出来,哽咽着发出刺耳的哭泣声。

俞莫寒静静地坐在那里等待着她情绪的发泄,不知不觉中眼眶也开始泛红。

许久之后,沈青青的情绪终于平静了下来,缓缓起身对俞莫寒说道:"那,我们走吧。"

俞莫寒带着沈青青到了宏泰酒店的外边,转身对她说道:"你自己上去吧,三零六房间。记住,见到警察后就告诉他们说你主动前来自首。"

沈青青怔了一下,这才反应过来,朝俞莫寒鞠了一躬:"谢谢你。"

俞莫寒朝她微微一笑:"我们还会见面的,因为我还有非常重要的事情要问你。"

沈青青看着他:"为什么不现在就问?"

俞莫寒摇头道:"我担心他们等不及了,那样的话会让你错过机会的。"

沈青青的鼻子一酸,眼泪又下来了,不过她没有再说话,直接进了酒店。俞莫寒站在那里抬头看楼上,此时正值中午,阳光直直地洒向大地,在一阵刺目的疼痛之后,眼泪一下子滚落在了地上。

"我真傻。"俞莫寒揩拭着眼泪,拿出手机给靳向南拨打了过去,随即说了一句,"幸不辱命。"

靳向南道:"谢谢。"

俞莫寒又道:"不过有一点必须要明确,洪家父子和沈青青都是主动自首。"

靳向南道:"刚才小冯已经给我打电话说明了情况。他们当然都属于主动自首。"

俞莫寒又对着电话说了声"谢谢",继续说道:"我还有一个请求,希望能够和沈青青谈谈。关于高格非的事情,或许她知道些什么。"

靳向南诧异地问道:"你和她在一起的时候没有问?"

俞莫寒苦笑:"你都派人跟了过来,我不能因为这个事情让沈青青失去最后的机会。"

靳向南歉意地道:"对不起……这样吧,那我就大胆地做一个决定,给你一个小时的时间,可以吗?"

俞莫寒大喜:"足够了。"

靳向南叹息着说道:"俞医生啊,你这个人太善良了,我都害怕欠你的情。"

俞莫寒大笑:"所以,我们都要做好人才是。心存愧疚,心有敬畏,知恩感恩,这个世界才会变得更美好,你说是不是?"

酒店的房间里,沈青青的手上已经被戴上了手铐,旁边有两位女警察坐在那里看守着她。这也是规矩。俞莫寒朝两位女警察点了点头表示打过了招呼,然后将目光直接投向了沈青青,微笑着对她说道:"我们又见面了。"

此时的沈青青反而变得坦然起来,脸上非常平静,还带着一丝笑容:"其实我很好奇,想知道你会有什么问题问我。我觉得你并不是想要了解我走向犯罪的过程,还有所谓的心理动机,是吧?"

俞莫寒笑道:"你错了,对这个问题我确实很感兴趣。不过我首先要问的是另外一件事情,高格非的事情你知道了吗?"

沈青青怔了一下,问道:"他怎么了?"

嗯,她不知道高格非的情况很正常,毕竟那个时候她还在监狱里面，后来又一直逃亡，根本就没有心思关心网络上的新闻，也没有那样的精力。俞莫寒说道："他突发性精神分裂，驾车撞死撞伤数人……"

接下来，俞莫寒将高格非的事情从头到尾详细叙述了一遍，其中也包括他这近一个月来对此案及延伸至高格非前妻死亡事件的调查过程。俞莫寒注意到，作为听众的沈青青在他的整个讲述过程中不断变换着丰富的表情，其中最主要的是震惊、愕然，还有好几次出现了讥讽、若有所思及幸灾乐祸。虽然俞莫寒并不具备如龚放在微表情观察方面的天赋，但是对于沈青青在彻底放松状态下所表露出来的清晰表情变化还是能够看得出来的。

俞莫寒的整个讲述过程花费了近二十分钟，最后说道："你和高格非是同学，而且一同留校，据说你们之间还存在一些过节，想来你对他比较了解，我很想听听你对这件事情的看法。如果你能够给我提供一些有用的线索当然更好。"

沈青青歉意地道："俞医生，你刚才所讲的那些情况我也是第一次听闻，特别是关于他前妻的死因，我简直不敢相信你所告诉我的这一切都是真的。"

虽然俞莫寒对于从沈青青这里得到高格非案件的明确答案并不抱多大的信心，但此时还是感到非常失望，不过他并不想就此放弃，问道："那么，你能说说你对高格非这个人的看法吗？"

沈青青将飘散在前额的头发捋到耳后，沉吟着说道："说实话，我非常不喜欢这个人。怎么说呢，在我的感觉中，他属于那种家庭条件并不好却又自以为是，认为自己与这个世界格格不入的人，换句话说就是自命不凡，同时又自怨自艾生不逢时。"说到这里，她的嘴角处泛起一丝讥讽的笑容，"我们上大学的时候就已经进入互联网时代了，在这样的时代哪里还存在什么生不逢时？如今草根都有了成为明星的机会，所以，只要你有想法、有能力，总会寻找到自己发展的出路。俞医生，你说是不是？"

俞莫寒同意她的这种说法，而且认为她刚才的话才符合一个副市长的水平，点头道："请你继续讲下去。"

沈青青继续说道："大学毕业后高格非和我们几个同学一同留校从事行政工作，他一直很不得意，然而他却一直待在学校里面苦熬着。你知道这是为什么吗？是因为他自卑，他不敢辞职，不敢离开这个单位，因为他知道自己一旦离开了这个单位可能连维持最起码的生活都将非常困难。于是他就在许多人同情、怜悯还有嫌弃的目光中度日如年般继续待在那里。然而这个人又非常善妒，他无法接受所有比他发展得好的人的现状，总是喜欢背后去说别人的坏话……"

俞莫寒问道："比如还挑拨你和你前夫之间的关系？"

沈青青点头道："是的。比如学校前副校长的那个女婿被提拔成副处长之后，他就在背后说，假如我当初答应了做那个人的女婿，如今我又如何如何，可是我不愿意，我不愿意将自己的人生作为交换的筹码，如此等等。他在背后也造谣说我和谁谁谁的关系不正常，结果搞得很多人都用异样的眼光看我。"

俞莫寒即刻问道："那么，你和那谁谁谁真的有那样的关系吗？对不起，也许这个问题我不该问。"

沈青青苦笑了一下，说道："如今我都这样了，没有什么事情不可以问、不可以回答了。真实的情况是，学校的前任校长和我父亲是中学同学，所以我留校后得到了他许多照顾。可是像这样的关系是不可以拿出来随便讲的，让人们知道了就更忌妒，毕竟这也是一种不公平的竞争，也可以算是潜规则。"

俞莫寒觉得诧异："那你当初为什么不向你前夫解释清楚这件事情？"

沈青青苦涩地笑了笑，说道："我向他解释过，可是他不相信。

夫妻之间没有了最起码的信任,婚姻也就到头了。其实我也知道,他之所以不相信我,只不过是为他出轨找一个理由罢了。既然我们的婚姻已经名存实亡,那我还留恋它干什么?"

俞莫寒还是不理解:"婚姻的破裂总得有具体的原因吧?我见过你的前夫,虽然他长得还算比较帅,但你也不差啊,更何况你们俩还有一个孩子,怎么可能说离婚就离婚了呢?"

沈青青苦笑着说道:"其实我也不知道具体原因,也许还是因为他潜意识中比较自卑吧。我是医学生,懂得一些最基础的心理学常识,一个人潜意识中的自卑很容易产生连锁反应。俞医生,你觉得呢?"

听她这样一讲,俞莫寒心里也就明白了,点头道:"也许你说得对。是的,很可能是自卑,于是他的心里产生了'宁愿相信'这个念头。因为你长得太漂亮,所以他宁愿相信你和那谁谁谁的关系不正常,于是,就在这种潜意识的作用下,他给自己找到了出轨的理由,并把你们俩婚姻关系中所有的过错归结到你这一方。更准确地讲他这是在逃跑,因为他相信总有一天你会不再属于他。"

沈青青的神色黯然,说道:"是的,确实就是这样。红颜薄命,自古以来就是如此,所以女人长得太漂亮了并不是什么好事情。"

俞莫寒问道:"那么薛云图呢?你和他之间是不是存在真感情?"

沈青青苦笑着说道:"互相利用而已。我需要逃出学校那个环境,他需要自己喜欢的女人的慰藉。不过说实话,曾经有一段时间我对他还是心存感激并投入了真感情,没想到自己最终成为他和别人争斗中被舍弃的一枚棋子。我被双规后曾经一度心灰意冷,差点儿连活下去的信心都没有了,其中最主要的就是对他的彻底失望。"

俞莫寒又问道:"那么,洪林呢?"

沈青青轻叹了一声,说道:"我很感激他,是他给了我希望。可是我始终说服不了自己去真正爱上他。"

俞莫寒看着她："也许他是这个世界上唯一的真正爱着你、愿意为你付出一切的人。"

沈青青点头道："是啊，所以我就想，如果这辈子不能和一个自己喜欢的人在一起生活，退而求其次选择一个喜欢自己的人作为终身伴侣也不错，即使是……即使是他的精神有些不大正常。"

俞莫寒看着她："你为什么会认为他的精神不正常呢？"

沈青青轻叹了一声，说道："在我们逃亡的路上，他总是朝他父亲发脾气，毫无道理地发脾气，歇斯底里，有时候又一个人目光呆滞地坐在那里一声不吭。我是学医的，当然知道像他这样的情况很不正常了。"

俞莫寒笑了笑，说道："如果他精神正常的话，就不会不顾一切地将你从监狱里面救出来了。他这是因爱成狂，不算什么严重的问题。"

沈青青神情黯然地道："可惜的是……"

俞莫寒道："我相信洪林他一定会等你的。你们结婚的时候一定要通知我，我一定会亲自前来给你们送上最真挚的祝福的。"

沈青青的脸上瞬间露出了异样的神采："真的？"

俞莫寒朝她点头："我向你保证。"

这时候就连坐在一旁的两位女警察都很动容，俞莫寒朝她们笑了笑，问道："没有超出一个小时吧？"

从化区以珍稀温泉闻名于世，被称为广州市的后花园。小冯一行押解着洪家父子和沈青青离开后，俞莫寒和倪静留了下来开始享受他们的二人世界，他们的首选当然就是去这个地方的温泉。

有一家温泉会所是典型的中式风格，处处绿树成荫、小桥流水、花团锦簇，俞莫寒在温泉里泡了一个多小时后，顿觉连日来积聚在身体里面的疲惫都融化在了清澈温暖的泉水之中，此时的他正惬意地将头枕在倪静那极富弹性的双腿之上，倪静轻抚着他的脸，轻笑着说道："你真像个孩子。"

俞莫寒换了一个体位侧躺着，说道："要是能够像这样躺一辈子就好了。"

倪静不住地笑，说道："那就这样一辈子好了。"话音刚落，就听到不远处俞莫寒的手机铃声响起，俞莫寒不满地嘀咕了一句："谁啊？偏偏这个时候来捣乱！"

电话是小冯打来的："我们刚刚下飞机，沈青青让我转告你一句话，在飞机上的时候她想起一件事情来。她和高格非有个同学叫宁夏，大学毕业后去做了空姐。宁夏在两年前回到本地，沈青青有一次无意中看到高格非和她在一起。"

俞莫寒想，沈青青让小冯转告的这件事情应该有着特别的内容。嗯，最后一句话很可能应该是"沈青青有一次无意中看到过高格非和她亲热地在一起"。应该就是这样的。从记忆的形成机制来讲，强烈的刺激更容易印在脑海里从而留下记忆。是我的讲述让她在努力地搜寻之后终于回忆起了这件事情。此外，沈青青省去了"亲热地"这三个字只不过是为了让我自己去对这件事情做出判断，以免被她的语言所误导。

一个人到了一定的位子后，无论是思维方式还是见识水平都会与众不同，因为他们看待事物的视野会发生质的改变，所谓高瞻才能远瞩讲的就是这个道理。

电话挂断后，俞莫寒站在那里思索了片刻，歉意地对倪静说道："只能下次再找时间出来陪你玩了，我们得马上回去，找到高格非背后的那个女人。"

倪静问道："她一定很漂亮，是吧？"

俞莫寒点头："是的，她是一位空姐。"